Francis Durbridge

Sie wussten zu viel
(They Knew Too Much)

gefolgt von

Das Gesicht der Carol West
(The Face of Carol West)

mit einem Vor- und Nachwort von
Dr. Georg Pagitz

– Williams & Whiting –

Coverdesign: Timo Schröder

ISBN 9781912582884

Williams & Whiting (Publishers)
15 Chestnut Grove, Hurstpierpoint,
West Sussex, BN6 9SS, England

INHALT

VORWORT
von Dr. Georg Pagitz

Dieser siebente Band der Francis-Durbridge-Reihe von Williams & Whiting enthält erneut eine deutsch-sprachige Premiere. Einerseits ist darin der nur einmal in der *Bild und Funk* 1963 als zehnteiliger Fortsetzungs-krimi erschiene Roman *Sie wussten zu viel* enthalten, andererseits aber auch erstmals in deutscher Übersetzung die doch recht unterschiedliche Urfassung dieses Stoffs, die der Autor unter dem Titel *The Face of Carol West* als Achtteiler 1959 für die Zeitschrift *News of the World* schrieb.

Doch der Reihe nach: Francis Durbridge (1912-1998) startete seine unglaublich vielseitige Karriere nach mehreren Jahren als Hörspielautor bei der BBC mit dem Krimiachtteiler *Send for Paul Temple* im Jahr 1938. Damit ebnete er sich die Bahn für das, was er immer schon sein wollte: Kriminalschriftsteller. Er verstand es früh, sich nicht nur auf ein Medium zu fixieren und so wurden aus den Hörspielen um den Detektiv Paul Temp-le recht bald Roman- und Filmfassungen und sogar ein Theaterstück. Die Nachfrage nach immer neuem Durb-ridge-Material war riesig. Deshalb befriedigte der Autor sein Publikum zwischendurch mit Kurzgeschichten rund um seinen Helden und ab 1951 auch mit einer Comicse-rie. Ein Jahr später war es Durbridge, der die Vorteile seriellen Erzählens im Fernsehen erkannte und somit für die BBC den ersten Krimimehrteiler schrieb. Der Grundstein für den ›Straßenfeger‹ war gelegt, ein Begriff, der ein Jahrzehnt später in Deutschland aufkam, als der Autor mit seinen Fernsehkrimis für leere Kinos, Gaststätten, Theater und Fußballstadien sorgte.

Die beiden in diesem Buch enthaltenen Romanfassungen stammen aus der Blütezeit von Durbridge, als er von allen Medien umworben wurde, ihnen einen Stoff zu verkaufen.

The Face of Carol West, 1959 für die *News of World* geschrieben und laut seinem Einnahmenbuch vom 18. Juli jenes Jahres mit satten 2.000 Pfund entlohnt, erschien zwischen dem 9. August und dem 27. September 1959 in dieser englischen Zeitschrift. Nach *The Nylon Murders* (12 Teile, 1952/53, dt. als *Die Nylonmorde* bzw. *Kommt Zeit, kommt Mord*), *The Yellow Windmill* (11 Teile, 1954, dt. als *Die gelbe Windmühle* (als Band 5 bei Williams & Whiting erschienen)) und *The Man Who Beat the Panel* (6 Teile, 1955, dt. überarbeitete Version als *Mitten ins Herz* (9 Teile, als Band 6 bei Williams & Whiting samt Erstübersetzung der Urfassung *Der Mann, der das Quiz gewann* erschienen)), war diese Fortsetzungsgeschichte der vierte Roman, den Durbridge an eine Zeitschrift lizenzierte. Er versuchte darin, einen neuen Ermittler zu etablieren: Superintendent Max Christian, der ein phänomenales Gedächtnis besaß und offenbar in noch weiteren *News-of-the-World*-Reihen ermitteln sollte. Dies legt einerseits das Ende der Originalgeschichte nahe, in der auf einen Giftmord in Torcross hingewiesen wird, den Christian nach der Klärung des Carol-West-Falls lösen sollte. Andererseits ist Superintendent Christian der Protagonist der sechsteiligen Fortsetzungsgeschichte *Deadline for Harry* (1960 für

News of the World geschrieben), die jedoch nie gedruckt wurde und ihre Weltpremiere erst postum in der deutschen Übersetzung als *Stichtag für Harry* fand (erschienen als Band 1 dieser Durbridge-Reihe von Williams & Whiting).

Als Durbridge Anfang/Mitte der 1960er-Jahre in der BRD äußerst erfolgreich war, gelang es der *Bild und Funk*, den Autor exklusiv für Fortsetzungskrimis zu gewinnen. So erschienen in dieser Zeitschrift mehrere Krimis, die der Brite für den deutschen Markt recycelte.

Hierzu muss man wissen, dass Durbridge ein ausgesprochener Perfektionist war und nie ganz mit einer Geschichte abgeschlossen hatte. Er feilte ständig daran und immer, wenn sich eine Möglichkeit bot, diese zu überarbeiten und sie neu herauszubringen, dann nutzte er sie.

Dies war auch bei den meisten seiner deutschen Fortsetzungskrimis für Zeitschriften der Fall. Der Autor legte dem Verlag nicht einfach einen noch nie in der BRD publizierten Roman vor, sondern überarbeitete ihn und baute die Handlung häufig umfassend um. Ein Grund dafür könnte auch sein, dass er in Deutschland mehr Raum (d. h. mehr Folgen) zur Verfügung hatte und so seine doch eher kurzen Originalversionen, die durch die geringe Wortanzahl jeder Episode oft etwas eingeschränkt waren, ausbauen konnte. Dies kam den oft schon in der Urfassung komplexen Handlungssträngen zugute.

Diese Buchausgabe ermöglicht es nun erstmals, die von Durbridge erweiterte Fassung *Sie wussten zu viel* (in der *Bild und Funk* zwischen Ausgabe 4/1963 und Ausgabe 13/1963 noch in der alten Rechtschreibung als *Sie wußten zuviel* erschienen) – für die er zwei Episoden mehr als in England zur Verfügung hatte –, der englischen Originalfassung gegenüberzustellen, die lediglich mit acht Folgen auskommen musste.

Das Gesicht der Carol West, wie der Titel meiner Erstübersetzung lautet, unterscheidet sich von der späteren Fassung *Sie wussten zu viel* nicht nur durch die bei Durbridge so häufigen Namensänderungen, sondern auch in der Dramaturgie und bei den Handlungssträngen. Selbst das Tatmotiv ist in der 1959er-Version ein anderes. Steckt in der Urfassung ein Drogenring hinter den Ereignissen, so ist es in der Neuvariante von 1963 eine Spionageorganisation.

Das Thema der kriminellen Organisation war bei Durbridge ein Leitmotiv. Es erleichterte immens, jeden aus der Geschichte als Täter zu entlarven, da der böse Charakter anders als bei Beziehungstaten oder Erbschleichereien keine persönlichen Motive wie Rache oder die Ausschaltung eines Erben zu haben brauchte. Dies ermöglichte es, dass die Täter bei Durbridge sehr leicht austauschbar und von einer Fassung zur anderen geändert werden konnten.

In *Sie wussten zu viel* gibt es außerdem zahlreiche neue Figuren, die in *Das Gesicht der Carol West* nicht auftauchen. Der Fortschritt der Handlung wie auch das Agieren der Figuren unterscheiden sich außerdem. Selbst der Ermittler ist nicht der gleiche, aus Max Christian wurde Christian Stiller.

Es ist so, als lese man zwei verschiedene Romane, die dieselbe Storyline (Ermordung einer jungen Frau im Pool einer Absteige, der Ermittler ist auf geheimnisvolle Weise persönlich involviert) gemeinsam haben.

Ähnliches geschah auch später bei einem bekannten

Fernsehmehrteiler: Die dritte Tim-Frazer-Geschichte, *The Mellin Forrest Mystery*, wurde in der BRD (auch auf Betreiben des Autors hin) nicht nach *Tim Frazer I* und *Tim Frazer II* (*Der Fall Salinger*) umgesetzt. Als der WDR Ende der 1960er zwei Durbridge-Drehbücher ablehnte (*Stupid Like a Fox*, später wurde daraus *The Passenger/Die Spur mit dem Lippenstift* und *The Circle*, später wurde daraus *Die Kette*), bestand man darauf, das dritte Frazer-Drehbuch zu realisieren. Durbridge war davon nicht begeistert, da er – wie er selbst angab – eine zehn Jahre alte Spionagestory völlig überarbeiten musste. Gegen seinen Willen ließ er sich dazu überreden und machte so aus dem dritten Frazer-Abenteuer den Krimi *Das Messer*, der zwar in den Grundzügen und in etwa bis zur Hälfte Parallelen mit der Ausgangsfassung hatte, sich dann aber immer mehr vom Original entfernte, neue Figuren und Charaktere aufwies und sogar einen anderen Täter präsentierte.

Abschließend sei noch erwähnt, dass *The Face of Carol West* (in welcher Version ist leider nicht geklärt) 1964 auch beinahe in der BRD als Kinofilm adaptiert worden wäre. Durbridges Agentur Curtis Brown bot dem Münchner Filmproduzenten Rudolf Travnicek im November 1963 die Story als Filmstoff an. Travnicek hatte zuvor schon die Rechte an Durbridges Drehbuch *Step in the Dark/Schritt ins Dunkel* erworben (als Band 2 bei Williams & Whiting erschienen – dort finden sich auch sämtliche Hintergründe dazu). Der Produzent reagierte auf dieses Angebot jedoch nicht, wie aus einem späteren Briefwechsel zwischen Curtis Brown und Durbridge hervorgeht. Erst am 21. April 1964 antwortete Travniceks MCS-Film darauf: »Wir haben mit mehreren Pro-

duzenten über *The Face of Carol West* Gespräche geführt, das Manuskript jedoch immer zurückbekommen.
Wir sehen keine Möglichkeit, dieses Projekt umzusetzen
und denken, dass der Stoff für das Fernsehen geeigneter
ist.« Danach hörte man leider nichts mehr von dem Projekt.

Nun aber spannende Unterhaltung bei zwei absoluten Francis-Durbridge-Raritäten: einem seit 60 Jahren
nicht mehr zugänglichen Roman und einer deutschspra-
chigen Premiere!

Francis Durbridge
SIE WUSSTEN ZU VIEL

Die handelnden Personen:

Christian Stiller	Superintendent bei Scotland Yard
Sergeant Moore	sein Assistent
Eddie Lombard	Besitzer des Hotels *High Dive*
Victor Merton	Geschäftsführer des Hotels
Julia Nagy	Angestellte im *High Dive*
George Cooper	Privatgelehrter
Carol West	eine tote junge Frau
Mary Fredericks	Carol Wests Zimmerwirtin
John Beckworth	Geschäftsmann aus Liverpool
Eve Beckworth	seine wesentlich jüngere Frau
Robin Long	Lehrer

Der Roman spielt in London und Belhampton im Jahr 1963.

1

Die Telefonnummer

Victor Merton zuckte zusammen. Seine Hand hatte beim Tauchen einen Widerstand getroffen. Eine weiche kalte Masse! Blitzschnell schoss er nach oben. An die Luft. Versuchte, mit zusammengekniffenen Augen das grünschillernde Wasser zu durchdringen. Einen Moment starrte er ungläubig. Dann atmete er tief ein. Tauchte erneut. Packte den Gegenstand und zog ihn an die Wasseroberfläche. Ein Blick genügte. Ein Blick auf das triefende Haar. Das bleiche Gesicht. Die nackten Schultern, in denen kein Blut mehr pulsierte. Die Frau war tot.

Victor Merton biss die Zähne zusammen. Verdammt, dass so etwas hier passieren musste! Wann immer das Wetter es zuließ, machte er frühmorgens seine Schwimmübungen. Nie hatte es Unannehmlichkeiten gegeben. Und nun? Er wandte den Kopf und schaute hinüber zum Hauptgebäude. Natürlich, auf der Terrasse saß wie jeden Morgen als erster der alte Cooper beim Frühstück. Jetzt blickte er auf – da war nichts mehr zu verheimlichen. Mit drei, vier kräftigen Stößen erreichte Merton die Leiter des Schwimmbeckens, im Rettungsgriff die Frau hinter sich herziehend. Schlaff hing sie in seinen Armen. Merton drehte sich. Er griff mit der Linken nach der Leiter, während seine Füße auf einer Sprosse Halt suchten.

Ein Ruck. Merton war eine Sprosse weiter hochgeklettert. Noch eine Sprosse. Noch eine. Merton keuchte.

Er war sportlich und zäh. Aber ein solcher Kraftakt wurde nicht alle Tage von ihm verlangt. Je mehr er die Leblose aus dem Wasser herauszog, desto schwerer wurde sie. Endlich konnte Merton über den Rand des Beckens blicken. Drüben auf der Terrasse stand der alte Cooper. Er war aufgesprungen. Beide Hände auf den Tisch gestützt, starrte er herüber. Da stand auch Julia, das verteufelt hübsche Mädchen aus Ungarn. Sie hatte Cooper die Morgenzeitungen bringen wollen. Merton erkannte die Chance. Er zog sich mit seiner Last noch ein Stück höher. Und rief aus Leibeskräften: »Julia! Julia!« Die Zeitungen flatterten zu Boden. Das Mädchen rannte auf das Schwimmbecken zu. Der alter Cooper hinterher. An der Leiter angekommen, ließ sich Julia auf die Knie fallen. Mit beiden Händen griff sie nach den Schultern der Frau. Zog sie zu sich heran. Merton spürte die Unterstützung. Mit einer letzten Anstrengung wälzte er den Frauenkörper über den Beckenrand. Dann stieg er die Leiter hinauf. Auch Cooper war herangekommen. Blickte wortlos auf die im triefenden Abendkleid daliegende Frau. Dann auf Merton. Der hatte sich schon wieder gefangen. »Julia«, sagt er, »verständigen wir die Polizei!«

Als das Telefon schrillte, saß Christian noch beim Frühstück. Er legte das Messer aus der Hand, griff nach dem Hörer und nannte seine Nummer.

»Mit wem spreche ich?«, hörte er den Mann am anderen Ende der Leitung fragen. Er kannte die Stimme nicht. Der Störenfried musste warten, bis ein Bissen Toast hinuntergeschluckt war. Dann erst erhielt er Antwort.

»Hier ist Stiller. Christian Stiller.«

Der Anrufer schien verblüfft.

»Nanu! Doch nicht etwa Superintendent Stiller von Scotland Yard?«

»Erraten. Der bin ich. Und jetzt machen Sie es nicht so spannend, sondern sagen Sie mir, wer Sie sind und was Sie wünschen!«

Die Entgegnung kam kleinlaut.

»Gewiss, Sir. Hier spricht Detektivsergeant Ingram von der Kriminalpolizei Belhampton. Wenn ich gewusst hätte, dass Scotland Yard bereits an Ort und Stelle ist...«

Christian unterbrach ihn schroff.

»Moment, mein Freund, wovon reden Sie? Ich möchte endlich wissen, wieso Sie mich privat anrufen.«

Der andere stutzte.

»Was denn? Das ist Ihre Wohnung? Sie sprechen von ihrem Privatanschluss?« Seine Stimme wurde dienstlich. »Wenn es so ist, Sir, dann muss ich Sie bitten, sofort zu uns nach Belhampton zu kommen. Sie müssen uns bei der Aufklärung eines – eines seltsamen Falles behilflich sein.«

»Aber bester Mann, wie stellen Sie sich das vor? Wenn Sie Scotland Yard bemühen möchten, müssen Sie sich an die Zentrale wenden und nicht an mich.«

»Es geht nicht um den Yard, Sir. Noch nicht. Es handelt sich um Sie persönlich. Ich ersuche Sie zu kommen – in ihrem eigenen Interesse...«

Mehr zu verraten, war der Detektivsergeant nicht bereit. Immerhin, er hatte es verstanden, Neugier zu wecken. Christian beendete sein Frühstück nicht. Er rief gleich im Yard an und fuhr dann nach Belhampton zur Polizeistation. Ein Beamter führte ihn in das Zimmer von Sergeant Ingram.

Der begrüßte ihn höflich. »Ich hoffe, ich habe Ihnen keine zu große Mühe gemacht, Sir. Aber Sie werden gleich zugeben, dass die Sache ziemlich merkwürdig ist. Bitte, nehmen Sie doch Platz.«

Christian setzte sich ungeduldig. Der Sergeant war zwanzig Jahre älter als er. Aber wenn er nicht endlich mit der Sprache herausrückte, dann würde er etwas erleben.

»Tja, Sir«, sagte der Sergeant gemächlich, »es war so: Vor drei Stunden wurden wir zum *High Dive* gerufen. Ich weiß nicht, ob Sie es kennen?«

»Gepflegte Gastlichkeit vor den Toren der Stadt?«

»Genau, Sir. Musik zum Fünf-Uhr- Tee, abends Tanz. Nur mit dem Auto zu erreichen. Die Preise sind auch danach ...«

»Und was war da los?«, unterbrach ihn Christian.

»Sie hatten ein Mädchen aus dem Schwimmbecken gezogen. Tot.«

»Selbstmord?«

Der Sergeant wiegte bedächtig den Kopf. »Genau kann das erst der Arzt feststellen, der sie seziert, Sir. Aber wenn Sie mich fragen – ich glaube nicht an einen Selbstmord. Weshalb soll ein Mädchen, das da draußen völlig unbekannt ist – ich habe alle gefragt –, sich ausgerechnet im Schwimmbecken des *High Dive* ertränken? Und wie ist sie da hingekommen? Zu Fuß? Glaube ich nicht.«

Christian trommelte nervös mit den Fingern auf der Lehne seines Stuhls. »Ich verstehe immer noch nicht, was ich ...«

»Nun, Sir, die Tote hatte eine Handtasche. Ich habe sie aus dem Wasser geangelt. Lauter belangloses Zeug.

Lippenstift, Kamm und so weiter. Und ein Notizbuch.«

Er griff in die Schublade, holte ein Päckchen heraus und wickelte es auf. »Hier, sehen Sie: Auf der dritten Seite, wo der Besitzer eingetragen wird, steht CAROL WEST, 8 DORCHESTER CLOSE, ST. JOHN'S WOOD, N.W. 8. Die Schrift ist noch deutlich zu lesen. Muss ein guter Kugelschreiber gewesen sein. – Ach ja, und sehen Sie, Sir: Hier unten, wo das Adressenverzeichnis ist, da steht nur eine einzige Telefonnummer.«

Er schob Christian das Notizbuch hin.

»Ken. 9856«, las der Superintendent. »Kensington achtundneunzig sechsundfünfzig.«

Sein eigener Anschluss!

Christian Stiller schüttelte sich, als er den Kühlraum des Leichenschauhauses betrat. Es war nicht nur die Kälte, die er in seinem leichten Sommeranzug doppelt spürte. Die Reihen von kahlen Steinpritschen. Die stummen Gestalten darauf. Die fahlweißen Tücher, mit denen sie zugedeckt waren. Der durchdringende Geruch nach Desinfektionsmitteln. Die Gleichgültigkeit der Aufseher.

Er würde sich nie daran gewöhnen. Sein Begleiter zog achtlos ein Laken zur Seite.

»Das ist sie.«

Christian betrachtete die Tote. Er hörte nicht, wie der Wärter über die Steinfliesen davon schlurfte. Er konzentrierte sich auf das Gesicht vor ihm.

Jung war sie gewesen. Und hübsch.

Mitte zwanzig höchstens. Kein Alter, um zu sterben. Die scharfen Linien von der Nase abwärts hatte sicher der Tod gegraben. Sie mussten nicht unbedingt Zeichen von vorzeitiger Enttäuschung und Bitterkeit sein.

Der Mund zeigte noch Spuren von Lippenstift. Die geschwungenen Augenbrauen, die zierliche Nase, das lange hellblonde Haar, das an den Wurzeln nachgedunkelt war – dunkelblond war sie eigentlich. Wie die meisten Hellblonden. Aber das kümmerte ihn jetzt nicht. Er war sicher gewesen, dass er die Tote erkennen würde. Sie hatte ihn gekannt. Sie besaß seine Telefonnummer. Also musste er ihr irgendwann einmal begegnet sein.

Nun – er konnte sich nicht daran erinnern.

Dabei war das Personengedächtnis seine Stärke. Er vergaß nie ein Gesicht. Das war einer der Gründe, weshalb er Scotland Yards jüngster Superintendent war. Drei Jahre als Polizist in Coventry, zwei in Birmingham bei der Kripo, dann zwei Jahre als Detektivsergeant im Betrugsdezernat von Scotland Yard und zuletzt vier Jahre als Detektivinspektor – das war alles.

Seine zweite Stärke war die Gründlichkeit. Aber auch sie nutzte ihm hier nichts. Systematisch ging er die Reihe der Frauen durch, denen er in London begegnet war. Damen der Gesellschaft und Verbrecherinnen, Sekretärinnen und Prostituierte, Verkäuferinnen, Sportlerinnen, Bardamen.

Er schüttelte unwillig den Kopf. Nein, er konnte sich nicht erinnern, dieses Mädchen je gesehen zu haben. Auch den Namen kannte er nicht. Carol West – das war leicht zu merken. Er hätte ihn nicht vergessen.

Dennoch – etwas ließ ihn nicht los. Nicht die Tote selbst. Er war jetzt sicher, dass er sie nicht kannte. Aber sie erinnerte ihn an jemanden, den er kannte. Sie ähnelte jemandem. Eine winzige Ähnlichkeit sicher, sonst müsste er darauf kommen. Fast sanft deckte er die Tote wieder zu.

Eine Viertelstunde später hielt er vor dem Haus Nummer acht in der Dorchester Close, St. John's Wood. Eine Frau öffnete. Ungefähr fünfundvierzig Jahre alt, stattlich und gepflegt. Sie trug einen seidenen Hausanzug mit einem etwas zu bunten Blumenmuster.

Christian stellte sich vor. Zugleich spürte er eine Welle der Erleichterung. Sein Gedächtnis mochte vorhin versagt haben. Aber diese Frau hier erkannte er.

»Sind Sie nicht Mary Kenton?«, fragte er.

Die Frau sah ihn überrascht an. »Das war ich.«

Sie strich eine Haarsträhne aus der Stirn. »Ich bin nicht mehr beim Theater. Ich habe aufgehört, als ich heiratete. Fredericks heiße ich jetzt. Mein Mann ist vor zwei Jahren gestorben.«

»Sie können sich denken, weshalb ich komme?«

»Wegen Miss West? Vorhin war schon jemand da.«

Christian nickte. »Inzwischen habe ich den Fall übernommen. Würden Sie so freundlich sein, mir zu wiederholen, was Sie von Carol West wissen?«

»Gern. Aber es ist nicht viel. Vor ungefähr drei Monaten habe ich eine Anzeige aufgegeben. Ich hatte nie vorher vermietet. Aber das Zimmer stand leer, und einsam war es hier im Haus auch.«

»Ich verstehe«, sagte Christian. »Sie hat natürlich gearbeitet?«

»Oh ja. Sie war Sekretärin bei der Apex-Versicherung in der Cannon Street. Sie war sehr still, das arme Ding. Ich hatte gehofft, dass sie mir ein bisschen Gesellschaft leisten würde. Aber sie war kaum zum Reden zu bringen. Manchmal hat sie sich stundenlang in ihrem Zimmer eingeschlossen.«

»Haben Sie sich nicht gewundert, als sie heute Nacht

nicht nach Hause kam?«

»Durchaus nicht«, sagte Mary Fredericks. »Sie blieb oft für zwei oder drei Tage fort. Sagte, sie müsste dienstlich verreisen.«

»Darf ich mir einmal ihr Zimmer ansehen?«

Sie führte ihn hinauf. Das Zimmer war seltsam unpersönlich. »Wie ein Hotelzimmer, das selten benutzt wird«, dachte er. Auf einem Tisch lag ein kleiner Stapel Bücher. Sonst nichts. Keine Blumen, keine Bilder. »Darf ich telefonieren?«, bat er.

Mary Fredericks nickte. Ihr Sinn fürs Dramatische war offensichtlich geweckt. Sie hörte gespannt zu, als der Superintendent mit dem Personalbüro der Apex-Versicherung sprach. »Habe ich richtig verstanden?«, fragte sie, als er den Hörer auflegte. »Sie haben …«

Christian Stiller nickte. »Die Apex kennt keine Carol West«, sagte er ruhig. »Es fehlt auch keine Angestellte, auf die die Beschreibung passt.«

Es war Nachmittag, als Christian Stiller seinen Wagen auf dem Parkplatz des *High Dive* abstellte. Er trat durch die breite Tür unter der Neonschrift und sah sich um. ›Büro‹ stand an einer einfachen Holztür. Er klopfte und trat ein.

Im Zimmer standen zwei Schreibtische. Der eine war leer. An dem anderen saß ein Mädchen.

Das erste, was er von ihr sah, waren ihre Augen. Sie waren groß, dunkel und ernst. Schwarzes Haar, das die zierlichen Ohren frei ließ. Ein voller Mund mit Lippen, die von Natur aus rot waren.

»Ich möchte den Geschäftsführer sprechen«, sagte er. »Mein Name ist Stiller. Superintendent Stiller von Scotland Yard. Ich bin angemeldet.«

Sie nickte ernsthaft. »Mister Merton ist in der Küche. Eine neue Lieferung abnehmen. Er muss jeden Augenblick zurückkommen. Wollen Sie solange Platz nehmen?«

Er rückte sich einen Stuhl zurecht und zeigte aus dem Fenster. »Das ist Ihr Schwimmbad, nicht wahr?«

Sie stand auf und öffnete die Fensterflügel. Ihre Bewegungen waren graziös und leicht.

»Ja«, sagte sie leise. »Das Wasser ist jetzt abgelassen. Es muss natürlich erneuert werden.«

Sie sah hinaus auf den grünen Rasen und das blaugekachelte Becken, das jetzt leer und nutzlos dalag.

»Mister Merton hat sie gefunden, nicht wahr?«, fragte Christian vorsichtig.

»Er zuerst.« Sie sprach ein ausgezeichnetes Englisch. Aber er glaubte einen fremden Klang darin zu hören.

»Mister Merton sprang ins Wasser und fand sie. Gleich darauf kam ich dazu. Ich wollte gerade zu Mister Cooper gehen. Er wohnt hier.« Sie hob einen schlanken bloßen Arm und zeigte hinüber zum Waldrand. »In einem der Bungalows.«

Christian stand auf und trat zu ihr. »Gibt es hier nur Bungalows zum Übernachten – oder auch normale Gastzimmer?«

»Nur Bungalows.« Der schwache Widerschein eines Lächelns flog über ihr Gesicht. »Es ist moderner so. Die Leute reißen sich danach. Sie verstehen?«

Er nickte. »Sicher. Es gehört zum Geschäft. Wer wohnt eigentlich hier?«

»Sie wollen die Liste der Gäste? Da muss ich Sie bitten, zu warten, bis Mister Merton ...«

»Nein«, unterbrach er sie. »Mit der Liste können wir uns nachher beschäftigen. Ich meine: Was für Leute wohnen hier gewöhnlich?«

Sie neigte überlegend den Kopf zur Seite. »Die meisten sind Geschäftsleute, die mit dem Wagen nach London kommen«, sagte sie langsam. »Viele von Liverpool oder Manchester. Sie übernachten hier und sind am nächsten Morgen in ein paar Minuten in der Stadt.«

»Das müssen doch ganz interessante Leute sein?«, fragte er beiläufig.

Sie verzog verächtlich den Mund. »Wandelnde Geldsäcke. Sie denken, sie können alles kaufen.« Unwillkürlich sah sie an ihrem Körper hinunter, von dem das leichte Sommerkleid nicht viel verbarg.

»Das sind also Ihre Gäste?«, lenkte er ab.

»Oh…« Sie blickte auf, und er glaubte zu sehen, dass sie unter der braungebrannten Haut leicht errötete. »Sicher, ja. Aber außerdem kommen auch Gäste aus London. Leute mit Geld, die jetzt bei der Hitze froh sind, wenn sie für ein Wochenende aus der Stadt herauskommen. Die nicht an die See fahren wollen, weil die Zeit nicht reicht oder weil es ihnen da zu überlaufen ist.«

»Und natürlich auch Leute, die sich Herr und Frau Miller oder Brown oder Jones nennen«, stellte Christian sachlich fest. »Sie brauchen mich nicht so erschrocken anzusehen, Miss…«

»Nagy, Julia Nagy. Ich bin Ungarin.«

»Flüchtling?«

„Ja – seit dem Budapester Aufstand.«

»Also, Miss Nagy, Sie brauchen nicht zu erschrecken. Mit der Sittenpolizei habe ich nichts zu tun. Aber man muss kein Spezialist sein, um zu sehen, dass dies hier das ideale Liebesnest für Leute ist, die – na, sagen wir: in der Stadt nicht zusammen gesehen werden wollen.« Sie sah ihn abweisend an. »Ich bin nicht befugt, mit Ihnen über unsere Gäste zu sprechen«, sagte sie kühl. »Auch nicht über Mister Cooper?«, fragte er.

»Ach, der!« Ein kleines Lächeln milderte die Strenge ihres Gesichts. »Unser Frühaufsteher. Ein alter Herr. Sehr freundlich – höflicher als die meisten anderen. Aber mit dem können Sie nur über Babylon und Ägypten sprechen.«

»Ein Wissenschaftler?«

»Privatgelehrter nennt er sich, glaube ich. Ihn interessiert nichts, was nicht mindestens fünftausend Jahre alt ist.«

»Dann sind Sie ihm also zu jung?«, fragte Christian lächelnd.

»Ganz entschieden«, antwortete sie und lächelte ebenfalls. »Wenn ich eine ägyptische Mumie wäre, würde er mich lieben. Aber so …«

»Also ein richtiger Gelehrter. Zerstreut wie ein Professor?«

»Ein bisschen, ja. Er lässt immer etwas herumliegen und sucht dann danach. Aber richtig nett ist er. Wirklich. Er erinnert mich an meinen …«

Sie brach ab.

»An wen?«, fragte Christian neugierig.

»Ach – an einen Mann, den ich einmal gekannt habe«, wich sie aus. Sie wandte sich vom Fenster ab und ging wieder zu ihrem Schreibtisch.

Auch Christian war im Begriff, sich hinzusetzen. Da ging die Tür auf.

Victor Merton verzog den Mund unter dem dünnen

Schnurrbärtchen zu einem höflichen Lächeln.

»Mister Stiller, nehme ich an?«, Christian verbeugte sich leicht.

»Ich bin Merton, der Geschäftsführer hier. Was kann ich für Sie tun?«

»Ich möchte mir einmal die Stelle ansehen, wo Sie die Tote gefunden haben.«

»Das Schwimmbecken? Das sehen Sie von hier aus.«

»Ich weiß. Aber mich interessiert auch die Umgebung davon. Wenn Sie so freundlich sein wollen ...«

Das Telefon schlug an. Julia Nagy nahm den Hörer ab.

»Ja, bitte?« Dann reichte sie Christian den Hörer. »Für Sie, Mister Stiller.«

Er meldete sich. Sekundenlang hörte er nur das Rauschen der Leitung. Dann sagte eine leise, höfliche Stimme: »Superintendent Stiller von Scotland Yard?«

»Am Apparat.«

»Ich möchte Sie warnen«, sagte die Stimme. »Lassen Sie die Finger von diesem Fall. Sie übernehmen sich. Der Brocken ist zu hart für Sie.«

Es knackte in der Leitung. Der Anrufer hatte aufgelegt. Christian gab der Sekretärin den Hörer zurück. Dann wandte er sich gleichmütig an Merton. »Gehen wir?«

Der Manager führte ihn hinaus. »Sehen Sie, von diesem Brett bin ich ins Becken gesprungen.«

»Ist Ihnen nichts aufgefallen? Das Wasser war doch sicher klar?«

»Ganz durchsichtig«, bestätigte Merton. »Aber wenn man jeden Tag an derselben Stelle ins Wasser springt, sieht man gar nicht mehr hin. Außerdem blendete mich

28

die Sonne.«

»Das da drüben sind die Bungalows?«, fragte Christian und zeigte auf eine Reihe locker stehender, kleiner Gebäude.

»Ja, da wohnen unsere Gäste«, bestätigte der Geschäftsführer. »Es sind nicht viele. Ich kann Ihnen nachher die Liste zeigen.«

»Gern, vielen Dank. Fahren übrigens Ihre Gäste immer mit dem Auto auf die Liegewiese?«

»Wieso?« Merton sah ihn verblüfft an.

»Weil hier eine deutliche Radspur zum Schwimmbecken führt.«

»Das wird der Wagen gewesen sein, der die Tote holte.«

»Moment – hier sind Sie ins Wasser gesprungen – dort etwa haben Sie das Mädchen gefunden. An welcher Stelle haben Sie sie herausgezogen? Hier?«

»Nein«, sagte Merton kopfschüttelnd. »Auf der anderen Seite natürlich.«

»Dann dürfte der Wagen auch drüben gehalten haben?«

»Sie haben recht. Er hat da rechts gestanden. Auch nicht so nah am Becken. Eher auf dem Weg.«

»Ist der Rasen heute schon gesprengt worden?«

»Nein. Aber weshalb...?«

»Danke, das reicht mir. Wenn wir jetzt in Ihr Büro gehen könnten?«

Christian hatte keine Lust, sich mit dem Mann über seine Beobachtungen zu unterhalten. Er war sicher, dass die Spur mehr als ein paar Stunden alt war. Dass sie aus der Nacht stammte. Dass sie von dem Wagen stammte, mit dem Carol West hergebracht worden war.

Aber er war auch sicher, dass Merton mehr wusste, als er zugab.

Die Liste des Personals war unergiebig. Die Leute hatten ihre Aussagen gemacht. Er würde sie auf seinem Schreibtisch finden. Ebenso alles, was sonst über das Personal zu erfahren war.

Die Gäste?

»Zwei waren nur für eine Nacht hier«, sagte Merton. »Sie sind heute früh weitergefahren. Textilfabrikanten, die zu einer Tagung mussten. Die Beamten haben Namen und Adressen aufgeschrieben.«

Er sah Christian fragend an.

»In Ordnung«, nickte der. »Und die anderen?«

»Da wäre Mister Cooper, George Cooper. An die sechzig Jahre alt. Stammgast. Kommt jedes Jahr ein paar Wochen, wenn es ihm in der Stadt zu heiß wird.«

»Wer noch?«, fragte Christian.

»Das Ehepaar Beckworth. Eve und John. Wohnen seit einer Woche hier. Aus Blackpool. Habe keine Ahnung, was sie hier wollen. Sie, Miss Nagy?«, wandte er sich an die schweigend dabeistehende Sekretärin.

»Ich – ich weiß nicht«, stotterte sie erschrocken. Dann nahm sie sich zusammen. »Misses Beckworth sagte etwas von Verwandten, nach denen sie sehen wollten. Außerdem fahren sie abends meistens in die Stadt...«

Merton lachte auf. »Eine lebenslustige Dame«, sagte er vertraulich. »Viel jünger als ihr Mann. Ich glaube, sie schleppt ihn nur mit herum, damit er nachher die Rechnungen bezahlen kann. Ich habe sie abends wegfahren sehen. Im großen Staat, sage ich Ihnen. Brillanten hinten und vorn.«

»Gestern Abend auch?«

»Gesehen habe ich sie gestern nicht. Aber hier waren sie abends auch nicht. Wahrscheinlich sind sie erst nachts wiedergekommen.«

»Wann etwa?«

Merton sah Julia Nagy an. Die hob die schmalen Schultern.

»Das ist schwer zu sagen. Die letzten Gäste aus der Stadt verschwinden selten vor zwei Uhr morgens. Bis dahin ist immer Lärm.«

»Aber die Schlüssel?«

»Behalten die Gäste, solange sie hier wohnen«, sagte Merton. »Sie sollen sich ganz wie zu Hause fühlen. Selbst das Zimmermädchen betritt die Bungalows nur auf ausdrücklichen Wunsch des Gastes.«

Christian sah aus dem Fenster.

»Sind das die beiden?«

»Ja.« Merton zwinkerte ihm zu. »Ein ungleiches Paar, nicht wahr?«

»Hm, nicht ungewöhnlich«, wehrte Christian ab. Er sah den beiden Spaziergängern nach, bis sie zwischen den Bäumen verschwanden. Ein rundlicher Mann, dessen Haare schon dünn wurden, und eine große, schlanke Frau mit jugendlichen Bewegungen.

»Heute Nacht«, sagte Julia Nagy zögernd, »heute Nacht habe ich ein Auto gehört. Das werden Beckworths gewesen sein.«

»Wann ungefähr?«, fragte Christian. »Kurz vor Sonnenaufgang. Es wurde gerade etwas hell. Ganz wenig.«

»Können Sie von Ihrem Fenster aus das Schwimmbecken sehen?«

Sie schüttelte den Kopf. »Es ist genau auf der anderen Seite.«

»Danke, Miss Nagy. Mister Merton, waren das alle Gäste heute Nacht?«

»Das waren alle«, bestätigte der Geschäftsführer.

»Nur vier Bungalows vermietet? Das ist nicht gut, was?«

»Ferien«, seufzte der Manager. »Aber übers Wochenende wird es besser.«

»Vier von zehn Bungalows«, überlegte Christian. »Es sind doch zehn?«

Merton nickte bestätigend.

Christian sah auf den Plan. »Nummer eins hat Mister Cooper und Nummer drei das Ehepaar Beckworth, nicht wahr?«

Wieder nickte der Manager. Die scheinbar sinnlosen Fragen schienen ihn nervös zu machen.

»Weshalb fehlt dann hier am Brett der Schlüssel für Nummer zehn?«, schoss Christian die nächste Frage ab.

Merton zuckte nicht mit der Wimper. »Der Schlüssel? Ach so. Dabei müssen Sie sich nichts denken. Nummer zehn ist für den Boss reserviert.«

»Wer ist das?«

»Der Besitzer des *High Dive*. Mister Lombard.«

»Eddie Lombard?«, fragte Christian überrascht.

»Ja – kennen Sie ihn?«

»Ich glaube schon«, antwortete Christian Stiller.

Im Yard erwartete ihn Sergeant Moore. Ein untersetzter Mann in mittlerem Alter. Mit der roten Gesichtsfarbe – und auch mit der Zähigkeit des typischen Engländers ausgestattet. Stillers zuverlässigster Helfer. Schon aus der Zeit, als er noch Inspektor war.

»Carol West wird erst morgen seziert«, berichtete er.

»Ich zweifle aber nicht daran, dass sie ermordet worden ist.«

»Ich auch nicht«, sagte Christian und setzte sich an seinen Tisch. »Wissen Sie übrigens, wem das *High Dive* gehört? Eddie Lombard!«

»Tomaten-Eddie?«

»Genau dem.«

»Verdammt«, sagte Moore nachdenklich. »Das wird ein harter Brocken.«

Christian grinste.

»Das hat mir heute schon mal jemand gesagt. Aber besorgen Sie erst mal 'ne Kanne Kaffee.«

Während sie das heiße Getränk schlürften, ging er mit Moore die Ereignisse des Tages durch. Die Überprüfung des Personals hatte nichts Neues ergeben.

»Wir haben die ganze Gegend durchgekämmt, Sir«, erzählte Moore. »Wissen Sie, dass hinter dem Wald 'ne Schule liegt? Der Rektor war nicht da. Aber ein junger Lehrer hat mir Auskunft gegeben. Long heißt er. Ein dünnes Kerlchen. Sieht aus, als ob er nichts zu essen kriegt. Aber es wird wohl die Galle sein. Hat sich jedenfalls furchtbar aufgeregt. Über seine Nachbarn. Das *High Dive* muss ein wahrer Sündenpfuhl sein, wenn man ihm glauben kann. Halbnackte Leute, verheiratet auch nicht, schlechtes Beispiel für seine Schüler und so weiter. Sie kennen die Tour ja.«

»Sonst wusste er nichts?«

»Keine Tatsachen. Nur Gerede. Kann natürlich was dran sein. Aber was nutzt das uns?«

»Wenig«, gab Christian zu. »Obwohl Eifersucht immerhin ein Mordmotiv ist.«

Moore schwenkte abwehrend seine Tasse.

»Nix Eifersucht. Dann müsste die Tote doch im *High Dive* bekannt sein. Aber alle haben sie angesehen, und jeder hat hoch und heilig versichert, dass sie ihm nie begegnet sei.«

»Und dass jemand lügen könnte, halten Sie nicht für möglich?«

»Einer? Das müssten dann schon mehrere sein. In so einem Laden ist man allen bekannt – oder man ist gar keinem bekannt.«

»Mehrere?« Christian überlegte. »Warum eigentlich nicht? Wenn Lombard seine Hand im Spiel hat?«

Das Telefon summte. Christian hob ab.

Er erkannte die leise, höfliche Stimme sofort.

»Hören Sie«, sagte der Fremde. »Haben Sie sich meine Warnung überlegt?«

»Wie bitte? Ich kann Sie sehr schlecht verstehen. Bitte sprechen Sie lauter!«

Während er in die Sprechmuschel schrie, schrieb er hastig auf einen Zettel: »ANRUFER FESTSTELLEN, VERHAFTEN!«

Moore sah ihm über die Schulter, nickte und rannte hinaus.

»Verstehen Sie mich jetzt besser?«, fragte der Anrufer mit betont deutlicher Aussprache.

»Ja, jetzt ist es besser. Was wollten Sie mich fragen?«

Der andere wiederholte seine Worte.

»Was haben Sie für ein Interesse daran? Wer sind Sie denn überhaupt?«

Es hörte sich an, als ob der Fremde leise lachte. »Sie glauben doch nicht im Ernst, dass ich Ihnen das sagen werde?«

»Aber Sie verlangen von mir, dass ich Ihnen glaube.

Obwohl ich Sie gar nicht kenne!«

Es kam nicht darauf an, was er sagte. Wenn er den Mann nur ein paar Minuten festhalten konnte.

»Ich sehe schon, Sie lassen sich nicht abraten«, sagte der andere. »Na, dann passen Sie mal von jetzt an schön auf, wenn Sie abends nach Hause gehen.«

»Was meinen Sie damit?«

»Genau was ich sage. Schön in alle dunklen Winkel schauen. Es könnte sein, dass jemand auf Sie wartet.«

Moore kam wieder. Er kritzelte etwas auf den Zettel und schob ihn Christian hin.

»BELHAMPTON. ÖFFENTLICHE. STREIFE UNTERWEGS.«

»Haben Sie besondere Gründe für Ihren netten Hinweis?«, fragte Christian, nur um etwas zu sagen.

»Viele«, kam die Antwort. »Aber jetzt hänge ich ein. Sonst ist Ihre Streife hier, bevor ich verschwinden kann. Gute Nacht.«

Christian legte den Hörer auf die Gabel. »Ist er weg?«, fragte der Sergeant.

»Ja.«

»Derselbe, der Sie vorhin angerufen hat?«

Christian nickte. »Ein schlauer Bursche. Sagte, er wollte einhängen, bevor unsere Streife kommt.«

Moore pfiff durch die Zähne. »Ein ganz Ausgekochter. Kennt sich aus mit Scotland Yard. Was wollte er überhaupt?«

»Wie vorhin. Mich einschüchtern. Soll mich vor Überfällen im Dunkeln hüten.«

»Hm«, machte der Sergeant, »so ein Rat wird ja nicht schlechter, bloß weil er von einem Ganoven kommt. Nicht?«

»Sie meinen ...?«

»Ich an Ihrer Stelle würde mich wirklich vorsehen, Chef.«

Diese Worte fielen Christian Stiller wieder ein, als er zwei Stunden später vor seinem Haus hielt.

Die Straße war dunkel. Dunkler als sonst. Hier war doch immer...

Die Laterne brannte nicht!

Er stieg aus. Schlug die Tür zu, schloss den Wagen ab. Sollte er sich fürchten – nur weil ein anonymer Anrufer...

War da jemand? Im Schatten der Sträucher – neben seiner Haustür? Er zögerte. Sollte er die Tür wieder aufschließen? Die Taschenlampe lag im Wagen.

Aber das war doch lächerlich! Er gab sich einen Ruck und ging auf das Haus zu.

Zu sehen war nichts. Er ahnte die Bewegung nur. Warf sich zur Seite. Der Sandsack traf nur seine Schulter. Die linke. Er schlug mit der Rechten zu. Wich mit einem schnellen Sidestep dem nächsten Angriff aus.

Rechter Haken – getroffen! Er fühlte, wie der andere nachgab. Hörte ihn stöhnen. Drängte nach. Links – rechts! Dann krümmte er sich ächzend zusammen. Versuchte den Fuß zu packen, bevor er ihn zum zweiten Mal in den Leib treten konnte. Der andere fiel auf ihn. Drückte ihn zu Boden. Suchte mit den Händen nach seiner Kehle.

Er riss ein Knie hoch. Hörte das Grunzen, als dem anderen die Luft ausging. Taumelte hoch. Auf die Füße. Immer noch halb wehrlos. Auch der andere kam hoch. Stürzte sich auf ihn. Schlug zu und traf. Christian brachte die Arme nicht hoch. Die Beine waren wie Blei. Er fing einen Schlag mit der Schulter ab. Nahm den nächsten auf den gesenkten Schädel.

Dann hörte er das Schnappen eines Klappmessers. Das bösartige Geräusch brachte ihn zur Besinnung. Als der schattenhafte Gegner auf ihn lossprang, ließ er sich fallen. Warf sich mit aller Kraft herum. Die Beinschere...

Der andere fiel um wie ein Baum. Sein Messer klirrte auf den Steinen. Mühsam richtete Christian sich auf. Seine Augen flimmerten von der Anstrengung. Aber er musste die Waffe finden, bevor der andere ... Zu spät!

Keuchend lehnte er an der Hauswand. Die Arme halb erhoben zur Abwehr.

Ein Messer blitzte auf.

2
Tomaten-Eddie

Christian Stiller sah das Blitzen der Klinge. Im schwachen Schein einer fernen Straßenlaterne konnte er die Bewegungen seines Gegners nicht deutlich erkennen.

Christian hatte die schmerzenden Arme zur Abwehr halb erhoben. Seine Beine waren wie Blei.

Da kam der Angriff. Ein kurzer Sprung zur Seite.

Das war sein Glück.

Es klirrte, als die Hand mit dem Messer an die Mauer prallte.

In diesem Augenblick packte Christian zu. Griff das Handgelenk. Ließ sich fallen und drehte sich dabei.

Der Mann stürzte über ihn. Schwer prallte er auf die Steine. Einen Augenblick blieb er liegen. Dann sprang er auf. Stand auf schwankenden Beinen. Sah sich nach Christian um.

Der war schon bei ihm. Landete eine Rechte. Eine Linke. Noch eine Rechte.

Es saß nicht der richtige Druck dahinter. Christian spürte es. Aber dem Gegner reichten die Treffer. Der Mann vor ihm grunzte nur noch. Er drehte sich weg. Christians nächster Schlag traf seinen Rücken. Unwillkürlich stoppte der Detektiv seinen Angriff. Einen Gegner in den Rücken zu schlagen – das ging nicht. Unfair. Der andere nutzte die Pause. Taumelnd begann er zu laufen. Dann mit immer schnelleren Schritten.

Nachlaufen hatte keinen Sinn. Christian dachte an

sein Auto. Wo waren die Schlüssel, verflixt nochmal?

Er tastete seine Taschen ab. Nichts. Verloren. Er fand sein Feuerzeug.

Leuchtete den Boden ab. Fand nach zwei Minuten die Autoschlüssel. Lief zum Wagen. Schloss mit vor Anstrengung immer noch zitternden Händen auf.

Aber bis er den Motor gestartet hatte und mit aufgeblendeten Scheinwerfern die Straße entlangfuhr, war von seinem Gegner nichts mehr zu sehen.

Missmutig wendete er und fuhr zu seinem Haus zurück. Er stellte den Wagen ab, schloss die Haustür auf und stieg langsam die paar Stufen zum Aufzug hoch. Alle Glieder taten ihm weh.

Im Briefkasten lag ein Umschlag. Mit Druckbuchstaben an ihn adressiert. Ohne Absender.

Automatisch riss er den Umschlag auf, während er in seinem Arbeitszimmer Licht machte.

Da klingelte das Telefon. Er warf den Umschlag auf den Schreibtisch und hob den Hörer ab. »Kensington 9856.«

»Ach, da sind Sie ja«, sagte eine leise, höfliche Stimme.

»Ja, da bin ich«, antwortete er spöttisch. »Das überrascht Sie wohl?«

»Aber durchaus nicht«, erwiderte der andere im gleichen Ton. »Im Gegenteil, ich freue mich, dass Sie heil nach Hause gekommen sind. Sie sind doch heil, hoffe ich?«

Wortlos legte Christian den Hörer auf.

Der Mann war gut unterrichtet. Oder doch nicht? Wenn er der Auftraggeber des Messerhelden war – Christian zweifelte nicht daran –, dann wollte er sich mit diesem Anruf vielleicht nur überzeugen, ob sein Mann Erfolg gehabt hatte.

Christian ging ins Badezimmer und betrachtete sich im Spiegel.

Er bot keinen schönen Anblick. Abschürfungen an der Stirn. Unter dem linken Auge eine große, blutunterlaufene Stelle, die schon anzuschwellen begann. Auch der Mund war leicht geschwollen. Er griff zur Jodflasche.

Als er ins Arbeitszimmer zurückkam, sah er den geöffneten Brief liegen. Er griff danach und zog ein Blatt Papier heraus. Es war unbeschrieben. Nur eine hastig hingeworfene Zeichnung war darauf. Sie zeigte das Gesicht eines hübschen jungen Mädchens.

Das Gesicht der Carol West!

Er hielt das Blatt vorsichtig am Rand. Er hätte zwar wetten mögen, dass niemand so dumm gewesen war, darauf Fingerabdrücke zu hinterlassen. Aber es wäre gegen seine Natur gewesen, auch nur die geringste Möglichkeit zu übersehen.

Gewöhnliches Papier. Dazu ein Umschlag, wie es ihn wahrscheinlich in jedem Schreibwarengeschäft von London zu kaufen gab. Von dieser Seite konnte er keinen Hinweis erwarten.

Aber wer mochte ihm diese Zeichnung schicken – und weshalb? Um ihn zu verwirren? Seine Aufmerksamkeit in eine falsche Richtung zu lenken?

Dann ging es vielleicht gar nicht um Carol West? War der Mord an dem Mädchen nicht die Hauptsache? Ging es in Wirklichkeit um etwas anderes? Um etwas, das schwerwiegender war als ein Mord? Oder wollte der Mörder gerade diesen Eindruck bei ihm erwecken? Der

Schädel brummte ihm. Nein, es hatte keinen Sinn. Heute Nacht würde er das Geheimnis nicht lösen.

»Und trotzdem ist Carol West die Schlüsselfigur!«, sagte er laut, als er am nächsten Morgen unter der Brause stand.

Die Tote war sein einziger Anhaltspunkt. Und kein schlechter. Der Überfall auf ihn bewies doch, dass er auf der richtigen Spur war. Nicht auf der Spur eines einzelnen Mannes, sondern einer Bande. Denn sein bulliger Angreifer vom vorigen Abend war sicher nicht der gleiche Mann, der ihm mit einer so kultivierten Stimme am Telefon so unverschämte Fragen stellte.

Nach dem Frühstück rief er im Yard an. Sergeant Moore hatte keine Neuigkeiten für ihn. Er staunte nicht schlecht, als sein Chef ihn in Stichworten von dem Überfall am vergangenen Abend unterrichtete.

»Sie müssen vorsichtiger sein«, drängte er. »Wenn es zwei gewesen wären...«

»Wenn!« Christian hob die Schultern, ohne daran zu denken, dass der Sergeant die Geste nicht sehen konnte. »Soll ich mich in Watte wickeln und von sechs Mann bewachen lassen? Das ist unser Berufsrisiko.«

»Dann sagen Sie mir wenigstens immer, wo Sie hinfahren«, bat Moore.

»Damit Sie mich bewachen können?«

»Nein, damit wir nicht von vorn anfangen müssen, wenn – wenn Ihnen etwas zustößt.«

Gegen dieses Argument konnte Christian nichts einwenden. »Gut«, sagte er. »Ich fahre jetzt zu Eddie Lombard.«

»Haben Sie sich angemeldet?«

»Nein. Vielleicht kann ich ihn überraschen, bevor er sich Ausreden ausdenkt.«

Er legte auf und verließ die Wohnung. Langsam stieg er die Treppe hinunter.

Dann stand er auf der Straße. Unwillkürlich sah er sich nach allen Seiten um. Es war das übliche Bild. Ein paar parkende Wagen, Hausfrauen auf dem Weg zum Einkaufen, spielende Kinder.

Christian ging zu seinem Wagen. Er wollte eben die Tür aufschließen, da sagte eine helle Stimme hinter ihm: »Das würde ich nicht tun, Sir!«

Christian sah sich um. Da stand ein kleiner Junge. Vielleicht acht Jahre alt. Einen Cowboyhut auf dem Kopf, um die Hüften einen breiten Revolvergurt mit zwei gefährlich aussehenden Knallplätzchencolts.

»So, warum denn nicht, mein Junge?«, fragte der Detektiv lächelnd. Der Kleine sah ernst zu ihm auf, sichtlich überzeugt von seiner Wichtigkeit. »Da war jemand an Ihrem Wagen, Sir!«

Christian horchte auf. Nichts war unwichtig nach dem gestrigen Abend. »Wann?«, fragte er.

»Heute früh, bevor es richtig hell wurde«, sagte der Kleine ernsthaft. »Wie sah er aus?«

»Ich weiß nicht«, kam die Antwort. »Dazu war es noch zu dunkel.«

»Wie kommt es, dass du ihn überhaupt gesehen hast?«, fragte Christian weiter. »Um die Zeit warst du doch noch nicht auf der Straße?«

»Natürlich nicht«, antwortete der Junge und schob den Hut mit der lässigen Handbewegung in den Nacken, die er im Fernsehen bei Roy Rogers beobachtet hatte. »Ich konnte nicht mehr schlafen, aber meine Eltern darf ich so früh nicht aufwecken. Da habe ich aus dem Fenster gesehen. Wir wohnen hier nebenan.«

»Dann ist jemand gekommen und hat sich an meinem Wagen zu schaffen gemacht?«

»Er ist sogar drunter gekrochen.«

»Was hast du dann getan?«

»Aus dem Fenster gesehen, bis ich auf die Straße durfte. Ich musste Sie doch warnen, Mister Stiller!«

»Du kennst mich?«

»Klar«, antwortete der Junge strahlend. »Wo wir doch Nachbarn sind! Was werden Sie jetzt machen?«

Christian angelte ein Geldstück aus der Tasche und gab es ihm. »Das ist für dich. Ich werde jetzt erst einmal sehen, ob du ein braver Junge bist.«

Der Kleine hielt das Geld in der offenen Hand. Er sah Christian zweifelnd an. Deshalb hatte er doch nicht hier aufgepasst. Für Geld!

»Nimm es ruhig«, sagte Christian. »Gute Taten werden belohnt. Das gehört sich so. Und jetzt musst du mir etwas versprechen: Geh zu deiner Mutter und komm nicht mehr in die Nähe dieses Wagens, bis die Polizei dagewesen ist, hörst du?«

»Aber ich ...«, stotterte der Junge. »Du willst wissen, wie es weitergeht?«, fragte Christian. Sein kleiner Freund nickte heftig.

»Fein, Johnny. Ich komme in ein paar Tagen, wenn alles vorbei ist. Dann erzähle ich dir, wie es weitergegangen ist. Und schönen Dank noch!«

Als der Kleine fort war, ging Christian Stiller vorsichtig um seinen Wagen herum. Von außen war nichts zu sehen. Fenster und Türen waren geschlossen. Auch im Wageninneren entdeckte er nichts Auffallendes.

Dann fiel ihm ein, dass Johnny gesagt hatte, der Mann sei sogar unter den Wagen gekrochen. Er bückte sich und sah hinunter.

Er hörte nicht, wie dicht hinter ihm ein Auto bremste.

»Können wir helfen, Sir?«, fragte eine Stimme.

Er wusste nachher nicht, wie er bei seinem Muskelkater so schnell hochgekommen war.

Es war ein Streifenwagen. Der Beamte neben dem Fahrer hatte den Kopf aus dem Fenster gesteckt.

»Wie kommen Sie denn hierher, Johnson?«, fragte Christian.

»Och, nur so«, wich der Mann aus.

Christian begriff. Sergeant Moore hatte begonnen, seine schützende Hand über ihn zu halten. Es hatte jetzt keinen Sinn, sich über die unverlangte Hilfe zu ärgern. Im Gegenteil, die Streife kam ihm sehr willkommen.

»Kommen Sie doch mal mit Ihrer Taschenlampe her«, sagte er. Der Uniformierte stieg aus.

»Leuchten Sie unter meinen Wagen und sagen Sie mir, ob Sie etwas Ungewöhnliches sehen«, befahl Christian.

Johnson ging in den Liegestütz und schaute unter das Fahrzeug. Nach einer Weile richtete er sich auf.

»Ein schwarzer Draht, Sir«, meldete er. »Auf der Erde ist er mit einem Klebestreifen festgemacht. Oben führt er zur Karosserie. Wenn ich meine Meinung sagen soll …«

»Ja?«

»Wir hatten so was im Lehrgang. Ich würde mich nicht wundern, wenn am oberen Ende ein Zünder wäre. Und eine ganze Menge Sprengstoff. Ein Glück, dass Sie das rechtzeitig gesehen haben, Sir!«

»Ich habe gar nichts gesehen«, sagte Christian. »Jemand hat mich drauf aufmerksam gemacht. Wir werden ihn zum Ehrenmitglied vom Scotland Yard ernennen, falls es so etwas gibt. So, und jetzt – Sie haben doch Funk im Wagen? Rufen Sie den Yard. Einen Sprengstofffachmann. Wahrscheinlich werden Sie auch die Straße absperren müssen.«

Christian fuhr nach diesem Zwischenfall mit einem Taxi zu Eddie Lombard. Dessen Büro war in einem klotzigen Gebäude der Innenstadt. Eine vollbusige Blondine ließ ihn ein und führte ihn ins Vorzimmer des Chefs, in dem eine noch besser gerundete und noch heller gebleichte junge Dame saß.

»Sie wollen den Chef sprechen?«, fragte sie.

Christian nickte. »In einer äußerst dringenden Angelegenheit!«, sagte er.

Sie zögerte. »Darf ich Ihren Namen …«

»Stiller. Christian Stiller.«

»Von welcher Firma?«

»Sagen Sie nur den Namen. Das wird genügen.«

Es genügte offensichtlich. Außerdem musste es hier ein Mikrofon geben, jedenfalls ging die Tür zum Chefzimmer auf, und Eddie Lombard eilte herein. Ein schwerer, dickschädliger Mann, Mitte vierzig etwa. Überrascht, ja beinahe erschrocken blickte die Sekretärin ihn an. Aber Eddie beachtete sie gar nicht.

»Ah, welch seltener Besuch!«, rief er mit gespielter Überraschung. »Wollen Sie zu mir, Super? Zu wem sonst, wollen Sie fragen? Na, zum Beispiel zu Nellie hier. Sie machen sich keine Vorstellung, wie viele Besucher ich habe, seit Nellie für mich arbeitet.«

Nellie bemühte sich, ein unschuldiges Gesicht zu machen.

»Kommen Sie, Super«, sagte Lombard mit einer einladenden Handbewegung.

Christian betrat das Zimmer des Mannes, der vor fünfundzwanzig Jahren mit einem Obstkarren durch London gezogen war und den sie heute den heimlichen König des Londoner Nachtlebens nannten. Jedenfalls besaß Lombard, dem der Spitzname Tomaten-Eddie aus seiner Jugend geblieben war, mehr Nachtclubs und Restaurants als sonst jemand in der Stadt. Dass er an das Geld nicht auf ehrliche Weise gekommen war, konnte sich jeder kleine Polizist an den Fingern abzählen. Er hatte auch ein paarmal vor Gericht gestanden. Wegen aller möglichen Vergehen. Aber am Ende mussten ihn die Richter immer laufen lassen, weil ihm nichts nachzuweisen war.

»Bitte, nehmen Sie Platz, Super«, sagte Eddie lächelnd. »Zigarre? Zigarette? Whisky? Gin? – Nichts? Schade.«

Er setzte sich hinter seinen Schreibtisch, der ebenso protzig war wie das ganze Zimmer mit den schweren Polstermöbeln und dem echten Teppich, in dem Christian die länglichen Brandspuren von Zigaretten entdeckte. Offenbar waren es nicht immer feine Leute, mit denen Eddie umging. »Ich kann mir denken, weshalb Sie kommen«, dröhnte Eddies tiefe Stimme weiter. Christian sah ihn höflich an. Er sprach noch immer nicht.

»Sie kommen wegen Carol West!«, sagte Lombard und sah ihn abwartend an.

»Stimmt«, antwortete Christian. »Das *High Dive* gehört doch Ihnen?«

»Aber sicher gehört es mir«, bestätigte Lombard. »Soll ich es verleugnen, bloß weil da jemand umgebracht worden ist? Da hätte ich viel zu tun. Was meinen Sie, was in meinen Läden schon alles ...«

Christian schnitt seinen Redestrom mit einer Handbewegung ab. »Was ist der Geschäftsführer des *High Dive* für ein Mann?«, fragte er.

»Merton? Seine Kollegen nennen ihn den schönen Victor.« Lombard grinste. »Ein tüchtiger Bursche. Hat Zug in dem Laden. Seine Abrechnungen stimmen auch. Ich kann nichts Schlechtes über ihn sagen. Kann sein, dass er ein bisschen spinnt. Macht auf sportlich. Besonders wenn Mädchen in der Nähe sind. Aber 'ne kleine Schwäche hat jeder. Besser, er rennt in der Badehose 'rum, als dass er Brieftaschen klaut. Da lockt er mir wenigstens noch ein paar Gäste an. Alte Jungfern und so was. Sind nicht zu halten, wenn sie Victor sehen. Und die Jungen sind nicht viel besser.«

Christian dachte an Julia Nagy. Sie schien von Merton nicht besonders beeindruckt zu sein. Aber vielleicht hatte er sich auch geirrt...

»... sagen wollte«, hörte er Lombard weitersprechen. »Was in meinen Läden schon alles passiert ist – Sie machen sich keine Vorstellung. Gestern haben wir einen im *White Horse* geschnappt, der hatte 'ne Schere in der Tasche. Damit hat er den Mädchen hinten die Kleider aufgeschnitten.«

»Was haben Sie mit ihm gemacht?«, fragte Christian, nur um etwas zu sagen.

»Wir haben ihn höflich gebeten, den Schaden zu ersetzen«, sagte Eddie im Ton eines Ehrenmannes. »Der Junge ist steinreich. Übrigens, da fällt mir ein ...«

Christian nahm sich vor, das Erpressungsdezernat auf den Fall aufmerksam zu machen.

»Ich muss mir mal die Kehle anfeuchten«, sagte Eddie gerade und goss sich Gin in ein Wasserglas.

Christian begriff, dass er nie zu einem Ergebnis kommen würde, wenn er den Mann weiterschwatzen ließ.

»Sind Sie sicher, dass Carol West im *High Dive* ermordet worden ist?«, fragte er.

Lombard verschluckte sich am Gin und brauchte eine Weile, bis er wieder Luft bekam. »Wo denn sonst?«, brachte er schließlich heraus.

Christian machte ein gleichgültiges Gesicht. »Keine Ahnung. Deshalb frage ich ja Sie.«

Lombard grinste. Es sah etwas mühsam aus. »Ach, und Onkel Eddie soll seinen Freunden vom Yard helfen? Eine ganz neue Idee.«

Christian hob ungerührt die Schultern. »Schließlich ist sie auf Ihrem Boden gefunden worden. Sie müssten jedes Interesse haben, dass der Fall so schnell wie möglich aufgeklärt wird, schon damit kein Verdacht auf Sie fällt.«

Er beobachtete gespannt die Veränderung, die mit Lombards Gesicht vor sich ging. Alle künstliche Lustigkeit verschwand daraus. An ihre Stelle trat ein Ausdruck von solcher Bösartigkeit, dass der Detektiv sich nicht mehr über den Respekt wunderte, den Lombard in der Unterwelt genoss. »Darauf können Sie sich verlassen«, stieß Lombard hervor.

»Wenn ich den Jungen erwische.« Er beherrschte sich mit einer gewaltigen Anstrengung. Einen Augenblick schwieg er. Dann sagte er in seinem alten, gewollt lustigen Ton: »Dann führe ich ihn persönlich nach Scotland Yard, damit er zu seiner verdienten Strafe kommt.«

»Können Sie mir etwas über das Personal des *High Dive* sagen?«, fragte Christian.

Lombard stellte das Glas weg und warf dem Detektiv einen schlauen Blick zu. »Die kleine Julia, was? Eine süße Puppe, aber kalt wie eine Hundeschnauze. Tut so, als ob sie gar nicht weiß, dass es Männer gibt.«

»Ich habe nicht die Absicht, Miss Nagys Temperament auf die Probe zu stellen«, sagte Christian kühl. »Mich interessiert sie nur, weil sie im *High Dive* arbeitet. Sie ist Flüchtling, nicht wahr?«

»Ja, irgendwo aus dem Osten«, antwortete Lombard unbestimmt. »Ich kümmere mich nicht um sowas. Nicht, solange die Leute ihre Arbeit tun.«

»Und die tut sie?«

»Durchaus«, versicherte Lombard. »Da waren mal ein paar Sachen, meine Güte, schließlich braucht sie nicht immer so hochnäsig zu den Gasten zu sein …«

»Zu den männlichen Gästen?«, fragte Christian dazwischen.

»Sicher, sicher. Schließlich vergibt sich so eine Pute nichts, wenn sie mal zu 'nem reichen Mann nett ist. Jedenfalls braucht sie keine Ohrfeigen zu verteilen. So was gibt es bei mir nicht. Ich lege Wert auf einen anständigen Ton …«

»Dafür sind Sie bekannt«, sagte Christian spöttisch.

»Nicht wahr?« Eddie nickte. Er schien die Ironie nicht zu bemerken. »Aber sonst habe ich gegen die kleine Nagy nichts. Zur Verzierung macht sie sich ja auch ganz gut.«

Der Mann hatte offenbar ein Gemüt wie ein Fleischerhund. Ein Kerl wie ein Bulle, dabei gerissen und von keinem Gewissen belastet.

»In meinen Läden achte ich auf Ordnung«, erklärte Eddie, »keine zweideutigen Gestalten, keine Vorbestraften, keine Süchtigen – alles anständige Leute. Ich sage immer, so muss das …«

Die Tür sprang auf. Im Rahmen stand ein breitschultriger Mann, dessen Haaransatz einen Finger breit über den Augenbrauen begann.

»Chef, die dumme Ziege will mich nicht…« Er brach ab und starrte den Detektiv an. Sein geschwollener Mund öffnete sich und ließ die Lücke erkennen, in der zwei Schneidezähne fehlten. Sein rechtes Auge war fast geschlossen. Auch das linke war blutunterlaufen.

Unwillkürlich rieb Christian die aufgesprungenen Knöchel seiner rechten Hand. Dann wandte er sich an Lombard.

»Wie sagten Sie?«, stellte er trocken fest. »Kein Vorbestrafter arbeitet für mich?« Er zeigte auf den Mann in der Tür. »Denny Winters ist offenbar ein unbeschriebenes Blatt, was?«

Winters senkte den Kopf und ging auf ihn los. Christian glitt von seinem Stuhl.

Da knallte es hinter ihm. Scharf und trocken. Er hörte, wie die Kugel an seinem Ohr vorbeifauchte.

3
Der Mann, der sich beschwerte

Christian Stiller warf sich zur Seite. Aber bevor er versuchen konnte, mit einem langen Sprung die Tür zu erreichen, riss es ihn herum.

Der Schuss hatte nicht ihm gegolten. Eddie Lombard saß ganz ruhig hinter seinem Schreibtisch – und legte die Pistole in die Schublade zurück.

Denny Winters starrte mit gläsernen Augen ins Leere, die Hände aufs Herz gepresst. Dann drehte er sich langsam um die eigene Achse und schlug schwer zu Boden. Eine Staubwolke stieg aus dem Teppich, auf dem sich gleich darauf ein dunkler Fleck ausbreitete.

Christian brauchte keine Sekunde, um sich der veränderten Situation anzupassen.

»Weshalb haben Sie ihn erschossen?«, fragte er scharf.

Lombard sah ihn kühl an. »Weil er Sie ermorden wollte.«

Christian glaubte ihm nicht. Er war sicher, dass Lombard nur einen lästigen Mitwisser beseitigt hatte. Er war auch sicher, dass Denny Winters der Mann war, der ihn in der Nacht überfallen hatte, und zwar in Lombards Auftrag. »Vielen Dank für die Lebensrettung«, sagte er spöttisch. »Aber wie wollen Sie das dem Gericht klarmachen? Notwehr – bei einem Angriff mit bloßen Händen?«

Lombard zuckte nicht mit der Wimper. »Erstens woll-

51

te ich ihn nicht erschießen. Ich wollte seinen Arm treffen. Dass der Schuss ins Herz ging – Pech. Zweitens haben Sie offenbar übersehen, dass Winters unter seine Jacke griff, als er auf Sie losging. Deshalb habe ich geschossen.«

Christian sah ihn misstrauisch an.

Wenn Winters bewaffnet war, dann würde man Lombard schwer eine Schuld nachweisen können. Er bückte sich und schlug die Jacke des Toten zurück. Lombard hatte recht. Denny Winters trug unter der linken Achsel ein Messer. Es war halb aus der Lederscheide geglitten. Ob Winters es herausgezogen hatte oder ob es durch den Sturz herausgerutscht war, würde niemand mehr beweisen können.

Christian Stiller richtete sich auf. Erst jetzt sah er, dass Lombards Sekretärin in der Tür stand. Die Augen vor Schreck geweitet. Christian wandte sich an Lombard. »Ich nehme an, dass Sie für die Pistole einen Waffenschein haben?«

»Selbstverständlich«, antwortete Lombard. Der Tonfall selbstgerechter Ehrbarkeit passte nicht zu der Brutalität seines Gesichts.

»Aber man wird ihm wieder einmal nichts beweisen können«, dachte Christian.

»Gut«, sagte er, »dann werden Sie mir gestatten, Ihr Telefon zu benutzen. Rühren Sie inzwischen nichts an.«

In den düsteren Korridoren von Scotland Yard herrschte Ruhe. Es war Mittag. Christian begegnete kaum einem Menschen, als er mit langen Schritten auf sein Büro zusteuerte.

Zwei Stunden hatte ihn das Zwischenspiel bei Eddie

52

Lombard gekostet. Vergeudete Zeit. Aus Lombard war nichts herauszubekommen. Auch die gerichtliche Untersuchung des Vorfalls würde nichts Neues ergeben. Und Winters, der Mann, den er gebraucht hätte, war tot...

Sergeant Moore erwartete ihn im Büro. Christian unterrichtete ihn mit knappen Worten. »Am meisten ärgert mich, dass ich am Ende noch vor dem Untersuchungsrichter für ihn aussagen muss«, schloss er.

Moore nickte. Ich habe es Ihnen ja gesagt, Chef. Übrigens: Unter Ihrem Wagen war eine Plastikbombe.«

Christian hob die Schultern. »Ich habe es vermutet. Aber was ist eigentlich mit Carol West? Sollte heute nicht die Obduktion sein?«

»War schon, Sir. Wie wir annahmen: Mord. Sie ist erwürgt und dann erst ins Wasser geworfen worden.«

»Wie lange nach dem Mord?«

»Wahrscheinlich sehr bald danach.«

»Was heißt wahrscheinlich?«

»Das habe ich Doktor Hendricks auch gefragt. Er sagt, es hat etwas mit dem Bindegewebe zu tun. Hat mir einen langen Vortrag gehalten über...«

»Bitte nicht wiederholen«, unterbrach ihn Christian. »Ich bin kein Mediziner. Zu welchem Schluss ist der Arzt gekommen?«

»Er sagt: ins Protokoll aufnehmen kann er nur, dass Miss West erwürgt worden ist. Und zwar mit den Händen. Und von vorn. Der Kehlkopf ist so eingedrückt, wie es nur durch die Daumen geschieht. Außerdem schließt der Arzt aus verschiedenen Anzeichen, dass es keine Viertelstunde gedauert hat, bis die Leiche ins Wasser geworfen wurde. Er betont aber, dass das seine private Meinung ist. Die Anzeichen sind nicht so klar, dass sie vor Gericht als Beweis gelten könnten.«

»Immerhin ein Hinweis.« Christian überlegte. »Wies die Tote sonst noch Verletzungen auf?«

»Keine, Chef. Das ist es ja eben. Wenn Sie mich fragen, dann würde ich sagen, sie hat ihren Mörder gekannt.«

»Gekannt und für harmlos gehalten, meinen Sie?«

»Genau, Chef. Sonst hätte sie ihn nicht so nah herangelassen. Sie hätte sich gewehrt. Dann hätte der Arzt Spuren eines Kampfes gefunden.«

Christian stand auf und begann, im Zimmer herumzugehen.

»Der Gedanke liegt natürlich nahe«, sagte er schließlich. »Aber etwas stimmt daran nicht. Nach der Ausführung zu urteilen, wäre es ein ganz gewöhnlicher Mord. Wer nur die Tat selbst betrachtet, müsste sagen: Carol West hat sich heimlich mit einem Liebhaber getroffen, und er hat sie in einem Anfall von Eifersucht erwürgt. Dann hat er sie ins Schwimmbecken geworfen, weil er geglaubt hat, wir könnten nicht feststellen, dass sie nicht ertrunken ist.«

»Also kein Berufsverbrecher«, ergänzte Moore.

»Richtig.« Christian blieb am Fenster stehen und sah hinaus. »Ein Mord, begangen von jemandem, der irgendwo in der Nähe des *High Dive* wohnt. Sagen wir: höchstens eine Viertelstunde davon entfernt, wenn wir Doktor Hendricks glauben wollen.«

Er drehte sich um und sah Moore an. »Aber was hat Eddie Lombard damit zu tun? Der alte Fuchs wird doch nicht mutwillig den Verdacht auf sich gelenkt haben, indem er das Mädchen ermorden und in den Swimmingpool seines eigenen Hotels werfen ließ?«

»Sicher nicht«, bestätigte der Sergeant.

»Wenn er aber mit dem Mord nichts zu tun hat«, fuhr Christian fort, »weshalb mischt er sich dann in die Sache ein? Weshalb hat er mir heute Nacht Denny Winters auf den Hals gehetzt? Er behauptet, er hat Winters als eine Art Laufbursche beschäftigt. Von Dennys Vorstrafenliste will er nichts gewusst haben. Eine offenkundige Lüge übrigens.«

»Allerdings«, sagte Moore. »Es muss eine peinliche Überraschung für ihn gewesen sein, dass Winters ausgerechnet in dem Moment in sein Büro gestürmt kam, als Sie da waren. Klar, dass er ihn absichtlich erschossen hat. Aber das können wir ihm nicht beweisen.«

»Ich möchte wissen, was er mit unserem Fall zu tun hat. Wenn er den Mord nicht veranlasst hat, weshalb versucht er dann, mich einschüchtern oder sogar beseitigen zu lassen? Es gibt nur eine Erklärung.«

»Nämlich dass Sie ihm gefährlich werden«, ergänzte der Sergeant. »Vielleicht betreibt er draußen im *High Dive* ein verbotenes Nebengeschäft. Rauschgift könnte es sein ...«

»Auf keinen Fall«, widersprach Christian. »Mit Rauschgift würde er in der Stadt handeln. In Nachtlokalen, wo viele Menschen zusammenkommen. Wo keiner den anderen kennt. Aber draußen im *High Dive*? Da könnte er sich mit dem Zeug gleich auf den Trafalgar Square stellen.«

»Aber was hat er dann da draußen zu verbergen?«, fragte Moore. »Wenn das *High Dive* wirklich ein besseres Absteigequartier ist, wie Robin Long sagt...«

»Das ist der junge Lehrer, mit dem Sie sprachen?«

»Ja. Ein merkwürdiger Mensch. Aber nehmen wir

mal an, er hat recht und im *High Dive* herrschen wirklich so unmoralische Zustände. Nehmen wir an, Sie würden dahinterkommen. Das wäre doch nicht so schlimm für Eddie, dass er deshalb einen Scotland-Yard-Superintendenten umbringen lassen müsste.«

Unwillkürlich musste Christian über die Entrüstung lächeln, die in diesen Worten mitschwang. »Schönen Dank für die Blumen, Sergeant. Aber Sie haben recht. Für Lombards Verhalten haben wir bis jetzt kein Motiv. Außerdem wissen wir nicht, wer der Mann mit der höflichen Stimme war, der mich gestern angerufen hat.«

»Einer von Lombards Leuten?«

»Das glaube ich nicht. Weshalb soll er mir mit einem Überfall drohen lassen, wenn sein Mann schon im Gebüsch sitzt und auf mich wartet? Und dann: Wer hat die Bombe an meinem Wagen angebracht? Auch einer von Lombards Leuten?« Er ging zur Tür. »Kommen Sie, Moore. Wir fahren zum *High Dive* und nehmen uns die Leute noch einmal vor. Mein Wagen steht doch unten?«

»Ja, die Sprengstoffleute sind fertig. Wie heißt übrigens die Schule, in der dieser Mister Long unterrichtet?«

Als sie die niedrigen Häuser am Rand von Belhampton hinter sich hatten, fragte Christian: „Geht der Weg zum St.-Christophers-Internat vor oder hinter dem *High Dive* ab?«

»Vorher«, sagte Moore. »Aber wollten Sie nicht...«

»Ich habe es mir überlegt«, antwortete Christian. »Wir werden erst noch einmal den menschenfreundlichen Herrn Long vernehmen.«

Nach einer Wegbiegung lag plötzlich das Internat vor ihnen. In der Mitte ein typisch englisches Landhaus.

Darum herum eine Reihe einstöckiger Baracken: die Unterrichts- und Schlafräume der Schüler.

Sie fuhren über den knirschenden Kies der Auffahrt und hielten vor dem Portal. Ein Mann im Overall, er mochte Hausmeister oder Gärtner sein, zeigte ihnen den Weg zum Büro. Ein älterer, freundlicher und etwas weltfremd blickender Herr erhob sich bei ihrem Eintreten. »Ich heiße Corbett und bin der Rektor dieser Schule. Kann ich etwas für Sie tun, Mister...?«

»Stiller«, sagte Christian. »Das hier ist Mister Moore. Wir möchten Ihren Herrn Long sprechen. In einer privaten Angelegenheit. Hoffentlich hat er nicht gerade Unterricht?«

Der Rektor wiegte bedächtig den Kopf. »Nein, Unterricht hat er nicht, aber Sie werden ihn trotzdem kaum sprechen können. Mister Long fühlte sich heute früh nicht wohl. Er ist in seinem Zimmer.« Christian nickte mitfühlend. »Es ist auch kein leichter Beruf.«

Der Rektor lächelte. »Das ist nicht so schwer, wenn man diesen Beruf liebt.«

»Und Mister Long liebt ihn nicht?«, fragte Christian.

»Das wage ich nicht zu entscheiden«, antwortete der Rektor vorsichtig. »Aber sehen Sie, er ist jung. Seit er sich den Wagen gekauft hat...« Er seufzte ein wenig hilflos.

»Sie meinen, er ist abends viel unterwegs?«, fragte Christian. Er schämte sich etwas, dass er den braven Mann so an der Nase herumführte. Aber es half nichts.

Der Rektor nahm die Brille ab und begann die Gläser zu putzen. »Er hat ein Recht darauf«, sagte er. »Die Zeiten haben sich geändert. Auch wir alten Schulmänner müssen uns anpassen. Ein junger Mann hat Anspruch auf seine Freizeit, auch wenn er Lehrer ist.«

Er setzte die Brille wieder auf und sah Christian verschmitzt lächelnd an. »Obwohl ich zugeben muss, dass es sich früher leichter gearbeitet hat – mit Lehrern, die morgens frisch zum Unterricht kamen, weil sie am Abend früh schlafen gingen, statt mit dem Auto in der Gegend herumzufahren.«

»Hätten Sie etwas dagegen, wenn wir trotzdem versuchen würden, ob Mister Long uns empfängt?«, fragte Christian.

»Aber durchaus nicht«, sagte der Rektor zuvorkommend. »Ich zeige Ihnen den Weg.«

Sie stiegen eine Treppe hinauf. Die hölzernen Stufen waren alt. Sie knarrten laut. Irgendwo sagte eine Schulklasse ein Gedicht auf. Sergeant Moore schnüffelte. »Hier riecht es nach Gas«, sagte er.

Der Geruch wurde stärker, je höher sie kamen. Oben auf dem Gang blieb der Rektor stehen. »Tatsächlich.« Er zog hörbar die Luft ein. »Jetzt rieche ich es auch.«

Moore schob ihn zur Seite. Er zeigte nach links. »Da kommt es her.«

»Was ist hier? Die Küche?«, fragte Christian hastig.

Der Rektor schüttelte hilflos den Kopf. »Links wohnt nur Mister Long.«

Der Sergeant stand schon vor der Zimmertür, Christian mit zwei Schritten neben ihm. Drückte die Klinke herunter. Die Tür gab nicht nach.

»Aufbrechen«, sagte eine erstickte Stimme hinter ihm. Er sah sich um. Der Rektor hielt das Taschentuch vor den Mund gepresst.

Christian nahm einen Anlauf und trat mit dem Fuß gegen die Tür. Holz splitterte. Mürbes, altes Holz. Die

Tür war auf. Aber nur einen Spalt.

Weiter gab sie nicht nach. Ein Widerstand von innen.

»Los!«, keuchte Christian. Moore stemmte sich neben ihm gegen die Tür. Ein Ruck – dann bewegte sich drinnen etwas. Ein Schrank. Es krachte, als er umstürzte.

Sie fielen fast ins Zimmer. Ein Zischen riss sie hoch. Mit einem Sprung stand Christian am Kocher und drehte das Gas ab. Der Sergeant lief zum Fenster und stieß die Flügel weit auf.

Dann packten sie den Mann, der reglos auf dem Bett lag. Hustend und nach Luft ringend trugen sie ihn hinaus. Stolperten die Treppe hinunter. Legten ihn draußen auf den Rasen.

Automatisch begann Moore mit der künstlichen Atmung, während Christian zum Telefon rannte.

Der Krankenwagen hielt neben ihnen. »Leuchtgas«, sagte Christian zu dem herausspringenden Arzt. »Selbstmordversuch. Und wenn Sie fertig sind: drinnen im Büro sitzt der Rektor. Herzanfall.«

Der Arzt nickte und beugte sich über den Lehrer. Während er mit dem Stethoskop sein Herz abhorchte, kam ein zweiter Wagen. Er bremste scharf.

»Ist er das?«, fragte Sergeant Ingram vom Revier Belhampton, während er ausstieg. Dann erkannte er Christian. »Oh, guten Tag, Sir. Entschuldigen Sie, ich habe Sie nicht gleich erkannt.«

»Das ist Mister Long«, sagte Christian. »Lehrer an dieser Schule. Selbstmordversuch.«

»Robin Long?«, fragte der Uniformierte. »Der Verrückte?«

»Wieso verrückt? Was wissen Sie ...?« Er unterbrach

sich. Der Arzt hatte sich aufgerichtet. »Er lebt noch«, sagte er. »Muss sofort ins Krankenhaus. Helfen Sie bitte dem Fahrer, ihn in den Wagen zu schaffen. Wo ist das Büro?«

Christian führte ihn zu dem alten Mann. Der Rektor lag in einem Sessel und rang nach Luft. Mehrere Männer standen ratlos um ihn herum.

»Platz«, sagte der Arzt. Er stellte seine Tasche auf den Tisch, öffnete sie und begann, eine Spritze zu füllen.

Christian ging hinaus. Die beiden Sergeanten waren eben dabei, Long in den Wagen zu heben.

Gleich darauf kam der Arzt. »In Ordnung«, sagte er. »So long.« Dann fuhr der Krankenwagen an.

»Wieso ist Robin Long verrückt?«, wollte Christian von Sergeant Ingram wissen.

»Weil er uns ständig mit Anzeigen belästigt«, sagte der Beamte grimmig. »Allein gegen die Leitung des *High Dive* hat er viermal Anzeige erstattet wegen Gefährdung der öffentlichen Moral.«

»Wodurch?«, fragte Christian.

»Das Übliche, Sir. Die Paare, die da wohnen, sollen nicht miteinander verheiratet sein. Außerdem sollen sie – nach Mister Longs Meinung – alles Mögliche in der Öffentlichkeit treiben.«

»Und was stimmt davon?«, fragte Christian.

»Nichts«, sagte Sergeant Ingram böse. »Das erste Mal sind wir darauf reingefallen und haben uns das *High Dive* angesehen. Angeblich nackte Leute haben wir auch gefunden. Die haben aber im Swimmingpool gebadet und hatten ganz normale Badeanzüge und -hosen an.«

»Und die Pärchen?«

»Nichts nachzuweisen, Sir. Jedenfalls kein Verschulden des Geschäftsführers.«

»Kein Grund zum Eingreifen?«

»Nein, Sir. Long ist einer von diesen Irren, die überall Unmoral wittern, weil bei ihnen selbst etwas nicht in Ordnung ist.«

»Vielen Dank, Sergeant. Kommen Sie, Moore, wir wollen uns nochmal sein Zimmer ansehen.«

Sergeant Ingram grüßte und stieg in seinen Wagen. Christian ging mit Moore ins Haus. Während sie die Treppe hinaufstiegen, sagte Moore: »So einem Mann wie diesem Long, wäre dem nicht auch ein Mord zuzutrauen? Ein Mord wie der an Carol West?«

»Aber ganz gewiss«, bestätigte Christian. »Nur passt es leider nicht zu diesem Typ, dass er Beziehungen zu Eddie Lombard unterhält. Aber jetzt wollen wir uns erst einmal Umsehen.«

Das Zimmer roch noch immer nach Gas. Sonst war nichts Ungewöhnliches zu entdecken.

Sie stellten den Schrank wieder an seinen Platz. »Er hat ihn selbst vor die Tür gerückt«, sagte Moore. »Und die Ritzen am Fenster waren mit Papier verklebt.« Er sah sich um. »Einen zweiten Eingang hat das Zimmer auch nicht. Also war es wirklich ein Selbstmordversuch, Sir.«

Christian kramte in der Tischschublade. »Allerdings«, antwortete er. »Sehen Sie inzwischen im Schrank nach, Moore.«

Der Sergeant machte sich an die Arbeit. Es waren nur wenige Kleidungsstücke. Er nahm einen Mantel und griff in die Taschen. Eine halb zerkrümelte Zigarette war die einzige Ausbeute.

Er griff nach einem Jackett.

Dann pfiff er durch die Zähne. Christian drehte sich

um. »Haben Sie etwas?«

»Hier – der Zettel!« Moore streckte ihm ein Stück Papier hin. »Die Nummer«, sagte er heiser.

»Kensington 9856?«, fragte Christian.

»Genau, Chef. Aber woher wissen Sie ...?«

»Sie stand deutlich in Ihrem verblüfften Gesicht zu lesen«, sagte Christian trocken. »Außerdem scheint sich zur Zeit halb England für meine Telefonnummer zu interessieren.«

Er sah aus dem Fenster. »Übrigens werden wir beobachtet. Nein, bleiben Sie weg vom Fenster. Wir müssen uns nicht unbedingt verraten.«

»Können Sie jemanden erkennen, Chef?«

»Nicht richtig. Zuerst habe ich nur zwei Punkte in der Sonne blitzen sehen. Drüben am Waldrand.«

»Fernglas?«

»Bestimmt. Aber die Luft flimmert von der Hitze so, dass ich nicht viel erkennen kann. Ein heller Fleck, halb hinter einem Baum versteckt. Das ist alles. Immerhin ist der Wald ein paar hundert Meter entfernt. Sind Sie übrigens fertig? Gut. Dann werden wir uns vom Rektor verabschieden und losfahren.«

»Und was wird aus dem Beobachter?«

»Ganz einfach«, sagte Christian und stieg die knarrende Treppe hinunter. »Wir werden die Person erwarten.«

»Wissen Sie denn, wo sie aus dem Wald herauskommen wird?«, fragte der Sergeant verwundert.

»Ich glaube schon.«

»Und wo ist das?«

»Da, wo alle unsere Spuren zusammenlaufen«, sagte Christian Stiller. »Im *High Dive*.«

4

Ein merkwürdiges Paar

Auf dem Parkplatz des *High Dive* standen rund zwei Dutzend Wagen, fast alle mit Londoner Kennzeichen. »Mord scheint das Geschäft zu heben«, bemerkte Christian Stiller trocken. Dann bog er um die Ecke und ging auf die Terrasse zu. Sergeant Moore folgte ihm. Sie fanden einen freien Tisch, rückten den bunten Sonnenschirm zurecht und setzten sich.

»Die scheinen das wirklich zu genießen«, sagte Moore mit einem Seitenblick auf das frisch gefüllte Schwimmbecken und auf die Liegewiese. Beide waren gut besetzt. Auch die Terrasse bot ein farbenfrohes, friedliches Bild. Nichts deutete darauf hin, dass die Mehrzahl der Gäste nur gekommen war, weil sie in ihrer Zeitung von dem Mord an Carol West gelesen hatten.

»Wir wollen nicht ungerecht sein«, antwortete Christian. »Neugier ist menschlich. Jetzt müssen wir aufpassen. Ich habe den Platz so ausgesucht, dass wir den Waldrand hinter den Bungalows beobachten können. Also – Moment, der Kellner.«

Sie bestellten Tee. Als sie wieder allein waren, fragte der Sergeant: »Chef, weshalb sind Sie so sicher, dass die Person – nach Ihrer Vermutung eine Frau – die uns beobachtet hat, gerade an dieser Stelle aus dem Wald kommen wird?«

Christian lächelte, ohne den Blick vom Waldrand zu lassen. »Weil das *High Dive* der Mittelpunkt des ganzen

Falles ist.«

»Sie meinen: weil Carol Wests Leiche hier gefunden wurde und weil Robin Long nicht weit von hier versucht hat, sich umzubringen?«

»Nicht zu vergessen Eddie Lombard«, sagte Christian. »Das *High Dive* gehört ihm. Er hat mir Denny Winters auf den Hals gehetzt.«

»Und hat ihn erschossen, bevor Denny ihn verraten konnte«, ergänzte Moore.

»Außerdem ist da noch der Mann mit der leisen, höflichen Stimme«, erinnerte Christian ihn.

»Richtig! Der hat ja auch hier aus Belhampton angerufen! Jedenfalls das eine Mal, wo wir es nachprüfen konnten.«

»Und das erste Mal rief er mich hier im Büro des *High Dive* an«, ergänzte Christian. »Ich war gerade vor ein paar Minuten angekommen. Also muss er sich hier in der Nähe aufgehalten haben.«

»Könnte es nicht Lombard gewesen sein?«

»Nein. Tomaten-Eddie ist kein Schauspieler. Das war nicht seine Stimme.«

»Oder der Lehrer?«

»Long? Ich glaube nein. Erstens konnte er am Tage nicht aus dem Internat fort, und zweitens – warum sollte er den Verdacht mutwillig auf sich lenken?«

Der Sergeant schüttelte den Kopf. »Verdächtig hat er sich durch den Selbstmordversuch sowieso gemacht, und – Chef, da kommt jemand auf uns zu.«

Christian beobachtete den Mann aus den Augenwinkeln. Klein, rundlich, vielleicht fünfzig Jahre.

»Beckworth«, sagte Moore, ohne den Mund zu bewegen. »John Beckworth. Geschäftsmann aus Liverpool.«

64

Mister Beckworth sah sich suchend um. Dann kam er an ihren Tisch. Er trug einen dunklen Anzug, der eher in die City gepasst hätte als hierher. »Ein Wunder, dass er keinen steifen Hut aufhat«, dachte Christian. »Sie gestatten?«, fragte Beckworth höflich.

»Aber selbstverständlich!«, Christian machte eine Handbewegung zu den beiden freien Stühlen hin.

Beckworth schwankte einen Augenblick, welchen er nehmen sollte. Dann setzte er sich, wobei er sorgfältig die Bügelfalten glattzog.

Der Kellner kam und brachte den Tee. Mister Beckworth bestellte Kaffee und Kuchen mit Schlagsahne. »Der Kuchen ist hier ausgezeichnet«, sagte er mit einem entschuldigenden Lächeln.

Christian nickte ihm freundlich zu.

Dann beobachtete er wieder aus halb geschlossenen Augen den Waldrand.

»Entschuldigen Sie«, wandte der Dicke sich an den Sergeanten, »sind wir uns nicht schon begegnet?«

Christian nickte unmerklich. Moore verstand und übernahm die Aufgabe, Beckworth abzulenken.

»Ich hatte gestern das Vergnügen, Sie kennenzulernen«, sagte er.

»Ach ja – jetzt entsinne ich mich. Sie waren der Herr in Zivil, der uns alle fragte, ob wir die – ich meine, ob wir das arme Mädchen gekannt haben, das hier gefunden wurde.« Er dämpfte seine Stimme. »Sie sind von Scotland Yard, nicht wahr?«

Moore nickte.

»Haben Sie etwas herausbekommen?«, fragte John Beckworth weiter. »In der Zeitung stand nur etwas von einer unbekannten Toten.«

»Wir wissen jetzt, wer sie war«, antwortete Moore unbestimmt.

Beckworth beugte sich interessiert vor. »Wissen Sie auch schon, wer es getan hat?«

Christian hielt den Atem an, aber der Sergeant war auf der Hut.

»Wie kommen Sie darauf, dass es ein Mord war?«, fragte er kühl zurück.

»Ich? Ich – nun, wie soll sie sonst – ich meine, sie wird doch nicht von selbst in den Swimmingpool gesprungen sein«, stammelte Beckworth.

Moore zuckte mit den Schultern. »Es kann durchaus ein Unfall gewesen sein.«

»Aber die ganzen Leute hier! Wenn sie denken würden, dass es ein Unfall war, dann wären sie nicht alle aus London hergekommen.«

Christian verbiss ein Lächeln, als er hörte, wie Moore mit den gleichen Argumenten in die Enge getrieben wurde, die er vorhin selbst gebraucht hatte. Aber der Sergeant war der Situation gewachsen.

»Ach, wissen Sie, die Leute!« Es klang überzeugend hochmütig. »Die denken immer gleich an Mord und Totschlag. In Wirklichkeit sind es meist ganz normale Unglücksfälle.«

»Ach«, sagte Beckworth enttäuscht. »Dann sind Sie gar nicht dienstlich hier?«

»Aber durchaus nicht«, log der Sergeant. »Ich hatte hier in der Nähe zu tun und wollte nur rasch eine Tasse Tee trinken.«

Auf die nächsten Worte achtete Christian nicht. Er blickte gespannt zum Waldrand hinüber, wo sich eben zwischen den Bäumen ein heller Fleck gezeigt hatte.

Ein Klirren ließ ihn aufschrecken. Heiße Flüssigkeit brannte auf seinem Fußgelenk.

»Verzeihen Sie vielmals!« Beckworth machte hilflose Gesten. »Meine Tasse – plötzlich runtergefallen.« Er zog ein großes weißes Tuch aus der Tasche und begann, Christians Hose abzutupfen.

»Schon gut, das kann vorkommen.« Christian entzog dem hilflos herumhantierenden Mann sein Bein. Dann sah er wieder zum Waldrand hin.

Es war zu spät. Der helle Fleck war verschwunden. Er glaubte noch zu sehen, dass die Tür eines Bungalows geschlossen wurde. Nummer drei, erinnerte er sich. John und Eve Beckworth. Das ungleiche Ehepaar, dessen eine Hälfte ihn eben so schön abgelenkt hatte.

Damit er nicht sah, dass Eve Beckworth in ihrem Bungalow verschwand? Dass sie ein Fernglas bei sich hatte?

Beckworth unterbrach seine Gedanken. »Bitte entschuldigen Sie nochmals«, bat er. »Ich weiß auch nicht, wie es gekommen ist – die Tasse stand wohl zu nah an der Tischkante ...«

Der Kellner kam und kehrte die Scherben zusammen. »Bitte eine neue Tasse«, sagte Beckworth. Er berührte Christians Hand mit fleischigen, feuchtwarmen Fingern. »Ich darf Ihnen selbstverständlich die Kosten der Reinigung ersetzen?«

Christian gab es auf, den Bungalow zu beobachten. Es hatte keinen Sinn, den Zweck seines Hierseins allzu deutlich werden zu lassen. »Vergessen Sie es bitte«, sagte er. »Verderben Sie sich nicht den schönen Urlaubstag. Sie machen doch hier Urlaub, nehme ich an?«

»Urlaub?« Beckworth seufzte komisch. »Urlaub kann

man es eigentlich nicht nennen. Eine Familiensache, die uns hier festhält.«

»Sie sind nicht allein hier?«, fragte Christian mit gespielter Harmlosigkeit.

»Nein, meine Frau…«, Beckworth machte eine unbestimmte Handbewegung zur Liegewiese hin. »Sie ist da irgendwo. Aber – tatsächlich – da kommt sie!«

Christian schaute hinüber. Vom Schwimmbecken her kam eine Frau. Blond, braungebrannt, groß und schlank. Sicher zwanzig Jahre jünger als ihr Mann. Christian erkannte sie trotz der Sonnenbrille, die sie trug: Eve Beckworth.

Sie standen auf, als sie an den Tisch trat.

»Ich habe dich vorhin herüberkommen sehen, John.« Sie zupfte an der Jacke ihres kurzen Strandanzugs. Dann sah sie Moore an. »Sie waren doch gestern hier, nicht wahr?«

Moore verbeugte sich bestätigend. Beckworth sah Christian fragend an. »Verzeihen Sie. Ich kann Sie leider nicht vorstellen. Ich weiß Ihren Namen nicht.«

»Stiller«, sagte Christian und beobachtete aufmerksam Eve Beckworths Gesicht. »Christian Stiller.« Hatten sich ihre Augen vor Schreck geweitet? Er konnte es nicht genau sehen durch die dunklen Gläser ihrer Brille.

»Ich bin Eve Beckworth«, sagte sie kühl. »Setzen wir uns doch.«

Die Art, wie John Beckworth ihr den freien Stuhl zurecht rückte, wirkte fast unterwürfig.

»Du bist so ernst«, sagte er, als sie saßen.

Sie schien sich zu einem flüchtigen Lächeln zu zwingen. »Die Hitze«, sagte sie mit gleichgültiger Stimme. »Ich habe zu lange in der Sonne gelegen, glaube ich.«

»Du hättest einen Hut aufsetzen sollen«, sagte ihr Mann vorwurfsvoll.

Sie massierte ihren Nacken, als ob sie einen Schmerz vertreiben wollte. »Es ist gleich wieder gut«, sagte sie.

Der Kellner blieb an ihrem Tisch stehen. »Nein«, sagte Eve Beckworth. »Ich möchte jetzt nichts. Ich glaube, ich ruhe ein wenig. Sie entschuldigen mich bitte.« Sie stand unsicher auf. Ihr Mann sprang auf und nahm ihren Arm. »Ich bringe dich zum Bungalow. Auf Wiedersehen, die Herren!«

Schweigend sahen Christian und der Sergeant den beiden nach.

»Ein merkwürdiges Paar, nicht wahr?« sagte eine leise Stimme hinter ihnen.

Christian drehte sich um. Sein Blick fiel auf die Gummisohlen an Victor Mertons Schuhen. Sie passten nicht ganz zu dem eleganten Sommeranzug, den der Manager des *High Dive* trug.

Merton bemerkte den Blick. »Sie haben mich nicht gehört, nicht wahr? Hoffentlich habe ich Sie nicht erschreckt?«

»So leicht bin ich nicht zu erschrecken«, wehrte Christian ab. »Wollen Sie sich zu uns setzen?«

»Ich glaube, wir gehen besser ins Büro«, sagte Merton. »Hier ist es ja entsetzlich heiß.« Er fuhr mit einem sauber gefalteten Taschentuch über seine Stirn. »Ich habe Sie durchs Fenster hier sitzen sehen«, fuhr er fort. »Wollte nur nicht stören, solange Sie – hm, nicht allein waren.«

Christian stand auf. »Gut, gehen wir. Ich muss nur noch rasch bezahlen.«

»Aber nicht doch«, wehrte Merton ab. »Sie sind

selbstverständlich meine Gäste.«

Gefolgt von Sergeant Moore gingen sie ins Haus. Dort war es tatsächlich angenehm kühl.

»Es geht nichts über eine gute Klimaanlage«, sagte Merton. »Wenn ich nur noch Miss Nagy dazu bringen könnte, dass sie das Fenster geschlossen lässt, dann hätten wir die angenehmste Temperatur.«

Christian dachte an das dunkelhaarige Mädchen mit den großen, ernsten Augen.

»Sie wird Wärme gewöhnt sein aus Ungarn«, sagte er.

Merton sah ihn überrascht an. Als ob er eine Frage stellen wollte. Aber dann sagte er nur: »Ich bin nicht sicher, dass es in Ungarn so viel wärmer ist als hier.«

Er stieß die Tür zum Büro auf. Christian empfand eine leichte Enttäuschung. Julia Nagy saß nicht an ihrem Schreibtisch.

Merton bat, Platz zu nehmen. Dann ging er an seinen Tisch und drückte auf einen Knopf. »Wir werden uns etwas zu trinken bestellen«, sagte er. »Wie wäre es mit einer eisgekühlten Orangeade?«

»Ich hätte nichts dagegen«, antwortete Christian.

»Die Klingel scheint mal wieder nicht zu funktionieren«, sagte der Manager hastig. »Ich gehe am besten selbst in die Küche. Bitte entschuldigen Sie mich.« Die Tür schloss sich hinter ihm.

»Ist heute Tag der Höflichkeit oder so was?«, fragte Moore spöttisch. »Weshalb?«

»Weil sich andauernd jemand bei uns entschuldigt.«

»Ach so, ja«, sagte Christian zerstreut. »Haben Sie einen Bleistift da, Moore? Ich möchte mir rasch etwas notieren, bevor ich es vergesse.«

Moore sah ihn erstaunt an. Seit wann vergaß der Chef etwas?

Er griff in die Tasche und zog einen Kugelschreiber heraus. »Bitte.« Christian nahm den Stift und schrieb etwas auf die Rückseite seiner Zigarettenschachtel.

»Wie geht es eigentlich Ihrer Frau?«, fragte er dann beiläufig. Dabei drehte er die Schachtel so, dass Moore lesen konnte, was er geschrieben hatte.

»Weitersprechen!«, stand da.

»Och, ganz gut«, sagte Moore geistesgegenwärtig. »Sie war etwas erkältet. Eigentlich komisch, mitten im Sommer. Aber da lässt man alle Fenster auf wegen der Hitze, und schon hat man ’nen Schnupfen.«

Während Moore weiter belanglose Dinge erzählte, stand Christian leise auf und ging zu Mertons Schreibtisch. Er legte die Hand auf den Knopf, den Merton vorhin bedient hatte. Dann bückte er sich. Sergeant Moore erhob sich gespannt. Das schleifende Geräusch eines laufenden Tonbandgeräts war deutlich zu erkennen.

Christian drückte auf den Knopf. Das Geräusch hörte auf. Also hatte er richtig vermutet: Merton hatte nicht nach dem Kellner geklingelt, sondern das Tonbandgerät eingeschaltet! Dann hatte er sie allein gelassen. Damit sie sich Dinge erzählten, die sie in seiner Gegenwart nicht verraten hätten.

Die Tür wurde geöffnet. Es war nicht Merton mit dem Kellner. »Kommen Sie nur herein«, sagte eine junge, frische Stimme mit einem ganz leichten ausländischen Akzent.

Christian fuhr mit dem Kopf hoch. »Guten Tag, Miss Nagy. Ich freue mich, Sie zu sehen.« Er stand auf. Es gelang ihm nur schwer, seine Verlegenheit zu überspielen. Erstaunen und leichtes Misstrauen zogen sekundenschnell über ihr ausdrucksvolles Gesicht. Als sie ihm die Hand entgegenstreckte, gab sie sich jedoch bereits wieder unbefangen. »Guten Tag, Mister Stiller. Ah, und Mister – Moore?«

»Richtig!«, sagte Moore. »Sie haben ein gutes Gedächtnis, Miss.«

»Ich wünschte, es wäre schlechter«, sagte sie und drehte sich rasch zu dem Mann um, der hinter ihr ins Zimmer gekommen war. »Dies ist Mister Cooper. Einer unserer Gäste. Mister Cooper, die beiden Herren sind von Scotland Yard. Sie können also ruhig sprechen.«

George Cooper nickte ihnen freundlich zu. Er sah aus wie ein pensionierter Kolonialoffizier. Straff und trotz seiner mindestens sechzig Jahre gut in Form. Christian sah ihm in die Augen und stellte erstaunt fest, dass das nicht leicht war. Cooper hatte einen hellen, durchdringenden Blick, der hinter seinen Augen zu lesen schien.

»Mister Cooper beklagt sich gerade, dass in seiner Abwesenheit jemand seinen Bungalow durchsucht hat«, erklärte Julia Nagy.

»Fehlt etwas?«, fragte Christian mit beruflicher Anteilnahme.

»Nein«, antwortete Cooper kurz. »Es fehlt nichts.«

»Das Zimmermädchen?«, fragte Christian.

»Habe ich jetzt den dritten Sommer.« Coopers Stimme klang abweisend. »Es wäre das erste Mal, dass sie so etwas tut.«

Julia Nagy schüttelte energisch den Kopf. »Für Bessie lege ich meine Hand ins Feuer!«, erklärte sie energisch.

Christian lächelte sie begütigend an. Dann wandte er

sich noch einmal an Cooper. »Woran haben Sie erkannt, dass der Bungalow durchsucht worden ist?«

»Alles durcheinander«, sagte Cooper kurz. »Papiere – Aufzeichnungen – alles.«

»Sie sind Schriftsteller?«, fragte Christian interessiert.

»Privatgelehrter.« Die knappe Antwort klang, als ob er sagen wollte: Was geht das Sie an?

»Mister Cooper ist Ägyp-to-loge«, milderte Julia Nagy die schroffe Antwort. »Habe ich das richtig ausgesprochen?«

Cooper verneigte sich. »Ausgezeichnet.« Er schien kein Mann von vielen Worten zu sein. Dennoch zögerte Christian, ihn einzustufen. Konnte es sein, dass Cooper eine Rolle spielte? Ein weltfremder Altertumsforscher – mit diesen Augen? Aber das war jetzt nicht zu klären. »Wollen Sie Anzeige erstatten?«, fragte er.

»Nein.«

Christian nickte. Er würde Cooper keine Chance mehr geben, ihn abfahren zu lassen.

Aber Julia Nagy verdarb ihm das Konzept. »Dann kann Mister Stiller doch gar nichts für Sie tun!«

»Ich hatte nicht die Absicht, ihn darum zu bitten.« Das klang so schneidend, dass Christian unwillkürlich die Zähne zusammen biss. Wenn Cooper in diesen Fall verwickelt war, dann war er ein Brocken, an dem man sich die Zähne ausbeißen konnte.

Christian fiel auf, dass Julia Nagy ratlos zwischen ihm und Cooper hin und her sah. Was hatte sie gestern von Cooper gesagt? Ein zerstreuter Professor, mit dem man sich nur über Ägypten und Babylon unterhalten konnte? Hatte sie absichtlich die Unwahrheit gesagt –

oder kannte sie Cooper von einer ganz anderen Seite? Das würde ihre Ratlosigkeit erklären.

Die peinliche Stille wurde von Victor Merton unterbrochen. Er kam mit einem Tablett, auf dem zwei Gläser und eine Tasse standen.

»Da hätte ich gleich noch zwei Gläser mitbringen sollen«, sagte er und drückte mit der freien Hand auf den Knopf auf seinem Schreibtisch. Christian sah ihn an. »Jetzt läuft es wieder«, sagte er leichthin.

»Was denn?« Merton spielte den Erstaunten.

»Das Tonbandgerät«, sagte Christian freundlich. »Ich hatte es vorhin abgestellt, weil es solchen Lärm machte. Man konnte sich kaum unterhalten.«

Einen Augenblick lang glaubte er, Merton würde das Tablett fallen lassen und einfach weglaufen. Die Gläser stießen klirrend zusammen, so zitterte der Manager des *High Dive*. Aber das kam wohl nur von der Anstrengung, mit der er sich beherrschte.

Merton stellte das Tablett ab und schlug sich mit gut gespielter Verblüffung vor die Stirn. »Ich Idiot! Das hatte ich ganz vergessen! Das Tonbandgerät ist nämlich vor ein paar Tagen erst eingebaut worden, müssen Sie wissen. Da konnte ja die Klingel nicht funktionieren!«

Christian sah ihn mit gleichbleibender Freundlichkeit an. »Die Hitze«, sagte er. »Diese Temperatur entschuldigt alles. Finden Sie nicht, Miss Nagy?«

Julia Nagy schwieg. Ihre halb offenen Lippen zitterten. Ihr Gesicht war grau. Ohne die Sonnenbräune wäre es totenblass gewesen.

Einen Moment begegnete Christian Coopers Blick. In den hellen, durchdringenden Augen schien eine kleine, belustigte Flamme zu flackern. Aber das mochte ein Widerschein des Sonnenlichts sein, das draußen auf die Terrasse fiel. Jedenfalls klang Coopers Stimme so eisig wie vorher.

»Wollen Sie das Ding nicht wenigstens jetzt abschalten?«, fragte er. »Selbstverständlich, Sir.« Merton tastete nach dem Knopf, drückte darauf.

»Wo ist das Mikrofon?«, fragte Cooper weiter.

»In der Schreibtischlampe, nehme ich an«, sagte Christian. »Jedenfalls geht von ihrem Kabel eine Abzweigung ab. In den Schreibtisch, versteht sich.«

Alle sahen Merton an, der sich unter ihren Blicken zu winden schien.

Da ließ das Telefon sie zusammenschrecken. Julia Nagy zögerte unwillkürlich, bevor sie zum Hörer griff und sich meldete. Gleich darauf reichte sie Christian den Hörer. »Für Sie!«

Moore pfiff durch die Zähne. »Unser Freund«, sagte er leise.

Aber es war Christian Stillers Sekretärin. Sie hatte nur eine kurze Nachricht.

»Ich dachte, es würde Sie interessieren. Das Haus Nr. 8, Dorchester Close, St. Johns Wood ...«

Mary Fredericks Haus – in dem Carol West ein Zimmer gemietet hatte!

»Was ist damit?«

»Es brennt, Sir. Eben kam die Meldung. Ich dachte ...«

»Danke«, sagte Christian. »Das interessiert mich allerdings.«

5
Der Anschlag

Hart trat Christian Stiller aufs Gaspedal. Der Wagen schoss vorwärts. Der Splittbelag des Parkplatzes stob prasselnd auf. Dann wehte der Staub der Landstraße hinter ihnen wie eine Fahne.

»Ein Wahnsinn«, sagte Sergeant Moore leise.

»Was sagten Sie?«

Christian musste laut sprechen, um den Motorlärm und das Pfeifen des Fahrtwindes zu übertönen.

»Ich meinte, es ist der verrückteste Fall, den ich kenne«, rief Moore. »Ein Haufen Verdächtige – und nicht der Schimmer eines Motivs.«

Christian lächelte verbissen.

»Ich habe Sie angesteckt mit meiner Ungeduld, was?« Er überholte einen Lastwagen und bog vor ihm wieder auf die linke Straßenseite. »Dabei ist der Fall erst einen Tag alt. Wir dürfen nicht zu viel erwarten, Moore!«

Der Sergeant sah ihn verblüfft an. Dann begriff er, dass der Chef eigentlich nicht ihn zur Geduld ermahnen wollte, sondern sich selbst. Gleichzeitig jagte er aber den Wagen unbarmherzig vorwärts. So unbarmherzig, wie er sich selbst jagte, seit es den Mord an Carol West aufzuklären galt.

»Ob es Brandstiftung ist?«, fragte Moore, nur um etwas zu sagen.

»Würde mich nicht wundern«, antwortete Christian. »Kennen Sie Mary Fredericks?«

»Von der Vernehmung her. Was sie sagte, klang glaubwürdig. Witwe, allein im Haus, vermietet Zimmer an berufstätiges Mädchen. Dass dieses Mädchen Carol West hieß und gestern Nacht ermordet wurde, konnte jeder anderen Wirtin auch passieren.«

»Wissen Sie, wie sie früher hieß?«

»Mrs. Fredericks? Nein, keine Ahnung.«

»Mary Kenton. Sie war Schauspielerin. Keine berühmte, aber ich habe sie zwei- oder dreimal gesehen. Spielte mit mäßigem Erfolg Salondamen. Bis sie heiratete – und wahrscheinlich zu dick wurde für ihr Fach. Oder zu bequem.«

Moore nickte. »So wie sie jetzt aussieht, findet sie sicher niemand verführerisch.«

Er musste sich festhalten. Christian bog nach rechts ab. Auf eine schmälere Straße. Den kürzesten Weg nach dem Nordwesten der Riesenstadt London.

»Wir sprechen von ihr, als ob sie noch lebt«, sagte Moore zwischen zwei Kurven.

Christian nahm eine Hand vom Lenkrad, fischte eine Packung Zigaretten aus der Tasche und steckte eine davon in den Mund. Moore gab ihm Feuer.

»Sie sind überzeugt, dass sie tot ist?«

»Weshalb sollte sonst jemand ihr Haus anzünden?« fragte der Sergeant zurück. »Dass es durch Zufall abbrennt, glaube ich nicht. Wenn es aber Brandstiftung ist, dann soll wahrscheinlich ein Verbrechen vertuscht werden.«

Zehn Minuten später bremste Christian vor einem qualmenden Trümmerhaufen, der einmal ein Haus gewesen war. Die Feuerwehr war noch da. Sie beschränkte sich darauf, die nächstgelegenen Gebäude vor Funkenflug zu schützen. Christian stieg aus und ließ sich vom Brandmeister berichten.

»Nichts zu machen, Sir«, erklärte der Mann, heiser vom Rauch. »Sechs Minuten nach dem Alarm waren wir hier. Aber das Haus brannte wie Zunder.«

»Wer hat Sie alarmiert?«

»Die Nachbarn. Sie hatten Rauch gesehen. Offene Fenster im Erdgeschoß.«

»Fenster im Erdgeschoß lässt man nur dann offen, wenn man zu Hause ist«, meinte Christian.

»Ganz richtig, Sir«, bestätigte der Brandmeister. »Aber ich verstehe das trotzdem nicht. Das Haus hat so schnell gebrannt, dass ich nicht …« Er zögerte. »Nicht an Zufall glaube!«

»Jawohl, Sir! Es sah so aus, als ob das Feuer an mehreren Stellen zugleich ausgebrochen wäre. Wenn jemand im Haus war, konnte er sich durch die Fenster im Erdgeschoß retten. Also war die Hausbesitzerin, eine Frau Fredericks übrigens, nicht im Haus.«

»Oder sie konnte sich nicht mehr bewegen«, sagte Christian ernst. »Wie lange wird es dauern, bis wir die Trümmer durchsuchen können?«

»Wenn wir sie unter Wasser setzen dürfen: einen Tag. Aber dann wird alles zerstört, was es an Spuren geben könnte. Deshalb fragen Sie doch, Sir?«

»Ja«, sagte Christian, »deshalb frage ich.«

Am Feierabend unterscheidet sich Scotland Yard kaum von anderen Behörden. Christian Stiller und Sergeant Moore hatten Mühe, zwischen den herausströmenden Kollegen hindurch ins Haus zu kommen. Es war jetzt leer – bis auf den Bereitschaftsdienst.

»Hoffentlich hat die Verbrecherkartei noch auf«, sagte Christian.

»Was brauchen Sie denn, Chef?«, fragte der Sergeant. »Ich könnte die Akte gleich holen.«

»Alle Unterlagen über Eddie Lombard.«

»Müssen auf Ihrem Tisch liegen, Chef. Ich habe sie gleich heute Mittag bestellt. Als Sie mir gesagt hatten, was bei Lombard passiert war.«

»Danke, Moore. Wenn Sie jetzt noch was zu trinken besorgen könnten? Hunger habe ich keinen bei der Hitze.«

Fünf Minuten später saß Christian an seinem Schreibtisch und blätterte in dem umfangreichen Aktenstück. Die vorn abgehefteten Berichte langweilten ihn. Es stand nichts darin, was er nicht in den Grundzügen schon wusste.

Er war eben dabei, die Fotos zu studieren, als die Tür zum Gang geöffnet wurde. Moore kam mit einer Kanne Tee und zwei Tassen. »Lassen Sie die Tür offen«, sagte Christian. »Es ist ja zum Ersticken hier drinnen.«

Er stand auf.

»Was ist denn das?«

Ein dicker Geschäftsumschlag. Ob er zu den Lombard-Akten gehörte? Christian nahm ihn in die Hand. Nein, da stand »SUPERINTENDENT STILLER, PERSÖNLICH«. Als Anschrift einfach »NEW SCOTLAND YARD«. Keine Briefmarke. Also durch Boten gebracht.

Christian griff nach dem Brieföffner. Der Umschlag war fest zugeklebt. Er musste die Spitze hineinbohren.

In diesem Augenblick sah Moore auf.

»Vorsicht, Chef!«

Sein Gesicht war verzerrt.

Da hörte auch Christian das Zischen. Geistesgegenwärtig schleuderte er den Umschlag fort. In Richtung zur Tür. Dann duckte er sich. Moore presste sich an die Wand. Explosion! Scheiben zerbrachen klirrend.

Dann eine fast schmerzhafte Stille. Christian blickte auf Moore. Gott sei Dank, auch ihm war offenbar nichts passiert.

In der Tür erschien eine Putzfrau. »Was machen Sie denn da?«, fragte sie böse.

»Leider habe ich Ihnen Arbeit gemacht«, sagte Christian mit einem schuldbewussten Blick auf Scherben und abgebröckelten Putz.

»Lassen Sie bitte alles so liegen. Ich muss erst die Sprengstoffleute rufen.«

»Das wird wohl nicht nötig sein«, antwortete die Frau. »Wenn sie nach dem Krach nicht von selbst kommen, sind sie taub.«

Ihre Vermutung war richtig. Innerhalb von Minuten war vor Christians Zimmer alles versammelt, was um diese Zeit Dienst hatte. Er sagte ein paar erläuternde Worte und zog sich dann an seinen Schreibtisch zurück. Nur undeutlich klangen aufgeregte Stimmen durch die Tür, die er hinter sich geschlossen hatte.

»Gut, dass alle Fenster offen waren«, sagte der Sergeant ruhig. »Allerdings. Und schönen Dank noch für die Warnung. Wie sind Sie darauf gekommen, Moore?«

»Ich sah einen Draht, als Sie den Umschlag aufrissen.«

Er stellte Christian eine volle Tasse hin und nahm die andere. Für ihn war die Sache erledigt. Christian hob die Tasse und setzte sie gleich wieder hin. Das Telefon summte. Er hob ab.

»Meinen Glückwunsch«, sagte jemand.

Es war der Mann mit der leisen, höflichen Stimme.

»Ach, mein Freund!«, spottete Christian.

Moore begriff. Er sprintete ins nächste Zimmer.

»Wozu wollen Sie mir denn gratulieren?«, fragte Christian im gleichen Ton weiter.

»Zu dem überstandenen Bombenanschlag«, tönte es zurück.

»Ach, das wissen Sie schon?«

Christian brauchte sich nicht zu verstellen. Das Staunen in seiner Stimme war echt.

»Man hört so allerhand«, sagte der andere ohne Stolz. »Übrigens – wenn Ihnen an einem Rat liegt...«

»Aber selbstverständlich! Raten Sie nur.«

Er musste den Mann festhalten, bis Moore ermittelt hatte, woher er anrief.

»Kümmern Sie sich um Robin Long«, sagte der andere. Dann knackte es in der Leitung. Aufgelegt.

Christian sah auf. Der Sergeant stand in der Tür.

»Sie versuchen ihn ausfindig zu machen, Chef. Werden sich gleich wieder melden. Was hat er diesmal gewollt?«

»Mir zu der überstandenen Gefahr gratulieren. Außerdem meint er, wir sollen uns um Robin Long kümmern.«

»Aber das – das bedeutet doch...«

»Dass er einen Verbindungsmann hier im Haus hat«, sagte Christian ruhig.

»Aber das kann doch nicht...«

Das Telefon im Nebenzimmer läutete. Moore ging hinüber. Christian hörte ihn sprechen.

Dann kam der Sergeant zurück. Seine Ratlosigkeit

war ihm deutlich anzusehen.

»Es geht nicht, Chef!«

»Was geht nicht?«

»Sie kriegen die Nummer nicht raus. Auf dem Amt behaupten sie, wir sind gar nicht angerufen worden.«

»Und unsere Zentrale?«

»Hat das Gespräch angenommen. Ein Glück. Sonst würde es nur eine Erklärung geben: dass er hier aus dem Haus angerufen hat.«

Christian blickte ihn besorgt an. So aufgeregt hatte er seinen Helfer lange nicht mehr gesehen. War es nur die Sorge des Sergeanten um ihn?

»Jetzt setzen Sie sich erst einmal her und trinken Sie Ihren Tee«, sagte er. »Lassen Sie sich nicht nervös machen Sie werden sehen, dass wir am Ende eine logische Erklärung für alles finden.«

Moore setzte sich. Als seine Tasse leer war, fragte er »Was werden Sie jetzt tun, Chef?«

»Den Rat befolgen.«

»Zu Robin Long fahren?«

»Ja. Besorgen Sie mir bitte die Adresse des Krankenhauses, in dem er liegt. Das Revier in Belhampton muss sie haben. Außerdem: Lassen Sie Lombard überwachen. Schicken Sie auch ein paar Detektive in seine Nachtclubs.«

»Heute noch? Das wird schwierig.«

»Es muss sein. Außerdem gibt es Überstunden und Spesen. Sagen wir: ausnahmsweise Spesen in beliebiger Höhe. Auf meine Verantwortung.«

Moore schmunzelte.

»Das wird allerdings helfen. Aber was ist mit dem *High Dive*? Wollen Sie das nicht auch überwachen lassen?«

»Geht nicht. Wie sollen wir da draußen Leute verstecken?«

»Als Gäste!«

»Lieber nicht. Jeder ist verdächtig, der jetzt dort einzieht. Belhampton soll den Streifendienst verstärken. Mehr können wir heute nicht tun. Vielleicht schaue ich nochmal vorbei.«

»Seien Sie vorsichtig, Chef!«

»Noch etwas, Moore. Sie haben gestern das Ehepaar Beckworth und diesen Mister Cooper vernommen. Haben Sie die Adressen aufgeschrieben?«

»Selbstverständlich.«

»Dann lassen Sie alle drei überprüfen.«

»Schon passiert. Die Berichte liegen drüben auf meinem Tisch. Beckworth ist wirklich ein angesehener Kaufmann in Liverpool. Eve ist seine Frau. Die Personenbeschreibung stimmt.«

»Und Cooper?«

»Die Adresse stimmt. Wohnt seit ungefähr zehn Jahren da. Die Nachbarn halten ihn für einen Sonderling. Haben aber keine Klagen. Ein freundlicher älterer Herr...«

»Freundlich ist gut gesagt.«

Christian musste an seine Begegnung mit Cooper denken. Kalt und hart wie Stahl war der Mann.

»Gut gemacht«, lobte er den Sergeanten. »Die Akte Lombard lassen wir hier, und denken Sie bitte an das Krankenhaus.«

Moore nickte und ging telefonieren.

Christian sah die Fotos durch, die den Berichten über Eddie Lombards Tätigkeit angeheftet waren. Die meisten zeigten Tomaten-Eddie selbst. Zu Beginn seiner ›Karriere‹, als er noch mit Obst und Gemüse handelte und zum ersten Mal wegen Mangels an Beweisen freigelassen werden musste. Dann spätere, die nie einem Gericht vorgelegen hatten, weil sie als Beweismaterial nicht ausreichten. Dann der Lombard von heute. Stiernackig, dickschädlig, gefährlich. Ob der Umschlag vorhin von ihm stammte? Moore kam mit der Adresse. Christian bot ihm eine Besucherzigarre an.

»Wenn ich Sie schon so lange hier festhalte...«

Er wartete, bis die Zigarre brannte.

»Eine Frage noch«, sagte er dann. »Vergessen Sie einmal einen Augenblick, dass Sie Sergeant Moore sind und mit mir den Fall Carol West bearbeiten. Sagen Sie mir: Was unterscheidet mich von meinen Kollegen? Sie wissen, dass der Yard eine ganze Reihe von Superintendenten hat. Sie kennen so ziemlich alle. Weshalb versucht jemand mit solcher Hartnäckigkeit, ausgerechnet mich umzubringen? Weshalb bin gerade ich für ihn so gefährlich?«

Moore überlegte.

»Es gibt eine Fähigkeit, in der Sie den anderen voraus sind«, sagte er dann. »Sie wissen es vielleicht gar nicht, aber alle bewundern Ihr Personengedächtnis. »Stiller ist der Mann, der nie ein Gesicht vergisst.« Das habe ich hundertmal gehört – und es stimmt auch.«

»Leider nicht mehr. Seit gestern versuche ich mich daran zu erinnern, weshalb mir das Gesicht von Carol West bekannt vorkommt. Aber...«

Er blickte nachdenklich vor sich hin. Sein Gedächtnis für Gesichter konnte es tatsächlich sein, dass jemand ihn fürchtete, weil er – weil nur er sich vielleicht an Carol

Wests Gesicht erinnern könnte? Aber weshalb gerade er? Weshalb brauchte man ein besonders gutes Gedächtnis, um sich an Carol West zu erinnern? Weil es so lange her war, dass sie schon einmal mit Scotland Yard zu tun hatte? Unsinn! Dafür war sie zu jung – und er selbst, der jüngste Superintendent des Yard, war nicht für alte, vergessene Fälle zuständig. Weshalb dann? Er schloss die Augen und konzentrierte sich auf diesen Punkt. Weshalb war Carol West so schwer zu erkennen?

Plötzlich kam ihm der Gedanke: weil ihr Gesicht verändert war!

»Moore!«

»Chef?«

»Bitte morgen als erstes: Bericht des Arztes anfordern, der Carol West seziert hat. Ich muss wissen, ob er Spuren einer Gesichtsoperation gefunden hat. Außerdem brauche ich ihre Fingerabdrücke. Mit allen verfügbaren Karteien vergleichen lassen. Notfalls die Formel per Fernschreiber an alle Interpol-Mitglieder. Jemand muss sie haben!«

Er stand auf.

»So, ich fahre jetzt zu Robin Long, dem Lehrer und Selbstmordkandidaten.«

Er erreichte das kleine, moderne Krankenhaus noch bei Tageslicht. Der diensttuende Arzt hob die Augenbrauen, als er den Ausweis sah.

»Aber nur fünf Minuten! Er ist noch recht schwach. Und regen Sie ihn bitte nicht auf!«

Long lag in einem Einzelzimmer. Sein Gesicht war bleich und hager. Er atmete mühsam.

Als er Christians Namen hörte, kniff er die Augen zusammen.

»Ach, der Lebensretter!« Das Sprechen fiel ihm schwer, aber der Hass in seiner Stimme war nicht zu überhören. »Soll mich wohl bedanken, was? Der Teufel soll Sie holen! Hätten Sie mich sterben lassen!«

»Sie sollen sich nicht bedanken«, sagte Christian ruhig. »Ich möchte nur eine Auskunft von Ihnen. Ich fand in Ihrem Zimmer einen Zettel mit meiner Telefonnummer. Was hat das zu bedeuten? Was wollten Sie von mir?«

»Nichts wollte ich von Ihnen!«

»Mister Long, seien Sie vernünftig. Weshalb haben Sie meine Nummer aufgeschrieben? Sie müssen sich doch dabei etwas gedacht haben.«

»Nein, verdammt noch mal!«, schrie Long. Ein Hustenanfall schüttelte ihn. Er rang nach Luft.

Eine Schwester stürzte ins Zimmer. Sie übersah die Situation mit einem Blick und begann, eine Spritze vorzubereiten.

»Sie dürfen ihn nicht aufregen«, sagte sie vorwurfsvoll zu Christian. Dann stach sie die Nadel in Longs Arm.

Christian ging ins Zimmer des Arztes.

»Nichts zu machen«, sagte er. »Er tobte und bekam einen Anfall. Die Schwester ist bei ihm.«

»Ein schwieriger Fall«, bestätigte der Arzt unverbindlich. »Aber das sind Selbstmörder meistens.«

Christian zuckte mit den Schultern. »Von mir aus könnte er tun und lassen, was er will. Aber ich habe einen Mord aufzuklären. Da brauche ich jede Unterstützung.«

»Welchen Mord? Ich habe nichts gehört.«

»Das Mädchen im *High Dive*.«

»Das war Mord? In der Zeitung stand nur…«

»Die Zeitungen wissen es noch nicht. Sie ist erwürgt worden. In ihrem Notizbuch stand eine Telefonnummer. Meine. Auch Long hatte die Nummer in seinem Zimmer.«

Der Arzt sah ihn interessiert an.

»So ist das? Dann verstehe ich auch, weshalb sich alle Welt für ihn interessiert.«

»Alle Welt? Wer?«

»Das kann ich nicht genau sagen. Aber wir hatten zehn oder zwölf Anrufe von Leuten, die sich nach ihm erkundigten.«

»War es immer derselbe?«

»Die Schwester sagt, einmal war es eine Frau und sonst waren es Männer. Aber verschiedene.«

»War einer mit einer auffallend leisen, höflichen Stimme dabei?«

»Ja. Den Anruf habe ich sogar selbst angenommen. Ich war gerade im Büro. Die Stimme fiel mir auf.«

»Und eine Frau, sagten Sie?«

»Ja. Ich nehme an, es war seine Schwester.«

»Hat sie das gesagt?«

»Am Telefon nicht. Aber nachher, als sie herkam.«

Christian beugte sich vor.

»Wie sah sie aus?«

»Groß, schlank und blond. Ungefähr dreißig.«

Eve Beckworth? Christian zweifelte nicht daran: Sie hatte beobachtet, wie Long aus der Schule abtransportiert wurde. Dann hatte sie ihn im Krankenhaus besucht. Ob sie wirklich seine Schwester war?

»Durfte sie zu ihm?«

»Wir haben sie in sein Zimmer gelassen. Als nächste Angehörige. Aber das hätten wir nicht tun sollen. Die beiden schrien sich an. Wir mussten die Dame rauswerfen, weil er einen Anfall bekam.«

»Worüber stritten sie?«

»Keine Ahnung. Ich weiß nur, dass von einem Mädchen die Rede war. »Sie war deine Geliebte«, schrie sie. Es klang nicht sehr schwesterlich, möchte ich behaupten.«

»Sind Sie sicher, dass sie gesagt hat: Sie war deine Geliebte?«

»Absolut sicher. Da fällt mir übrigens ein: Die Dame hat ihren Namen genannt. Etwas mit -worth oder -work am Ende.«

»Beckworth?«

»Ich glaube ja.«

»Danke, Doktor, das war sehr wichtig für mich.«

Er stand auf und trat ans Fenster. Draußen war es fast dunkel. »Sie war deine Geliebte«, dachte er. Konnte sich das nicht auf Carol West beziehen?

»Doktor, ich habe eine Frage. Würde es zu einem Psychopathen wie Long passen, dass er einerseits ständig über die Moral seiner Umwelt wacht und andererseits eine heimliche Geliebte hat?«

»Durchaus«, sagte der Arzt.

Christian wandte sich zu ihm um. »Würden Sie so einem Mann einen Mord zutrauen?«

»Unter Umständen ja. Ich kann natürlich nicht von Long sprechen. Aber die meisten Morde werden von Menschen begangen, die – grob gesagt – seelisch aus dem Gleichgewicht sind.«

»Ich weiß. Einem Psychopathen ist eher ein Mord zuzutrauen als einem normalen Menschen.«

»Weit eher. Was übrigens nicht besagt, dass er nicht für seine Handlungen verantwortlich ist.«

»Aber wenn ...«

Er brach ab und horchte. Irgendwo fiel polternd ein schwerer Gegenstand um.

Dann klangen die gellenden Hilferufe einer Frau durchs Haus.

6
Ein seltsamer Abend

Die abendliche Ruhe zerriss. Türen wurden geöffnet. Hastige Schritte. Long! Mit zwei Sätzen war Christian Stiller draußen auf dem Gang. Horchte. Dann raste er los. In die Richtung, aus der er vorhin gekommen war.

Hinter sich hörte er die Schritte des Arztes. Robin Long! Vielleicht der Mörder von Carol West. Und jetzt...

Wieder schrie die Frau. Wie in höchster Not. Es musste die Schwester sein, die bei Long geblieben war.

Christian riss die Tür auf. Das Bett war leer.

Am Fenster! Zwei Gestalten, die miteinander rangen.

Christian sprang zu. Packte Longs Arm. Drehte ihn auf den Rücken. Long leistete keinen Widerstand, als der Detektiv ihn zu seinem Bett führte. Er ließ sich fallen und drehte das Gesicht zur Wand.

»Er wollte sich aus dem Fenster stürzen«, berichtete die Schwester. Sie rang nach Atem. »Aus dem dritten Stock!«, fügte sie hinzu. Es klang wie ein Vorwurf.

»Jedenfalls haben Sie ihm das Leben gerettet«, sagte Christian beruhigend.

Der Arzt hatte Mühe, Personal und Leichtkranke von der Tür zu vertreiben. »Es ist nichts«, sagte er immer wieder. »Bitte gehen Sie weg. Es ist nichts passiert.« Schließlich kam er ins Zimmer zurück. Er brachte einen kräftigen Pfleger mit, der sich neben Longs Bett auf einen Stuhl setzte.

Christian winkte den Arzt zur Seite. »Es hat wohl

jetzt keinen Sinn, mit ihm zu sprechen?«, fragte er leise.

Der Arzt schüttelte den Kopf. »Auf keinen Fall. Kommen Sie, wir sprechen draußen weiter.«

»Er kann nicht hierbleiben«, sagte der Arzt auf dem Flur. »Wir sind auf solche Fälle nicht eingerichtet.«

»Nervenklinik?«, fragte Christian. »Ja. Wenigstens zur Beobachtung muss er hin. Sehen Sie, es ist eine Entscheidung, die einem Arzt nicht leichtfällt. Ich darf doch offen sprechen?«

»Natürlich.« Christian bot ihm eine Zigarette an.

Der Arzt tat einen tiefen Zug. »Sie kennen unsere Gesetze. Selbstmordversuche sind in England strafbar. Das ist vom ärztlichen Standpunkt gesehen Blödsinn. Ich habe ein schlechtes Gewissen, wenn ich den Mann in die Nervenklinik überweise. Damit setze ich zugleich die Maschine der Justiz in Bewegung. Wenn ich ihn aber nicht überweise, bringt er sich vielleicht doch noch um.«

Er ließ Christian den Vortritt ins Büro.

»Ich verstehe«, sagte der Detektiv. »Aber in diesem Fall bleibt Ihnen nichts anderes übrig. Ich werde jedenfalls froh sein, wenn ich Long hinter dicken Mauern und vergitterten Fenstern weiß. Der Mann ist nicht nur eine Gefahr für sich selbst, sondern wahrscheinlich auch für seine Umwelt.«

»Sie haben ihn im Verdacht, dass er den Mord im *High Dive* begangen hat?«

»Ja.«

»Warum verhaften Sie ihn dann nicht? Im Gefängniskrankenhaus ist er gut aufgehoben.«

»Weil ich ihm nichts beweisen kann. Es geht nicht nur um den Mord und die Selbstmordversuche. Es sind auch Dinge geschehen, die Long gar nicht alle getan haben kann. Außerdem passen sie nicht zu ihm ...«

Dieser Punkt beschäftigte Christian auf der Fahrt zum *High Dive*. Wenn er recht vermutete, dann war Carol West die Geliebte Robin Longs. Der hatte sie erwürgt. Aus Eifersucht oder sonst einem alltäglichen Motiv. Dann hatte er versucht, seinem Leben ein Ende zu machen. Soweit war alles klar. Ein schöner runder Fall, der mit Hilfe des Ehepaars Beckworth aufgeklärt werden musste.

Aber was hatten die Mordversuche an ihm damit zu tun? Was ging der Fall West-Long, der nach außen hin so einfach lag, einen Gangster wie Eddie Lombard an? Wer war der anonyme Anrufer?

Es gab zwei Möglichkeiten. Entweder täuschte er sich, und Long hatte mit dem Mord nichts zu tun. Dann war der Mörder in Lombards Kreisen zu suchen.

Oder Long war der Mörder – und sein Fall war auf irgendeine Weise mit einem anderen Verbrechen verbunden. Nein, nicht auf irgendeine Weise. Sondern durch Carol West! Durch ihr Gesicht, an das er sich nicht erinnern konnte. Durch sein Personengedächtnis, das den Freunden Carol Wests gefährlich werden konnte.

Ihren Freunden? Eddie Lombard mochte dazu zählen. Und seine Helfer. Auch Victor Merton, Lombards Angestellter, der Manager des *High Dive*. Ein schöner Mann, dem man eher den Frauenhelden als den Gangster zutrauen würde. Aber das Tonbandgerät in seinem Schreibtisch hatte ihn mehr als verdächtig gemacht.

Und Julia Nagy, Mertons Assistentin? Ein prachtvolles Mädchen. Man konnte das Temperament, die Fröhlichkeit noch ahnen, die sie eigentlich ausstrahlen musste. Aber es war, als ob eine Decke über ihr lag. Als ob sie Angst hatte. Das war es: Angst. Um sich – oder um jemanden anderen. Um Merton vielleicht? Er war ein Mann, in den Frauen sich verliebten.

Mary Fredericks! Ob sie unter den Trümmern ihres Hauses begraben lag? Erst die genaue Untersuchung konnte ergeben, ob es Brandstiftung war. Und ob Carol Wests Wirtin den Brand überlebt hatte.

Schon wieder Carol West! Der Mord an ihr musste aufgeklärt werden. Dann kam alles andere.

Christian drückte seine Zigarette im Aschenbecher aus und lenkte den Wagen auf den gut besetzten Parkplatz des *High Dive*. Er fuhr ihn in eine Ecke, in die der Schein des modern geschwungenen Neonschildes nicht reichte. Dann ging er um das Haus herum.

Aus dem erleuchteten Schwimmbecken schlug ihm fröhlicher Lärm entgegen. Auf der Terrasse glänzten die bunten Schirme kleiner Tischlampen. Durch die offenen Fenster des Restaurants klang ein etwas schmalziges Saxophon.

Er warf einen Blick hinein. Nur wenige Paare tanzten. Die meisten genossen draußen die milde Luft des Sommerabends.

Ein Mädchen stieg aus dem Wasser. Lief langbeinig auf die dunkle Wiese hinaus. Ein Mann folgte ihr. Die beiden Schatten verschmolzen.

Christian musste an Robin Longs Klagen denken. Einer unfreundlichen Phantasie ließ das *High Dive* bestimmt reichlich Spielraum. Da tauchten die beiden wieder auf. Ihre Silhouetten hoben sich schwarz von einem hellen Fenster ab. Lösten sich voneinander. Machten die

Bewegungen des Abtrocknens, des Ankleidens. Verschwanden in Richtung zum Ausgang.

Christian beachtete sie nicht. Er sah nur das Fenster. Bungalow Nummer drei. Eve Beckworth!

Langsam ging er auf den Bungalow zu. Im gemächlichen Schritt eines Spaziergängers. Ohne sich vorsichtig umzuschauen. Das würde nur auffallen.

Zwischen der Tür und dem erleuchteten Fenster blieb er stehen. Das Fenster war nur angelehnt. Jetzt hörte er es deutlich.

Das verzweifelte Schluchzen einer Frau.

Er zögerte. Er hasste solche Situationen. Aber es war nicht zu ändern. Er musste mit Eve Beckworth sprechen.

Sein Klopfen hallte durch den niedrigen Bungalow. Diele, Wohnzimmer, Schlafzimmer, Bad. Mehr umfasste das kleine Gebäude ja nicht. Er klopfte noch einmal. Das Schluchzen brach ab. Schritte kamen näher.

»Wer – wer ist da?«, fragte eine Frauenstimme.

»Mein Name ist Stiller. Scotland Yard.«

»Oh!« Sie sagte ein paar leise Worte, die er nicht verstand. Wahrscheinlich eine Aufforderung, zu warten.

Wieder Schritte. Dann hörte er Wasser laufen. Natürlich, sie wusch sich das Gesicht. Schade, die Chance der Überraschung war vertan. Aber er konnte es nicht ändern.

Sie kam zurück und öffnete die Tür.

»Bitte, was kann ich für Sie tun?«

Das klang beherrscht und kühl. War das dieselbe Frau, die eben so hoffnungslos geweint hatte?

Er folgte ihr ins Zimmer. Im Vorbeigehen nahm sie ihre Sonnenbrille vom Tisch und setzte sie auf.

»Verzeihen Sie, aber meine Augen sind entzündet.

Ich vertrage anscheinend die Sonne nicht.«

Sie versuchte zu lächeln.

»Aber bitte, nehmen Sie doch Platz.«

»Danke.« Er setzte sich auf einen Stuhl und sah sich um. »Ihr Mann ist nicht hier?«

»Er ist spazieren gegangen«. Ihre Stimme hatte einen Unterton, den er nicht enträtseln konnte.

»Nun, vielleicht ist das ganz gut«, sagte er. »Mrs. Beckworth, Sie können sich denken weshalb ich komme?«

»Wegen…« Sie zögerte. Biss sich nervös auf die Lippen.

»Wegen Ihres Bruders«, sagte er ruhig. »Sie wissen ja alles. Sie haben ihn im Krankenhaus besucht, nicht wahr?«

Sie nickte.

»Gut«, fuhr er fort, »dann brauche ich nicht viel zu erklären. Mir geht es darum, den Grund für seine Selbstmordversuche zu erfahren.«

»Versuche? Ich denke …«

»Er hat einen zweiten unternommen, als Sie fort waren.«

Sie schwieg. Nur ihre Hände zitterten leicht. Als ob sie mit aller Anstrengung eine gewaltige Erregung unterdrücken müsste.

»Hat er – ist er gesund?«, fragte sie schließlich. Ihre Stimme klang spröde.

»Ja, er ist gesund – soweit man das bei seinem seelischen Zustand sagen kann.«

»Sie meinen, er ist geistesgestört?«

Das klang fast hoffnungsvoll. Als ob sie einen Ausweg gefunden hätte.

Er versperrte ihn sofort.

»Nicht geistesgestört. Ich glaube, dass er für seine Handlungen voll verantwortlich ist.« Er machte eine Pause, um die Worte ihre Wirkung tun zu lassen. Dann fuhr er fort: »Aber er ist völlig verstört. Als ob er etwas Schreckliches erlebt hätte. Was?«

Sie saß starr. Es dauerte Sekunden, bis sie langsam den Kopf schüttelte. »Ich weiß es nicht.«

»Haben Sie nicht mit ihm über seine Sorgen gesprochen?«

»Er – er hat mir nichts gesagt.« Sie krampfte die Hände zusammen. »Er hat mich nur angeschrien. Ich habe nicht verstanden, was er wollte.«

»Hatte es etwas mit einem Mädchen zu tun?«

»Ich weiß nicht.«

»Hat er Namen genannt?«

»Ich – ich kann mich nicht daran erinnern.«

»Hat er den Namen Carol West genannt?«

»Nein«, sagte sie schnell. Zu schnell. Er war überzeugt, dass sie log. Dass sie auf diese Frage gewartet hatte. Dass sie wusste, dass zwischen ihrem Bruder und Carol West eine Verbindung bestanden hatte.

»Ich möchte Ihrem Bruder helfen, wenn das irgend möglich ist«, sagte er. »Es könnte sein, dass er unschuldig in einen schweren Verdacht gerät. Es könnte sein, dass er sich das Leben nimmt.«

»Soll er doch!« Sie schnellte aus ihrem Sessel hoch und schrie Christian an. »Soll er sich umbringen! Mir kann er keinen größeren Gefallen tun, der Schuft!«

Sie starrte ihn mit verzerrtem Gesicht an

Christian hob abwehrend die Hand. »Vorläufig kann ihm nichts passieren. Er steht jetzt unter Aufsicht.«

»Ja«, schrie sie. »Ja! Packt ihn in Watte! Bewacht sein kostbares Leben! Damit er...«

Sie presste die Hände vor den Mund. Ihre Brille verrutschte und fiel zu Boden. Sie achtete nicht darauf. Langsam wandte sie sich ab. Dann lief sie mit seltsam eckigen Bewegungen hinaus. Er hörte, wie sie sich auf ihr Bett warf. Das trockene Schluchzen eines Weinkrampfs schüttelte sie.

Christian stand auf und ging schnell zur Tür. Es hatte keinen Sinn, hierzubleiben. Er würde ihr das Zimmermädchen schicken. Oder sonst eine Frau, die nach ihr sah.

Er riss die Tür auf und wich mit einem schnellen Schritt zur Seite. Aber es war nur John Beckworth, der gelauscht hatte.

»Ihre Frau ist krank«, sagte Christian hart. »Sie sollten sich um sie kümmern.«

Nach zehn Schritten drehte er sich um. Beckworth stand noch immer unbeweglich und sah ihm nach. Christian zuckte mit den Schultern und ging weiter. An den Bungalows vorbei, die stumm und schwarz am Weg lagen.

Drüben am Schwimmbecken ging es noch immer lustig zu. Gedämpfter jetzt, weil die ganz jungen Leute fort waren. Aber spritzendes Wasser und fröhliche Zurufe waren bis hier herüber zu hören.

Bungalow Nummer sieben, Nummer acht, neun – er hatte den Plan noch im Kopf.

Nummer zehn! Der Bungalow, der für Eddie Lombard reserviert war! Den Chef. Den Besitzer des *High Dive*. Den tödlichen Schützen und heimlichen König des Londoner Nachtlebens.

Die Fenster waren dunkel. Christian ging weiter. Aber dann riss es ihn förmlich herum.

Etwas hatte sich bewegt. Im dunklen Raum hinter dem Fenster. Entschlossen ging er zur Tür und klopfte.

Nichts.

Noch einmal.

Keine Antwort. Kein Geräusch. Er drückte die Klinke. Verschlossen. Zögernd wandte er sich ab und ging weiter. Um das Hauptgebäude herum. Zum Eingang.

Das sanfte Licht der Eingangshalle fiel auf Glastüren, Spiegel und Polstersessel. Im Büro brannte kein Licht. Christian ging weiter. Zur Bar.

Es war ein kleiner Raum. Nur sechs Tische hatten darin Platz und an der Bar sechs Hocker. Fünf waren leer. Auf dem sechsten saß Julia Nagy. Christian schob sich auf einen Barhocker.

»Guten Abend«, sagte er. »Noch im Dienst?«

Sie starrte ihn entgeistert an und vergaß zu antworten.

»Ich scheine heute so etwas zu sein wie der böse Wolf im Märchen«, sagte er beiläufig und beobachtete sie im Spiegel. Das matte Licht der Bar machte sie noch hübscher. Ihre nackten Schultern schimmerten weich.

»Wieso?«, fragte sie schließlich, nur um etwas zu sagen.

Er wandte sich ihr zu und sah ihr in die Augen. »Ich habe Sie erschreckt, nicht wahr? Das tut mir leid.«

Sie verzog den Mund zu einem ganz kleinen Lächeln. »Es war dumm von mir. Ich hatte nicht erwartet...«

»Mich hier zu treffen?«

»Nein, ich – ich meine – ich …«

Sie wurde unter der Sonnenbräune rot bis auf die Schultern. Dann schluckte sie und sagte: »Ich hatte gerade an Sie gedacht.«

»Hoffentlich freundlich?«

Sie hielt seinem Blick stand. »Ich habe daran gedacht, dass es nett wäre, wenn ich Ihnen an einem anderen Ort und zu einer anderen Zeit begegnet wäre. Es hat eine Zeit gegeben, da wäre ich froh gewesen.« Sie ließ den Kopf sinken. »Fragen Sie mich bitte nicht. Ich kann Ihnen nichts sagen.«

Er musste den Wunsch unterdrücken, den Arm um ihre Schultern zu legen und sie zu sich herüber zu ziehen. Sie wirkte so zart und hilfsbedürftig

»Wenn Sie es so wünschen«, sagte er zögernd. »Aber wäre es nicht besser, wenn Sie etwas mehr Vertrauen hätten?«

»Oh, ich habe Vertrauen zu Ihnen«, sagte sie. »Sehr viel Vertrauen. Auch zum Scotland Yard. Aber es ist – mir kann niemand helfen.«

Ihr Schmerz war echt. Christian sah sie verständnisvoll an, obwohl er nicht wusste, wovon sie sprach.

»Wenn ich etwas tun kann«, sagte er leise, »rufen Sie mich im Yard an. Es ist immer jemand da. Auch nachts. Ich komme sofort.«

Sie lächelte mit geschlossenen Lippen. In ihren Augen standen Tränen.

Er sah in den Spiegel und sagte mit veränderter Stimme: »Was muss man eigentlich tun, um hier einen Whisky zu bekommen?«

Sie blickte ihn erstaunt an. Dann begriff sie und glitt vom Hocker. »Einen Augenblick, ich hole Jo. Sie ist nur mal in die Küche gegangen, weil hier nichts los war.«

Victor Merton, der in der Tür gestanden hatte, kam herein und ließ Julia an sich vorbei.

»Guten Abend, Sir«, grüßte er höflich. »Ich freue mich, dass Sie auch außerhalb Ihrer Dienststunden an uns denken.« Es war ihm nicht anzusehen, ob er im Ernst sprach oder ob es Hohn war.

»Leider ist es nicht ganz so«, widersprach Christian. »Ich hatte hier zu tun.«

»Betraf Ihr Besuch das *High Dive*?«

»Nur sehr am Rande«, wich Christian aus.

Julia Nagy kam mit der Barfrau. Sie setzte sich wieder neben Christian. Merton blieb neben ihnen stehen. »Diese Runde bezahlt das Haus«, sagte er. »Ich darf Sie doch einladen?«

»Sind Sie sicher, dass Mister Lombard damit einverstanden ist?«, fragte Christian spöttisch. »Ist er übrigens hier? Ich hatte vorhin den Eindruck, dass im Bungalow zehn jemand am Fenster war.«

»Ausgeschlossen«, erklärte Merton bestimmt. »Das müsste ich wissen. Oder haben Sie etwa jemanden in Nummer zehn gesehen, Miss Nagy?«

»Nein«, sagte Julia, »in Nummer zehn ist niemand.« Sie sagte es mechanisch wie ein Roboter.

»Na, dann habe ich mich geirrt.« Christian wandte sich schnell ab, damit Merton nicht sah, wie er in Julias Augen das Gegenteil las. Sie war eine schlechte Lügnerin.

»Das macht mein Beruf«, sagte Christian entschuldigend. »Mit der Zeit sieht man Gespenster.«

Während sie tranken, überlegte er. »Also war jemand in Nummer zehn. Lombard – oder jemand, den Lombard dort versteckt hielt?«

Aber was konnte er tun? Ohne Haussuchungsbefehl – gar nichts. Und den Befehl würde ihm kein Richter geben, solange er nicht einmal sagen konnte, was er da eigentlich suchen wollte.

»Also hier sind Sie«, sagte eine unfreundliche Stimme hinter ihnen. George Cooper war unbemerkt hereingekommen. »Und unser Freund vom Scotland Yard ist auch mal wieder da.«

Während Cooper sich auf einen Hocker schwang und seine Bestellung aufgab, wunderte sich Christian zum zweiten Mal über Julias Gesicht. Schon am Nachmittag war ihm aufgefallen, wie ratlos sie ihn und den Ägyptologen angesehen hatte, als der sich ihm gegenüber so unfreundlich benahm. Wie ein Kind, dessen Eltern streiten.

Er betrachtete Cooper, der auch am Abend wie ein ehemaliger Kolonialoffizier aussah. Sein Blick begegnete den hellen, durchdringenden Augen. Wieder hatte er das hilflose Gefühl, dass Cooper ihn durchschaute.

Aber dann wandte der andere sich an Merton und sagte beiläufig: »Hier ist es wenigstens leise.«

Der Manager des *High Dive* hob die Brauen. »Hat Sie der Lärm gestört, Sir? Es tut mir leid, aber am Swimmingpool ist es heute besonders laut.«

»Nicht so laut wie bei meinen Nachbarn, der werten Familie Beckworth«, sagte Cooper ironisch. »Die machen einen Lärm, als ob sie allein auf der Welt wären. Ein kleiner Ehekrach, nehme ich an.«

Merton hüstelte vornehm. Wahrscheinlich verbarg er dahinter ein Grinsen. »Sie reisen morgen ab, Sir. Mister Beckworth sprach vorhin davon.«

Julia Nagy sah erstaunt auf. »Seine Frau sagte mir aber, dass sie noch ein paar Tage bleiben.«

Cooper schüttelte den Kopf. »Richtig nette Leute. Na

ja, morgen sind sie heiser, nach ihrer heutigen Lautstärke zu urteilen. Dann ist wenigstens Ruhe.«

Christian sah auf die Uhr. Es ging auf Mitternacht. »Wie lange haben Sie auf?«, fragte er den Manager. »Ungefähr bis zwei. Manchmal auch länger, wenn wir ausdauernde Gäste haben.«

Christian tat, als ob er ein Gähnen unterdrücken musste. »Na, ich fühle mich jedenfalls nicht so ausdauernd. Also dann: einen schönen Abend noch!« Er nickte Julia freundlich zu, verbeugte sich knapp vor Cooper und ließ sich von Merton an die Tür begleiten.

Draußen fragte der Manager leise: »Gestatten Sie eine Frage, Sir: War es Mord?«

»Ja«, sagte Christian. »Carol West ist erwürgt worden, bevor man sie hier in Ihr Schwimmbecken warf.«

»Vielen Dank, Sir.« Merton verbeugte sich. »Und: gute Nacht, Sir.«

»Auf Wiedersehen, Mister Merton«, sagte Christian mit Betonung. Dann ging er über den Parkplatz zu seinem Wagen.

Er fuhr langsam an und überlegte, ob er irgendwo parken und heimlich zurückgehen sollte. Aber was konnte er damit gewinnen? Den Krach der Beckworths belauschen? Der würde längst vorbei sein, bis er zurückkam.

Und morgen war ein schwerer Tag. Vielleicht der entscheidende in diesem Fall: Wenn Sergeant Moore Carol Wests Fingerabdrücke fand. Er musste sie finden! Sie waren die Verbindung zwischen ihrer Vergangenheit und dem Mord.

Er bog in seine Straße ein. Die Erinnerung an den vorigen Abend überfiel ihn. Der Überfall. Denny Winters. Der Kampf im Dunkeln.

War es denkbar, dass sie es noch einmal versuchen würden?

Er blendete die Scheinwerfer auf. Der starke Lichtstrahl erhellte die ganze Straße. Baume und Sträucher warfen scharfe schwarze Schatten. Ein paar parkende Wagen. Sonst nichts. Es war wie jeden Abend.

Da sah er, wie hinter ihm ein Wagen anfuhr. Ein Schatten, der ihm langsam folgte. Ohne Licht. Düster. Drohend.

Sollte er Gas geben? Der Vorsprung würde reichen. Bis der andere folgte, war er um die nächste Ecke.

Das war's! Scheinwerfer aus, damit er gegen die helle Fläche vorn keine Zielscheibe abgab! Dann Gas und ab!

Er griff nach dem Lichtschalter. Noch zehn Meter bis zu seinem Haus. Dann los.

Da sah er, wie sich vor ihm ein zweiter Wagen auf die Fahrbahn schob. Ein Fenster wurde heruntergekurbelt. Er sah das bläuliche Schimmern eines Pistolenlaufs.

Er saß in der Falle.

7

Das nächste Opfer

Der Wagen der Verfolger schob sich näher an Christians Wagen heran. Vorn sperrte ein zweites Fahrzeug die Straße. In seinem Fenster glänzte drohend der Lauf einer Pistole.

Christian schaltete die Scheinwerfer ab, riss das Steuer herum und gab Gas. Eine Sekunde später trat er auf die Bremse. Noch bevor der Wagen Zentimeter vor seiner Haustür stillstand, hatte der Detektiv die Tür aufgerissen. Warf sich durch die Sträucher in den Vorgarten. Ließ sich abrollen. Kroch ein paar Meter weiter und lag hinter der steinernen Einfassung in Deckung. Vorsichtig hob er den Kopf. Wenige Meter vor ihm sperrte der dunkle Wagen noch immer die Straße. Plötzlich war er in Licht gebadet. Der andere, der Verfolger, hatte die Scheinwerfer eingeschaltet. Jetzt schoss er vorwärts.

»Stopp!« Übertönte eine scharfe Stimme den Motor. »Aussteigen und Hände hoch!«

Ein Streifenwagen! Der Wagen hinter ihm war ein Streifenwagen gewesen!

Der Motor des anderen Wagens heulte auf. Aber die Gangster wandten sich nicht zur Flucht. Sie bogen auf den Streifenwagen zu. Wollten sie ihn rammen?

Nein. Die Fahrzeuge rasten in entgegengesetzter Richtung aneinander vorbei. Ein Schuss fiel. Noch einer. Bei dem Tempo konnten sie kaum Schaden anrichten.

Christian erhob sich und zwängte sich zwischen den Sträuchern hindurch zu seinem Wagen. Er fuhr ihn auf die Straße, parkte ihn und stieg aus. Vom Wagen der Gangster war nichts mehr zu sehen. Das Polizeifahrzeug hatte gebremst und stieß jetzt langsam zurück. Er hörte die Stimme des Beifahrers, der über Sprechfunk die Beschreibung des flüchtenden Wagens durchgab. »Das ist alles. Ende«, sagte der Mann. Dann beugte er sich aus dem Fenster. »Sind Sie heil, Sir?«

Christian klopfte sich den Sand von der Hose. »Danke, alles in Ordnung. Das war ja Hilfe im richtigen Augenblick. Ich wünschte nur, ich hätte Sie früher erkannt.« Er horchte auf das Rauschen des Funkgeräts. »Weshalb haben Sie ihn nicht verfolgt?«

»Befehl, Sir. Wir haben hier Wache zu halten. Außerdem war die Durchsage wichtiger. Wir haben sogar die Nummer. Ich glaube nicht, dass er uns entwischt.«

Aus dem Lautsprecher klangen Stimmen. Der Beifahrer drehte an einem Knopf. Die Stimmen wurden deutlicher. Sie nannten Straßennamen, Zahlen, Stadtteile.

»Ich habe ihn!«, rief jemand in das Durcheinander. Die anderen schwiegen, während er Straße und Richtung durchgab.

»Jetzt biegt er nach rechts ab! Richtung Soho.«

Eine tiefe Stimme gab Befehle. Der Ring um die Verfolgten zog sich zusammen.

Christian lehnte sich auf das Dach des Streifenwagens. »Mal ganz nett, zuzuhören, wie andere Leute arbeiten«, sagte er.

»War die Jagd vorbereitet?«

»Nicht gerade vorbereitet«, antwortete der Fahrer von der anderen Seite. »Aber wir waren gewarnt worden, dass so etwas passieren könnte. Ich glaube, Ihr Sergeant Moore hat unserem Inspektor den Tipp gegeben.«

Die Jagd hatte Soho erreicht. Die Stimmen aus dem Lautsprecher klangen aufgeregter. Dann meldeten sich mehrere Wagen gleichzeitig mit dem Erfolg, dass keiner zu verstehen war. Nur Wortfetzen kamen durch.

»Gesperrt... Ist ausgewichen... Kann nicht durch... Wagen stehen lassen... zwei Mann... Haus Nummer siebzehn... Block absperren... Durchsuchen.«

Christian zog seinen Schlüsselbund aus der Tasche. »Das kann noch lange dauern«, sagte er und gähnte herzhaft. »Bitten Sie Ihren Inspektor, mich zu benachrichtigen, wenn er die Burschen hat. Nochmals vielen Dank – und gute Nacht.«

Das Klingeln des Telefons zerrte ihn aus einem tiefen, traumlosen Schlaf. Er schaltete das Licht an und sah auf die Uhr. Acht Minuten vor fünf.

Wieder schrillte die Glocke. Er hob ab und meldete sich.

»Guten Morgen«, sagte eine leise, höfliche Stimme, die er sofort erkannte. »Sie sollten sich um das *High Dive* kümmern.«

»Weshalb?«, fragte Christian scharf. »Die zweite Tote«, sagte der Anrufer und legte auf.

Sekundenlang hielt Christian den Hörer in der Hand. Dann wählte er die Nummer des Reviers Belhampton. Er hatte Glück. Sergeant Ingram meldete sich.

»Hören Sie, Sergeant«, sagte Christian schnell. »Ich bekomme eben einen anonymen Anruf. Der Mann behauptet, dass im *High Dive* ein zweiter Mord geschehen ist. Wieder an einer Frau.«

»Moment, Sir«, unterbrach ihn der Sergeant. Dann,

nach ein paar Sekunden: »Ich habe nur rasch Alarm gegeben. Wir sollen die Sache überprüfen?«

»So schnell und so unauffällig wie möglich«, sagte Christian knapp. »Geben Sie mir dann Bescheid. Sie haben meine Nummer noch?«

»Dieselbe, die Carol West bei sich hatte? Habe ich, Sir.«

»Gut. Bis gleich!«

Er sprang aus dem Bett und stand kurz darauf unter der Brause. Heiß – kalt – heiß – kalt. Bis er sich einigermaßen frisch fühlte. Aber je klarer sein Kopf wurde, desto mehr kreisten seine Gedanken um den einen Punkt: Wer war die Tote – falls es sie überhaupt gab? Während er sich rasierte, versuchte er, sich über die sinnlose, namenlose Angst klarzuwerden, die ihn bedrückte. Das Kaffeewasser kochte schon, als er den Kampf aufgab und sich eingestand, dass er Angst um Julia Nagy hatte. Angst um ein Mädchen, das er kaum kannte...

Endlich das Telefon. Eine fremde Männerstimme: »Ich rufe im Auftrag von Sergeant Ingram. Ich soll ausrichten, dass wir neben dem Schwimmbad des *High Dive* eine Frau gefunden haben. Sie ist tot.«

»Wer?«, fragte Christian heiser. »Wer ist es?«

»Tut mir leid, Sir, das weiß ich nicht.«

»Sie haben sie nicht gesehen?«

»Nein, Sir. Ich bin hier im Revier. Eben kam die Nachricht durch.«

»Dann sagen Sie dem Sergeanten, dass ich sofort komme. Bis dahin soll er das *High Dive* überwachen. Auch die Bungalows. Niemand fortlassen. Alles klar?«

»Jawohl, Sir!«

»Danke.« Er tippte auf die Gabel, wartete das Freizeichen ab und wählte die Nummer von Sergeant Moore. Ungeduldig wippte er mit dem Fuß, bis er die verschlafene Stimme seines Helfers hörte.

»Guten Morgen, Moore. Entschuldigen Sie, aber es muss sein. Unser anonymer Freund rief mich wieder an. Meldete einen zweiten Mord im *High Dive*. Ich habe Ingram von Belhampton hingeschickt. Es stimmt.«

»Wer?«

»Keine Ahnung. Ich fahre hin. Schicken Sie mir unsere Leute nach. Fotograf, Spurensucher und so weiter. Dann fahren Sie zum Yard. Besorgen Sie mir einen Durchsuchungsbefehl für alle Räume des *High Dive*. Dann fahren Sie zu Eddie Lombard. Holen Sie ihn aus dem Bett. Lassen Sie sich sagen, wo er heute Nacht war. Überprüfen Sie die Angaben. Haben Sie? Gut, weiter. Denken Sie an Carol Wests Fingerabdrücke – und an das abgebrannte Haus von Mary Fredericks. Wir müssen wissen, ob sie unter den Trümmern liegt. Das ist alles, Moore. Machen Sie's gut!«

»Viel Glück, Sir!«

Christian rannte die Treppe hinunter, unterwegs an einem Sandwich kauend. Der Streifenwagen war noch auf dem Posten.

»Dienst beendet«, rief Christian den beiden Polizisten zu. »Ich muss fort. Was macht die Jagd?« Er schloss seinen Wagen auf und setzte sich hinter das Steuer.

»Noch nichts«, antwortete der Beifahrer. »Sie hocken in irgendeinem Versteck. Unsere Leute mussten warten, bis es hell wurde. Und bis Verstärkung da war. Aber jetzt erwischen wir sie!«, fügte er grimmig hinzu.

»Hoffentlich«, sagte Christian und gab Gas.

Er hatte getan, was er im Augenblick tun konnte. Er hätte beruhigt sein können. Stattdessen jagte er den Wagen durch die morgendlich stillen Straßen. Tauben flogen vor ihm auf. So nah, dass er unwillkürlich den Kopf einzog. Ein Radfahrer sah ihm kopfschüttelnd nach.

Die Sonne stand über dem Horizont, als er das *High Dive* erreichte. Er stellte den Wagen draußen auf der Straße ab. Hinter der Hecke, dass er vom Haus aus nicht gesehen werden konnte. Dann stieg er aus und sah sich um.

Zwei, drei Männer in Uniform. Halb hinter Bäumen versteckt. Sie gingen auf ihn zu.

»Kommen Sie, Sir. Wir haben alles gelassen, wie es war«, sagte Sergeant Ingram.

Er führte Christian zum Schwimmbecken. An einer Seite lag etwas auf der Wiese. Es sah aus wie ein Bündel Kleider. Als sie näher kamen, erkannte Christian, dass es eine Frau war. Einen Augenblick lang zögerte er.

Dann ging er auf sie zu.

Es war Eve Beckworth.

Er schämte sich, dass er angesichts der Toten Erleichterung verspürte.

»Genauso haben Sie sie gefunden?«, fragte er den Sergeanten zweifelnd.

»Genauso, Sir. Nur dass sie ganz nass war. Wie aus dem Wasser gezogen. So sah sie auch aus, mit ihren verklebten Haaren. Jetzt sieht man es nicht mehr so. Aber schauen Sie her, das Kleid ist immer noch feucht.«

»Haben Sie Verletzungen gefunden?«

»Nicht die geringste.«

Christian betrachtete aufmerksam die zwei Meter Grasboden, die zwischen dem Rand des Beckens und der

Toten lagen. Schließlich bückte er sich und befühlte die Erde.

An der Oberfläche war sie schon wieder trocken. Aber darunter – war das nicht eine feuchte Spur, die vom Schwimmbecken zu der Stelle führte, an der Eve Beckworth lag? Eine Spur, wie sie entstehen mochte, wenn jemand triefend nass mit letzter Kraft aus dem Wasser kroch. Noch während er sich aufrichtete, hörte er, wie ein Fenster geöffnet wurde. Bungalow drei! Das war John Beckworth, der eben zu ihnen herübergesehen hatte.

Gleich darauf ging die Tür auf, und der kleine, rundliche Mann kam im Morgenmantel über die Wiese gelaufen.

Eine Stunde später hatte sich das Bild völlig verändert. Statt der Polizisten in Uniform beherrschten Beamte in Zivil die Szene. Sie suchten die Wiese ab, knieten neben der Toten, hantierten mit Kamera und Bandmaß.

Christian Stiller saß auf der Terrasse und rührte in seinem Kaffee. Ihm gegenüber waren John Beckworth, George Cooper und Victor Merton ebenfalls mit ihren Tassen beschäftigt. Am Nebentisch las der Stenograf seine Notizen.

»Ich stelle fest«, sagte Christian mit kaum verhohlener Ironie, »dass hier zum zweiten Mal innerhalb von zwei Tagen eine Tote gefunden wurde und dass zum zweiten Mal niemand etwas gesehen oder gehört hat. Weder das Personal noch Sie, meine Herren. Mister Merton versichert mir, dass er kurz nach zwei Uhr das Licht im Schwimmbecken gelöscht hat und dass sich zu dieser Zeit niemand im oder am Wasser befunden hat. Seine Aussage wird vom Terrassenkellner bestätigt. Mister Cooper hat bald nach mir, also etwa um Mitternacht, die Bar verlassen und ist zu seinem Bungalow gegangen. Er hat in Nummer drei Licht gesehen, aber keine Stimmen mehr gehört. Dann hat er geschlafen, bis wir ihn geweckt haben – ebenso wie Mister Merton. Sie, Mister Beckworth, hatten gestern Streit mit Ihrer Frau. In einer Familienangelegenheit, über die Sie mir nichts Näheres sagen wollen. Schließlich hat Ihre Frau sich ins Schlafzimmer zurückgezogen, und Sie haben im Wohnzimmer auf der Couch geschlafen. Heute früh sind Sie aufgewacht und haben Ihre Frau vermisst. Ist das soweit richtig?«

»Ja«, sagte Beckworth. Die beiden anderen nickten nur.

Ein Mann in Postuniform kam an den Tisch. Er flüsterte mit dem Stenografen. Der zeigte mit dem Bleistift auf Christian.

»Verzeihen Sie, Sir«, sprach ihn der Postbeamte an. »Ich höre eben von der Köchin, dass hier eine Frau Beckworth ermor... tot aufgefunden worden ist?«

»Das stimmt«, sagte Christian.

»Wollen Sie mir etwas sagen?«

»Ja, Sir. ich habe eben den Briefkasten an der Straße geleert. Es war nur ein Brief drin. Ich habe einen Blick darauf geworfen. Sie müssen sich nichts dabei denken, Sir. Hier draußen kennt ja einer den anderen, und da...«

»Was ist mit dem Brief?«, unterbrach ihn Christian. »Das will ich ja gerade erzählen, Sir. Der Brief ist an Mister Long gerichtet, den jungen Lehrer drüben im Internat. Aber der ist doch gar nicht da, weil er gestern versucht hat, sich mit Gas zu vergiften. Ich habe das ...«

»Von der Köchin des Internats, was?« Christian hatte Mühe, ernst zu bleiben. »Ist das alles, was Sie mir sagen wollten?«

»Ja, Sir, das ist alles. Außer dass als Absender auf dem Brief steht: Eve Beckworth.«

»Geben Sie her«, sagte Christian. »Und vielen Dank auch.« Er besah den Umschlag und legte ihn dann verschlossen neben sich auf den Tisch.

Der Mann sah ihn verblüfft an. »Wollen Sie nicht...«

»Das Postgeheimnis verletzen?«, fragte Christian. »Ich werde mich hüten. Auf Wiedersehen!« Er nickte ihm freundlich zu und wartete, bis er gegangen war.

»Soll ich ihn nicht aufmachen?«, fragte Beckworth und streckte seine fleischige Hand über den Tisch.

»Nein«, sagte Christian. »Diesen Brief wird ... Ja, was ist, Sergeant? Ach so, ich komme.«

Sergeant Ingram wartete, bis Christian dicht vor ihm stand. Dann sagte er leise: »Ich war auf dem Fernsprechamt, Sir. Zwischen vier und fünf Uhr ist überhaupt nur ein Gespräch von Belhampton aus geführt worden. Um zehn vor fünf. Der Anruf für Sie!«

»Von wo aus?«

»Hier aus dem *High Dive*!«

Christian holte tief Atem. Das war allerdings eine Überraschung.

»Gut«, sagte er. »Jetzt brauche ich Robin Long. Er ist gestern aus dem Krankenhaus in eine Nervenklinik gebracht worden. Finden Sie heraus wohin und lassen Sie ihn auf dem schnellsten Weg herschaffen! Wird der Bungalow zehn bewacht?«

»Wie Sie angeordnet haben, Sir.«

»Dann bleiben Sie am Telefon. Bis später!«

Als er an den Tisch zurückkam, hatten Cooper und Merton ihr Frühstück bestellt. Beckworth wehrte ab. »Danke, ich kann jetzt nichts essen.« Es klang vorwurfsvoll. Als ob er die Welt anklagen wollte, weil sie ihn gemein behandelt hatte. Es war nicht der Ton, den man von einem Mann erwarten würde, der gerade seine Frau verloren hat. Eher der eines gekränkten Egoisten.

Cooper schien das auch zu spüren. »Essen Sie!«, knurrte er Beckworth unfreundlich an. »Sie werden Ihre Kraft heute noch brauchen.«

Bei dem Wort Kraft verzog Merton spöttisch den Mund. Aber gleich darauf war sein Gesicht wieder höflich und glatt.

Christian sah Beckworth an. »Eine Frage noch: Als Sie vorhin aufwachten, haben Sie da gleich Ihre Frau vermisst?«

»Nicht sofort. Die Tür zum Schlafzimmer war offen. Ich konnte sehen, dass sie nicht im Bett lag. Ich dachte aber, sie wäre im Bad. Erst als sich gar nichts rührte, habe ich nachgesehen. Da merkte ich, dass sie nicht im Haus war.«

»Was haben Sie sich da gedacht?«

»Ich dachte, sie ist spazieren gegangen.«

»Weshalb sind Sie dann mit allen Zeichen des Schreckens auf uns zugelaufen, als Sie uns am Becken stehen sahen? Weshalb sind Sie nicht erschrocken, als Sie bei uns ankamen und Ihre Frau liegen sahen?«

»Ich hatte sie ja liegen sehen!«

»Vom Bungalow aus? Das sind über fünfzig Meter!«

Beckworth bewegte den Mund. »Mit dem Fernglas«, gab er schließlich zu.

»Mit demselben Glas, das Ihre Frau gestern auf den Spaziergang mitgenommen hat?«

»Ich – ich weiß nicht.«

»Natürlich wissen Sie das! Sie haben doch so schön ihren Rückzug gedeckt! Denken Sie an die Kaffeetasse, die Sie mir auf den Fuß geworfen haben! Um mich abzulenken! Damit ich Ihre Frau nicht aus dem Wald kommen sah!«

Beckworth fuhr mit dem Finger hinter den Kragen.

Vom Parkplatz her klang das Zuschlagen einer Autotür. Eilige Schritte kamen näher. Christian sah sich um. Es war Eddie Lombard.

»Hallo!«, grüßte er. »Ich höre, dass hier schon wieder was passiert ist. Ihr Sergeant hat mich alles Mögliche gefragt, Super. Ich finde das nicht nett, so viel Misstrauen unter alten Freunden!«

Er zog einen Stuhl heran und setzte sich. »Aber soll er. Ich war bis halb fünf im Peking-Club. Hundert Leute haben mich gesehen. Dann bin ich mit einem Taxi nach Hause gefahren. Da war es fünf. Um sechs kam ihr Sergeant. Um in einer Stunde hier raus und wieder zurückzukommen, hätte ich 'ne Rakete haben müssen.«

Er verzog das Gesicht zu einem breiten Grinsen. »Störe ich?«

»Im Gegenteil«, spottete Christian. »Mister Beckworth wird Ihnen sehr dankbar sein für die Unterbrechung.«

Lombard drehte den eckigen Schädel und sah seinen Nachbarn an. Beckworth erwiderte den Blick mit einem kalten Starren seiner blassblauen Augen.

Lombard zeigte mit dem Kopf auf Beckworth. »Haben Sie ihn in der Mache? Hat seine Alte selbst abgetan, was?«

»Sie gemeiner Hund!«, schrie Beckworth plötzlich. »Sie wollen mich anschwärzen? Mich ruinieren? Sie mit Ihrer Mörderhöhle hier! Kein anständiger Mensch sollte hier wohnen! Wer weiß, was hier noch alles passiert! Ich möchte nicht wissen...«

Er versuchte aufzuspringen. Aber Lombard war schon über ihm. Hieb ihm die Faust ins Gesicht. Packte den Fallenden. Zerrte ihn hoch. Schlug wieder zu.

Dann hielten Christian und der Stenograf Lombards Arme fest. Beckworth sank schlaff zu Boden. Lombard wollte mit dem Fuß nach ihm treten. Aber Christian drehte sich. Ließ sich nach vorn fallen. Warf den massigen Mann über seine Schulter.

Der fiel krachend auf einen umstürzenden Tisch. Richtete sich auf. Mit blutunterlaufenen Augen.

Zwei Schritte vor ihm stand Christian. Leicht geduckt. Mit angewinkelten Armen. Bereit, jeden Angriff abzuwehren.

»Nehmen Sie Vernunft an«, sagte er ruhig.

Lombard schüttelte benommen den Kopf. Sein Blick wurde klarer. Statt der mörderischen Wut war Ärger darin zu lesen.

»Ich Idiot«, sagte er und ließ die Schultern sinken. »Ich wollte das nicht.« Er zeigte auf Beckworth, der sich stöhnend bewegte. »Er hat mich gereizt!«

»Mein Gott!«, sagte jemand hinter ihnen.

Christian sah die erschrockene Julia Nagy lächelnd an.

»Eine kleine Meinungsverschiedenheit. Können Sie uns Wasser und ein Handtuch bringen?«

Er sah ihr nach, wie sie ins Haus ging. In den Hüften schwingend. Mit einer Grazie, die bestimmt nicht vor dem Spiegel einstudiert war. Dann ging er dem Mann mit der schwarzen Tasche entgegen.

»Fertig, Doktor? Was ist mit ihr?«

»Keine äußeren Verletzungen«, sagte der Arzt. »Erstickt ist sie. Woran, kann erst die Autopsie ergeben.«

»Ertrunken?«

»Das würde ich annehmen. Wenn ich wüsste, wie sie dann noch aus dem Wasser rausgekommen sein soll. Das ist alles ziemlich unklar. Kann jemand sie nachher rausgezogen haben?«

Christian dachte an den geheimnisvollen Anrufer. Aber als Lebensretter konnte er ihn sich nicht vorstellen.

»Nicht sehr wahrscheinlich«, sagte er langsam. »Aber kümmern Sie sich bitte um den Mann auf dem Stuhl dort. Ich brauche ihn noch. Die Tote war seine Frau.«

Der Arzt zog die Brauen hoch. »Kein Mitleid?«

»Der Mann ist kalt wie ein Fisch«, sagte Christian. »Er denkt nur an sich.«

Der Arzt ging zu Beckworth, um den jetzt Merton, Cooper und Lombard herumstanden.

Julia brachte das Wasser und ging wieder. Als sie an Christian vorbeikam, zögerte sie und blieb stehen. »Sie haben alle verhört«, sagte sie leise. »Nur mich nicht. Warum?«

Christian sah ihr in die Augen. Dann sagte er ebenso leise: »Weil Sie mir doch nicht die Wahrheit sagen.«

Einen Augenblick lang stand sie steif. Als ob er sie ins Gesicht geschlagen hätte. Dann drehte sie sich um und ging ins Haus. Bald darauf zogen sich Lombard und Merton ins Büro zurück. Christian hatte nichts dagegen. Der Mann, den er brauchte, war Beckworth. Der saß noch immer wie betäubt am Tisch, mit einem großen

116

Pflaster im Gesicht. Der Arzt verabschiedete sich. »Es ist nicht schlimm«, sagte er. »Mehr der Schock.«

»Umso besser. Übrigens, Doktor, können Sie veranlassen, dass sie sofort seziert wird?« Er sprach absichtlich laut und beobachtete dabei Beckworth.

Der schlug die Augen auf und sah ihn kalt an. »Wenn Sie mein Einverständnis brauchen: Von mir aus dürfen Sie«, sagte er.

»Dann werde ich es versuchen.« Der Arzt ging. Christian setzte sich Beckworth gegenüber. Außer ihnen saß nur noch George Cooper am Tisch. Der Privatgelehrte widmete sich mit Appetit seinem Frühstück. Der Kellner kam, brachte Christian einen Kaffee und räumte die umgefallenen Stühle auf.

Als er gegangen war, sagte Christian: »Mister Beckworth, können Sie jetzt meine Frage beantworten?«

Beckworth hob den Kopf. »Ich habe Ihnen alles gesagt.«

»Durchaus nicht. Weshalb hatten Sie Streit mit Ihrer Frau? Wegen Ihres Schwagers?«

Beckworth antwortete nicht.

»Na gut«, sagte Christian und beobachtete den Krankenwagen, der die Straße zum *High Dive* entlang kam. »Keine Antwort kann auch eine Antwort sein.« Er trank schweigend seinen Kaffee.

Zwei Minuten später führte ein stämmiger Krankenwärter Robin Long an ihren Tisch. Christian schob einen Stuhl zurecht. »Setzen Sie sich, Mister Long. Ich habe leider eine traurige Nachricht für Sie.«

»Sagen Sie nichts!« Long sank haltlos auf den Stuhl. »Eve ist tot. Sie haben sie an mir vorbeigetragen. Als ich ausstieg.«

Seine Lippen zitterten. Seine Hände zuckten nervös.

»Ich habe sie umgebracht«, stöhnte er. »Beide. Die beiden einzigen Menschen, die ich geliebt habe.«

8

Das Gesicht

Christian sah zu dem Krankenwärter auf, der hinter Longs Stuhl stand. Der Krankenwärter zwinkerte ihm zu. Cooper biss ungerührt von einem Toast ab. Beckworth starrte Long voller Abscheu an. »Sie mögen Carol West erwürgt haben«, sagte Christian ruhig. »Aber heute Nacht waren Sie nicht hier. Mit dem Tod Ihrer Schwester haben Sie also nichts zu tun.«

»Doch, das hat er!« Beckworth wies anklagend auf seinen Schwager. »Er ist an allem schuld! Alles war gut, bis er meiner Frau schrieb, wir sollten ihn besuchen. Jetzt bin ich ein toter Mann! Ich kann mich nirgends mehr sehen lassen! Hätte ich doch nie diese verfluchte Familie kennengelernt!«

Long schien von diesem Ausbruch gar nichts gehört zu haben. Er sah nur den Brief, der vor ihm lag. Den letzten Brief seiner Schwester. »Machen Sie ihn auf«, sagte Christian, »und zeigen Sie ihn mir nachher.«

Mit fahrigen Bewegungen riss der junge Mann den Brief auf. Seine Lippen bewegten sich lautlos, während er las. Sie bewegten sich auch noch, als er nicht mehr las, sondern über das Papier hinweg ins Leere starrte.

Der Krankenwärter nahm ihm den Brief aus der Hand und reichte ihn Christian.

Es war ein Abschiedsbrief.

Der Brief einer Selbstmörderin.

Der Brief einer Frau, die mit einem Mann verheiratet

war, der nur sich selbst liebte. Die Angst um ihren jüngeren Bruder hatte, der ständig in Schwierigkeiten war.

Dann der letzte Absatz: »JOHN AHNT, DASS DU DAS MÄDCHEN GETÖTET HAST. ER WILL SICH VON MIR SCHEIDEN LASSEN. ER HAT ANGST UM SEINEN RUF. ER DENKT IMMER NUR AN SICH. MICH WILL ER LOS SEIN. WARUM HAST DU ES AUCH GETAN, ROBIN! ICH BIN VERZWEIFELT. ICH HABE NIEMANDEN MEHR. ICH WILL NICHT MEHR LEBEN!«

»Ist das ihre Schrift?«, fragte Christian leise.

»Ja«, bestätigte Long tonlos.

Beckworth streckte die Hand aus. »Lassen Sie sehen.« Er warf nur einen Blick auf den Brief. »Das ist ihre Schrift.« Dann schob er den Brief Christian hin.

Der sah ihn verblüfft an. »Wollen Sie ihn nicht lesen?«

»Nein«, sagte Beckworth kalt.

»Dann können Sie gehen.« Christians Stimme klang ihm selbst fremd. »Sie haben die Arbeit der Polizei behindert, aus Angst um Ihren angeblichen Ruf. Sonst haben Sie juristisch kein Unrecht getan. Und vom Menschlichen zu sprechen, wäre bei Ihnen wohl sinnlos.«

Beckworth stand auf. Er sah die Männer nicht an. Er ging mit schleppenden Schritten über die Wiese, auf seinen Bungalow zu.

»Er ist ein Schuft«, sagte Robin Long bitter. »Aber ich bin ein Mörder. Sie hätten mich sterben lassen sollen.«

Christian betrachtete ihn nachdenklich. Wenn Long sich nicht selbst so leidtun würde, dann wäre es leichter gewesen, Mitleid mit ihm zu haben.

»Wie haben Sie Carol West kennengelernt?«, fragte

er.

»Hier im Bad«, sagte Long mühsam. »Vor einem Vierteljahr. Ich habe sie geliebt. Vom ersten Augenblick an. Und sie mich wohl auch. Sie hat mein Leben verändert. Vorher war ich verbittert. Ich hasste die ganze Welt.« Er krampfte die Hände ineinander.

»Wir haben uns getroffen«, fuhr er fort. »Zwei Abende in der Woche, öfter hatte sie nicht Zeit. Weshalb, hat sie mir nie gesagt. Sie tat sehr geheimnisvoll. Ich dachte mir, dass ein anderer Mann dahinter steckte. Ich war eifersüchtig. Ich wollte sie für mich haben.«

Er sprach jetzt schnell. Als ob er froh wäre, eine Last loszuwerden. »Ich habe gedroht, ich würde sie beobachten lassen. Ich habe ihr auch vorgelogen, dass ich Beziehungen zur Polizei habe. Ich habe gesagt, Sie wären mein Freund, Superintendent Christian Stiller. Ich hatte Ihren Namen in der Zeitung gelesen. Sie hat mich ausgelacht. Aber ich hatte mir sogar Ihre Nummer aus dem Telefonbuch herausgeschrieben. Ich wusste sie auswendig. Ruf ihn doch an, habe ich gesagt. Sie ist darauf eingegangen und hat sich die Nummer notiert.«

Er schluckte. Die Erinnerung überwältigte ihn. Dann sprach er schnell weiter. »Danach haben wir uns nur noch einmal getroffen. Wir sind hier herausgefahren. Nicht ins *High Dive*. Da wollte sie nicht mit mir gesehen werden. Wir sind in den Wald gefahren. Sie hatte die Nummer nachgeprüft. Sie sagte, dass sie mich nie wieder treffen könnte. Ich wollte den Grund wissen. Sie sagte ihn nicht. Wir stritten. Ich war halb wahnsinnig vor Eifersucht. Ich habe sie am Hals gepackt ... Plötzlich war sie tot. Zuerst habe ich keine Reue gefühlt. Nur Angst. Ich habe sie hergefahren und ins Schwimmbecken geworfen. Damit es nach Selbstmord aussah. Danach habe ich dann immer nur denken müssen: Selbstmord! Bis mir klar war, dass ich auch sterben muss. Zur Sühne. Weil ich ein Mörder bin. Und weil ich Carol West liebte.«

Er fuhr sich mit der Hand über die Stirn. »Eve war hergekommen. Ich hatte sie darum gebeten. Weil ich ihr von Carol erzählen wollte. Weil ich ihr sagen wollte, dass sie jetzt nie wieder Angst um mich zu haben brauchte. Als dann Carol tot war, muss Eve sich den Rest gedacht haben. Sie kam ins Krankenhaus und hat es mir auf den Kopf zugesagt. Sie hatte sogar beobachtet, wie ich abgeholt wurde. Den Rest wissen Sie.«

Er zitterte wie im Fieber. Der Krankenwärter nahm seinen Arm. »Kommen Sie, wir müssen gehen.«

»Darf ich den Brief mitnehmen?«, fragte Long.

»Nach dem Prozess«, sagte Michael. Robin Long nickte müde. »Da sehe ich Sie wieder, nicht wahr?« Dann ließ er sich willenlos fortführen.

»Ich habe alles«, sagte der Stenograf vom Nebentisch.

»Gut, dann können Sie jetzt gehen.« Christian sah sich nicht um. Er wich auch Coopers hellen Augen aus, die in ihm zu lesen schienen.

»Sie freuen sich nicht?«, fragte George Cooper.

»Worüber?« Christian spürte einen schalen Geschmack im Mund.

»Sie haben einen Mord aufgeklärt. Sogar einen recht schwierigen Fall, wenn ich es richtig beurteile.« Christian sah ihn an. Cooper hätte sein Vater sein können. Vielleicht sechzig Jahre alt war er. Aber daran dachte man nicht, wenn man ihn sah. Dazu war er zu lebhaft, zu energisch.

»Das ist nicht einmal bedingt richtig«, sagte Christian kühl. »Es macht mir keinen Spaß, Menschen ins Gefängnis zu bringen. Aber darum geht es hier nicht. Haben Sie einmal einen Eisberg gesehen? Da schaut nur die Spitze aus dem Wasser. So eine Spitze ist der Mord an Carol West. Er ist aufgeklärt. Aber der größere Teil des Eisbergs ist unsichtbar.«

»Das mag sein«, sagte Cooper langsam. »Aber wenn ich recht unterrichtet bin, dann ist der unsichtbare Teil eines Eisbergs auch der gefährlichere. Die Schiffe scheitern nicht an der Spitze, sondern an den scharfen Kanten, die unter Wasser liegen. Es ist gut, ihnen aus dem Weg zu gehen.«

»Ich werde daran denken.« Christian stand auf und verbeugte sich knapp. Noch als er ins Haus ging, glaubte er, Coopers Blick in seinem Rücken zu spüren.

Das Büro war voller Zigarettenrauch. »Es geht doch nichts über eine gute Klimaanlage«, sagte Christian beim Eintreten. »Haben Sie das Tonband angeschaltet, Merton?«

Der Manager blickte ihn entgeistert an. Lombard grinste. Julia Nagy sah nicht von ihrer Schreibmaschine auf.

Sergeant Ingram legte seine Zeitschrift weg und stand auf. »Keine Anrufe«, meldete er.

»Dann werden wir selbst mal telefonieren«, sagte Christian. »Darf ich Ihren Apparat benutzen, Miss Nagy?«

Sie schob ihm das Telefon hin, ohne ihn anzusehen. Er setzte sich auf die Schreibtischkante und wählte Scotland Yard.

Gleich darauf hatte er Sergeant Moore am Apparat.

»Ja, hier ist alles in Ordnung«, beantwortete er die Frage des Sergeanten. Er sah sich nicht um. Er wusste auch so, dass jeder im Zimmer voller Spannung auf seine nächsten Worte wartete.

»Nein, Selbstmord«, sagte er. »Einwandfrei ... Eve Beckworth ... sicher, sie war Longs Schwester, deshalb ... Long hat gestanden, dass er Carol West erwürgt hat. Sie war seine Geliebte... gut, ich komme sofort. Bis gleich.«

»Dann ist alles erledigt?«, fragte Lombard. Er hob theatralisch die Arme. »Kein Verdacht lastet mehr auf diesem Haus?«

»Beide Todesfälle sind aufgeklärt«, bestätigte Christian, »und damit bin ich hier überflüssig. Außerdem werde ich im Yard erwartet«.

»Glauben Sie, dass Lombard darauf reinfällt?«, fragte Sergeant Moore. Christian malte Männchen auf seine Schreibunterlage. »Sicher bin ich nicht«, sagte er. »Aber wir dürfen keine Chance auslassen. Vielleicht hält er uns wirklich für so dumm, dass wir den Fall jetzt zu den Akten legen. Trotz der Versuche, mich zu beseitigen.«

»Mit denen Long bestimmt nichts zu tun hat«, fügte Moore grimmig hinzu. »Wird das *High Dive* überwacht?«

»Jetzt nicht. Ich habe Ingram mit seinen Leuten nach Hause geschickt. Wenn wir schon bluffen, dann richtig. Vielleicht fühlt Lombard sich dann sicher. Umso besser können wir ihn überraschen. Haben Sie den Durchsuchungsbefehl?«

»Hier – mit Unterschrift und Stempel. Wir können das *High Dive* jederzeit ausheben.«

Christian nahm das Papier an sich. »Was ist mit diesem Cooper?«, fragte Moore.

»Undurchsichtig, wie die anderen. Aber wir...« Das Telefon läutete. »Stiller«, meldete er sich. »Ja, geben Sie mir das Gespräch.«

Er verdeckte die Sprechmuschel mit der Hand und sagte zu Moore: »Die Feuerwehr. Das muss... ja, hallo? Stiller hier.«

Eine tiefe Männerstimme. »Ich rufe wegen des Brandes in der 8 Dorchester Close an.«

Mary Fredericks Haus! »Sie sind der Brandmeister, nicht wahr?«

»Jawohl, Sir. Wir haben die Trümmer aufgeräumt. Es war mit Sicherheit Brandstiftung. Das Feuer ist an mehreren Stellen gleichzeitig ausgebrochen.«

»Haben Sie die Besitzerin gefunden?«

»Überhaupt niemanden, Sir. Es war kein Mensch im Haus. Gott sei Dank.«

Die Tür zum Gang wurde aufgerissen. Ein Polizeiinspektor in Uniform stürmte herein.

»Wir haben sie!«, rief er und knöpfte seine Pistolentasche zu.

Christian musterte ihn gelassen. »Wen? Die EWG?«

»Ach wo! Die beiden Burschen, die dir heute Nacht an den Kragen wollten! Kommst du mit?«

»Wozu? Ihr bringt sie doch sicher her?«

»Noch nicht! Sie haben sich verschanzt und schießen. Einen von unseren Leuten haben sie schon erwischt. Jetzt werden sie ausgeräuchert! Komm, sonst fährt der Wagen ohne uns!«

Christian stand auf.

Eine Sekretärin steckte den Kopf zur Tür herein. »Gehen Sie weg, Chef?«

»Ja. Was ist?«

»Anruf vom Gerichtsarzt.«

»Komm«, drängte der Inspektor. »Moment. Was sagt er?«

»Er hat bei Carol West die Spuren einer Gesichtsoperation festgestellt. Vor allem die Nase ist verändert worden. Der schriftliche Befund und die Fingerabdrücke sind an uns unterwegs.«

»Danke. Moore – Sie kümmern sich um die Abdrücke.«

»Kann ich das nicht nachher machen? Ich würde lieber mitkommen.«

»Die Abdrücke sind wichtiger. Bis bald!«

Sie verzichteten auf den Fahrstuhl und rasten die Treppe hinunter. Im Hof stand ein voll besetzter Mannschaftswagen mit laufendem Motor. Der Fahrer winkte ihnen zu. Sie schwangen sich ins Führerhaus. Christian schlug die Tür zu, ließ sich auf den Sitz fallen und schloss die Augen. Er stellte sich Carol Wests Gesicht vor. Hübsch, jung mit verhältnismäßig breiter Stirn und ausgeprägtem Kinn. Dann versuchte er, sich dazu eine andere Nase zu denken. Nicht die zierliche Stupsnase, sondern eine breitere, kräftigere.

Der Schwung in einer Kurve warf ihn gegen die Wagentür. Ein Auto hupte.

Christian überlegte weiter. Sie musste eine auffallende Nase gehabt haben. Sonst hätte die Operation das Gesicht nicht so stark verändert. Er setzte ihr eine gebogene Nase auf, eine geknickte ...

Christian kam zu keinem Resultat. Nicht in diesem schüttelnden, kurvenden, schlecht gefederten Wagen. Nicht mitten im Verkehrschaos von London.

Aber der Gedanke ließ ihn nicht los. Wieder setzte er das Gesicht zusammen. Diesmal fiel es glaubwürdiger aus. Eine Erinnerung stieß auf. Ein Prozess. Ein Name, der mit Com- oder Cum- anfing...

Ein Stoß warf ihn nach vorn.

»Wir sind da!«

Sie sprangen auf die Straße. Befehle ertönten. Die Polizisten verschwanden in Hausfluren. Christian kam sich nutzlos vor. Er gehörte nicht dazu. Was wollte er überhaupt hier?

Ein Uniformierter kam auf ihn zu.

»Bitte weiterge... oh, Verzeihung, Sir. Ich habe Sie nicht gleich erkannt.«

»Wo sind sie?«

»Da drüben.« Der Polizist zeigte auf ein altes fünfstöckiges Mietshaus. »Auf dem Dachboden.«

»Danke.« Christian ging in das Haus. Es roch nach Essen und nach verbranntem Pulver.

Im vierten Stock fand er den Inspektor. Der zeigte nach oben. »Da sitzen sie! Wir kommen nicht 'ran. Sie schießen durch die Tür, sobald sich etwas rührt.«

»Kein anderer Zugang? Übers Dach?«

»Zu steil. Wir kommen nicht an die Luken ran.«

»An Seilen runterlassen?«

»Und dann als Zielscheibe vor der Luke hängen?«

»Sie haben recht.«

Er überlegte. Oben krachten Schüsse. Das Treppenhaus hallte wider von ihrem Lärm.

»Nicht schießen!«, rief er hinauf.

»Wir brauchen sie lebendig!«

»Dann müssen wir sie aushungern«, kam die sarkastische Antwort zurück. »Kleine Belagerung.«

Christian legte dem Inspektor die Hand auf die Schulter. »Komm mit. Hier ist nichts zu machen. Sehen wir uns die Sache mal von oben an.«

Sie kletterten aus einer Luke aufs Dach des Nebenhauses. Von hier aus gesehen war die Stadt ein Wald von Kaminen und Fernsehantennen. Schräge Ziegeldächer, dazwischen die steil abfallenden Schluchten der Straßen.

Christian balancierte auf einem schmalen Steg zum nächsten Schornstein. Jetzt sah er die Brandmauer – und die Polizisten, die mit gezogenen Pistolen das Dach des Nachbarhauses beobachteten.

»Jedenfalls kommen sie hier nicht durch«, sagte der Inspektor hinter ihm.

Einer der Polizisten drehte sich nach ihnen um. »Kopf runter! Sie schießen aus den Luken!«

Geduckt gingen sie bis zur Mauer vor. Die Polizisten machten ihnen Platz. Vorsichtig hob Christian den Kopf.

Vor ihm lag der Dachfirst. Kamine, zwei Antennen, Stege für die Kaminkehrer. Etwas tiefer die Dachluken.

In einer tauchte ein Kopf auf. Neben ihm knallten Schüsse. Ziegel splitterten. Der Kopf verschwand.

Gleich darauf erschien in der Luke eine Hand, die eine Pistole hielt. Blindlings feuerte der Gangster in ihre Richtung. Sie duckten sich. Mit hartem Knall schlugen die Kugeln in die Brandmauer. Ein Querschläger heulte über sie weg.

Dann war es still. Christian sah als erster hinüber. Nichts bewegte sich mehr.

Sollten sie einen Angriff wagen? Nein, das Risiko war zu groß. Wer hier verletzt wurde und abglitt, der musste auf die Straße stürzen.

Eine spiegelnde Fläche zog seinen Blick an. Glas. Eine dicke, fast undurchsichtige Scheibe. Ungefähr zwei Meter vor der Brandmauer ins Dach eingelassen.

»Haben wir Tränengas?«, fragte er.

»Unten«, antwortete der Inspektor.

»Soll ich es holen lassen?«

»So viel wie möglich. Der Dachboden ist groß.«

Ein Polizist polterte über den Steg davon. Christian winkte die nächsten zu sich heran. »Dicht vor der Mauer ist ein Oberlicht. Das zerschießen Sie, wenn ich den Befehl gebe. Möglichst auf den Rand halten. Wir brauchen eine große Öffnung.«

Die Männer nickten und gingen auf ihre Posten.

Sie warteten. Einmal klangen aus dem Nebenhaus Schüsse.

»Auf der anderen Seite schließt kein Haus an, nicht wahr?«, fragte Michael.

»Nein, nur ein Bauplatz«, bestätigte der Inspektor.

Dann kam das Tränengas. Handgranaten, aber mit geringer Sprengladung. Christian legte sie vor sich auf die Mauer. Nahm eine wurfbereit in die Hand. »Los.«

Beim Knall der ersten Schüsse beugte er sich vor. Die Scheibe splitterte. Zerbrach.

»Reicht noch nicht. Weiter.«

Neue Schüsse. So schnell, dass das Ohr sie kaum unterscheiden konnte.

»Gut.« Er warf die erste Handgranate. Sie verschwand in der dunklen Öffnung. Schlug drinnen polternd auf.

Eine dumpfe Explosion.

Die nächste. Auch drin. Dicke Schwaden wogten unter dem Loch. Die nächste – noch eine – und die letzte auch noch.

Dann duckte er sich blitzschnell. Wischte den Ziegelstaub aus seinem Gesicht. Diesmal hätte es ihn fast erwischt. Die Polizisten schossen zurück.

Dann brach die Schießerei ab. Christian richtete sich auf. In der Dachluke hing eine reglose Gestalt. Eine Pistole löste sich aus ihrer Hand. Rutschte das Dach hinunter. Schlug auf dem Rand der Dachrinne auf und verschwand wirbelnd in der Tiefe.

»Der erste«, sagte jemand nüchtern.

Sie sahen, wie der Tote nach innen gezogen wurde. Dann bewegte sich etwas in der Luke.

»Nicht schießen«, befahl Christian. Ein Taschentuch. »Er will sich ergeben«, rief der Inspektor. »Wir haben es geschafft.«

Langsam schob sich der Gangster aus der Luke. Er benutzte nur den linken Arm. Der rechte hing schlaff herab. Ein großer dunkler Fleck zeichnete sich auf seinem hellen Hemd ab. Er ließ das Tuch fallen. Dann richtete er sich mühsam auf und kam langsam auf sie zu.

»Jimmy Graves«, sagte Christian leise. »Hat auch mehr hinter Gittern gesessen als...«

Der Gangster blieb stehen. Griff an seine verletzte Schulter. Sein Gesicht war von Schmerz verzerrt.

Er wankte. Tat zwei, drei taumelnde Schritte. Sein Fuß glitt ab. Christian schwang sich über die Mauer und lief auf ihn zu. Im Fallen streckte der Gangster ihm die Hand entgegen.

Christian warf sich auf den First und griff zu.

Eine Sekunde zu spät.

»Beide tot«, antwortete Christian. »Wer?«

»Jimmy Graves und ein Unbekannter.«

»Graves?« Der Sergeant schüttelte bekümmert den

Kopf. »Der war doch auf Banken spezialisiert. Wenn den nicht jemand erpresst hat, dann weiß ich nicht, wie er in die Sache reingeschlittert ist.«

»War Graves ein Lombard-Mann?«, fragte Christian.

»Ein Nachtlokal-Mann«, sagte Moore. »Jede Nacht in einem anderen, wenn er gerade mal nicht eingesperrt war. Da müsste er Lombard oft genug begegnet sein.«

Nebenan klappte eine Tür. »Moment.« Moore ging hinaus. Christian hörte Stimmen.

Dann kam Moore zurück. Er schwenkte einen Zettel. »Die Fingerabdrücke. Sie sind in der Kartei. Aber nicht unter dem Namen Carol West.« Er sah auf den Zettel. »Barbara Cummings hat sie geheißen.«

»Cummings? Schnell, Moore, holen Sie den Akt.«

Erregt sprang Christian auf. Er ging zum offenen Fenster und holte tief Atem. Die milde Sommerluft besänftigte seine Spannung nicht. Barbara Cummings. Jetzt sah er ihr Gesicht deutlich. Kein wichtiges Gesicht. Eine Nebenfigur – aber in einem großen Prozess. In einem Prozess, der so wichtig war, dass die Öffentlichkeit mitsamt der Presse davon ausgeschlossen worden waren. Vor zwei – nein, vor drei Jahren.

Er bezwang seine Ungeduld. Es hatte keinen Sinn, jetzt noch Vermutungen anzustellen. Jeden Augenblick musste Moore mit den Akten kommen. Dann hatte er alles beisammen. Aber er hatte recht gehabt. Carol West alias Barbara Cummings war das Bindeglied.

Jetzt wusste er, weshalb man so verzweifelt versucht hatte, ihn zu beseitigen. Natürlich durfte niemand wissen, dass sie wieder in England war. Das ganze Schema musste platzen.

Die Tür wurde aufgerissen. Sergeant Moore. Eine

Aktenmappe unter dem Arm.

»Hier«, sagte er und legte sie auf den Tisch. »Die Lösung des Rätsels.«

Christian setzte sich an den Schreibtisch und steckte sich eine Zigarette an.

»Verschlusssache«, sagte er und zeigte auf den breiten Stempel. »Wir haben recht gehabt.«

Dann schlug er die Mappe auf. Begann zu lesen.

Barbara Cummings. Zweieinhalb Jahre Gefängnis unter Abrechnung der Untersuchungshaft.

»Da steht's.« Er schlug mit der Hand auf den Tisch. »Jetzt wissen wir, was dahinter steckt: Spionage!«

9
Es spitzt sich zu

Sergeant Moore fragte: »Müssen wir die Abwehr be-nachrichtigen?«

Christian Stiller zog an seiner Zigarette. »MI5 wäre zuständig«, sagte er nachdenklich. »Aber einfach be-nachrichtigen – da sei der heilige Bürokratius vor! Wir müssen den Dienstweg einhalten.«

»Ach, du meine Güte«, stöhnte Moore komisch. »Wie lange dauert das dann?«

»Hm, da wäre erstens meine Meldung an Sir Joseph Simpson, unseren allgewaltigen Chef. Der ist jetzt beim Mittagessen. Wenn ich Glück habe, erwische ich ihn am frühen Nachmittag. Der gibt dann die Nachricht an die zuständigen militärischen Stellen weiter. Die lassen sich die Unterlagen kommen, hören ihre Fachleute zu dem Thema und beauftragen MI5 mit der Bearbeitung. MI5, also die militärische Abwehr, lässt sich die Akten kom-men, hört die zuständigen Fachleute...«

»Um des Himmels willen, Chef, hören Sie auf. Bis dahin kann ja sonst was passiert sein!«

»Eben! Außerdem besteht die Gefahr, dass MI 5 uns nicht von seinen Maßnahmen unterrichtet. Sie würden das *High Dive* beobachten, unser Wild vergraulen – und wenn unsere Falle zuschnappt, haben wir glücklich einen Kollegen von der Abwehr gefangen. Folge: allgemeine Blamage.«

»Andererseits wäre es die bequemste Art, die Sache

loszuwerden«, sagte Moore. »Wir melden die Sache und kümmern uns nicht mehr darum. Sollen sich die Herren Fachleute die Köpfe zerbrechen!«

»Meinen Sie das ernst?«

»Nein«, gab Moore zu. »Nicht nachdem die Burschen dreimal versucht haben, Sie umzubringen.«

Christian lachte. »Wir haben eine private Rechnung mit ihnen zu begleichen, was?« Dann fügte er ernst hinzu: »Aber es ist noch etwas anderes. Ich ... Aber was soll das." Er blätterte in den Unterlagen über Barbara Cummings.

Moore verbiss sich ein Schmunzeln. Er dachte an das Büro des *High Dive*. An Julia Nagy, das Mädchen mit den dunklen, traurigen Augen. Er war ein zu guter Beobachter, als dass er nicht gespürt hätte, wie sehr die kleine Ungarin seinen Chef beschäftigte. Grund zur Vorsicht. Es wäre nicht die erste Spionin, die auf diese Weise zu Erfolgen kam.

Christian war bei den Fotos angelangt. »Hier«, sagte er. »Sehen Sie sich das an.« Er griff in die Schublade und holte die Zeichnung heraus, die er vor zwei Tagen mit der Post bekommen hatte. Das Gesicht der Carol West. »Sollte man glauben, dass es das gleiche Gesicht ist? Eine entfernte Ähnlichkeit schon. Die hat mich ja die ganze Zeit über geplagt. Aber sehen Sie die lange Nase auf dem Foto! Und den Schnitt der Augen haben sie auch verändert. Kein Wunder, dass ich nicht drauf gekommen bin.«

»Was hat sie eigentlich damals gemacht?«

»Es ging um die Blue-Streak-Rakete. Sie erinnern sich: Sie sollte Englands Fernrakete für Atomsprengköpfe werden. Die Arbeit daran wurde später eingestellt. Aber das war damals nicht vorauszusehen. Barbara Cummings gehörte jedenfalls zu einem Spionagering, der die Pläne dieser Rakete beschaffen sollte. Ihre Aufgabe war es, die Pläne aus dem Land zu schaffen. Aber soweit kam es gar nicht. Der Ring flog auf, bevor sie in Tätigkeit treten konnte. Deshalb wurde sie auch nicht besonders schwer bestraft. Danach haben ihre Auftraggeber, die irgendwo hinter dem Eisernen Vorhang sitzen, das Gesicht des Mädchens verändern lassen und sie mit falschen Papieren wieder nach England eingeschleust.«

»War das nicht leichtsinnig?«

»Eigentlich nicht. Wenn sie vorsichtig war und nicht mit dem Gesetz in Konflikt kam ...«

»Wenn also niemand ihre Fingerabdrücke nachprüfte...«

»Richtig, dann konnte sie sich jahrelang unerkannt hier aufhalten. Wir dürfen annehmen, dass sie entweder zu einem neuen Spionagering Verbindung aufnehmen sollte – oder zu einem damals nicht aufgeflogenen Teil des alten.«

»Ob sie wieder dieselbe Aufgabe hatte?«

»Wahrscheinlich. Die Abwehrleute haben ja auch den Spezialistenfimmel. Einmal Kurier, immer Kurier.«

»Aber an der Blue-Streak-Rakete ist nichts mehr zu holen. Worum mag es ihnen diesmal gegangen sein?«

»Vielleicht um die Blue Steel.«

»Ist doch auch bald wieder vorbei.«

»Gewiss, aber vor einem Vierteljahr wusste das noch niemand. Und Barbara Cummings war mindestens ein Vierteljahr hier, bevor sie ermordet wurde.«

»Und wir dadurch an ihre Fingerabdrücke kamen«,

ergänzte der Sergeant. »Eigentlich müssten wir Long noch dankbar sein.«

»Na, wir wollen nicht übertreiben«, sagte Christian. »Ein Mord ist immer widerwärtig, gleich, an wem er begangen wird. Barbara Cummings wollte sich ein Privatleben leisten. Sie verliebte sich ausgerechnet in den labilen Robin Long. Das war für eine Agentin ein schwerer Fehler. Aus diesem Fehler ergibt sich alles andere. Aber wir verlieren Zeit. Was macht Ihr Unternehmen Eddie Lombard?«

»Tomaten-Eddies Nachtlokale werden überwacht. Bis jetzt hat es nichts genutzt. Der einzige Vorteil war, dass wir sein Alibi für heute Nacht leicht überprüfen konnten. Es stimmt. Er war wirklich im Peking-Club.«

»Gut, dann blasen Sie die Sache ab. Er soll sich sicher fühlen. Wir können nicht riskieren, dass er einen unserer Leute erkennt und sich beobachtet fühlt.«

»Und wenn er flieht?«

»Das können wir feststellen. Ist Ihnen nicht aufgefallen, dass seit dem Mord an Carol – ich meine an Barbara Cummings – kein neuer Gast im *High Dive* angekommen ist?«

»Ja, allerdings, aber...«

»Ich glaube nicht, dass das Zufall ist. Lassen Sie eins von den Mädchen draußen anrufen und für heute Nacht einen Bungalow bestellen.«

Es dauerte keine zwei Minuten, bis Moore zurück war. »Es stimmt, Chef. Ich habe mitgehört. Die Antwort lautete: Heute sind alle Bungalows besetzt!«

»Weiter?«

»Morgen wären welche frei!«

»Sie weisen also alle Gäste ab, damit ihnen kein Spitzel auf den Hals rückt. Aber morgen haben sie Platz. Das heißt: Heute ist die entscheidende Nacht. Bis morgen ist alles vorbei. Wer war übrigens am Apparat?«

»Julia Nagy«, sagte Sergeant Moore.

Leise summte der Motor. Die Reifen surrten auf dem Asphalt der Landstraße. Bäume tauchten aus dem Dunkel auf, zogen vorbei, blieben zurück. Die würzige, milde Luft der Sommernacht drang durch die offenen Fenster ins Innere des Wagens.

»Das ist ein erheblicher Umweg«, sagte Sergeant Moore.

»Allerdings«, gab Christian zu. »Aber wenn wir uns schon einen fremden Wagen ausleihen, damit wir nicht erkannt werden, dann können wir auch noch die Viertelstunde dranhängen und von einer anderen Seite zum *High Dive* kommen. Es ist sowieso noch zu früh.«

Moore sah auf die Uhr. »Zehn nach zwölf. Was schätzen Sie, wann wir auf dem Posten sein müssen, Chef?«

»Ein Uhr reicht. Vorher machen sie das Licht im Schwimmbecken nicht aus, selbst wenn niemand drin badet. Und solange das Licht an ist und Gäste auf der Terrasse sitzen, geschieht nichts.«

»Warum sind Sie so sicher?«

»Weil Lombard nicht wissen kann, ob unter den Gästen getarnte Aufpasser sind. Er muss damit rechnen, dass wir jemanden hingeschickt haben.«

Sie kamen durch ein Waldstück. Dahinter bog ein Seitenweg ab. Christian folgte ihm. Langsam ließ er den Wagen in der ausgefahrenen Spur entlang holpern. Nach ein paar hundert Metern schaltete er die Scheinwerfer aus.

»Wenn die Karte stimmt, müssen wir gleich da sein«, sagte er ruhig. Im Licht des aufgehenden Mondes warfen die Bäume lange, ungewisse Schatten. Die Helligkeit reichte gerade aus, Christian vorsichtig den Weg finden zu lassen.

»Eins würde mich interessieren«, sagte Moore und schmunzelte im Dunkeln. »Haben Sie es absichtlich so eingerichtet, dass wir kurz nach Mondaufgang hier ankommen?«

»Allerdings – wie sollten wir sonst durch den Wald finden?«, fragt Christian zurück, ohne den Unterton der Bewunderung zu hören, mit dem der Sergeant seine Voraussicht bedachte.

Er stellte den Wagen im Schatten ab. Sie stiegen aus.

»Bitte die Tür nicht zuschlagen!«, mahnte Christian. Er sah sich um. »Da vorn ist die Straße. Rechts der helle Schein kommt vom *High Dive*. Haben Sie Ihre Pistole?«

»Ja«, sagte Moore. Er griff sich unter die linke Schulter und rückte die Waffe zurecht.

Christian lachte leise. »Ich frage nur, weil ich meine fast vergessen hätte.« Er steckte den Kopf in den Wagen und ließ das Handschuhfach aufschnappen. Die Waffe war in einen nach Öl riechenden Lappen gehüllt. Er wickelte sie aus und steckte sie in seinen schmalen Ledergurt. Dann holte er die schwere Stablampe heraus.

»So, Aufrüstung beendet. Gehen wir!«

Sie folgten dem Rand einer Wiese ohne den Schatten der Bäume zu verlassen. Langsam wurde der Lärm vom *High Dive* her deutlicher. Ein paar Takte Musik. Das schrille Kreischen eines Mädchens, das im Wasser bespritzt wurde. Das Zuschlagen einer Autotür.

Sie waren am Ende der Lichtung angekommen. Nun tasteten sie sich zwischen den Bäumen hindurch Christian schüttelte ärgerlich den Kopf, als unter seinem Fuß ein Zweig knackte. Er kam sich vor wie ein Großstadtjunge, der Indianer spielte. Ungewohnt war das alles. Weiter! Noch ein paar Schritte! Lichter des *High Dive* zwischen den Bäumen.

»Stehenbleiben«, flüsterte er Moore zu. Dann huschte er weiter, hinter Sträuchern geduckt.

Nach ein paar Minuten war er zurück. »Hier lang!«

Vorsichtig führte er den Sergeanten zu einer kleinen Mulde, deren erhöhter Rand mit Grasbüschel bewachsen war. Sie legten sich hinein.

»Prima!«, flüsterte Moore. »Wen nicht gerade jemand über uns stolpert, sind wir hier sicher. Das da vorn ist Bungalow zehn, ja? «

Christian legte die Taschenlampe zurecht und ruckte die Pistole an die Seite, wo sie weniger störte.

»Richtig«, flüsterte er zurück, »die geheimnisvolle Nummer zehn. Und drüben in Nummer eins ist gerade das Licht ausgegangen. Mister Cooper geht schlafen.«

Er sah auf das Leuchtzifferblatt seiner Uhr. »Noch nicht mal ein Uhr. Wir können es uns ...«

Er stockte. Ein plötzlicher Windstoß fuhr durch die Baumkronen. Blätter raschelten. Gleich darauf wurden sie von langgezogenem, tönendem Donner übertönt.

Christian sah hoch. Noch waren außer Wolken nichts zu sehen. Hinter dem Wald schob sich der Mond hervor. Er leuchtete in ungetrübter Klarheit. »Hoffentlich kommt das Gewitter nicht hierher«, sagte Moore. »Der Wetterbericht hat nur für Sealand Gewitterneigung gemeldet.«

»Ich weiß«, unterbrach ihn Christian grimmig. »Von

da sind es auch nur vierhundert Kilometer Luftlinie. Was macht das schon einem Gewitter aus?«

»Oder dem Wetterdienst«, ergänzte Moore verständnisvoll.

»Da!«

Wieder donnerte es. Diesmal lauter. Ein paar Leute stiegen aus dem Schwimmbecken und liefen zu ihren Kleidern. Auch auf der Terrasse, auf der nur noch wenige Paare saßen, wurde es unruhig. Jemand rief mit lauter Stimme nach dem Kellner.

Zehn Minuten später waren Bad und Terrasse leer. Wagen bogen auf die Landstraße und verschwanden schnell in Richtung zur Stadt. Auch die Kapelle hatte aufgehört zu spielen. Wahrscheinlich brachen drinnen die Gäste ebenfalls auf.

Ein Mann trat auf die Terrasse hinaus und sah zum Himmel hinauf. Ein paar Wolkenfetzen zogen über den Mond. Die Bäume bewegten sich lebhafter.

»Ist das nicht Merton?«, fragte Moore leise.

Der Mann ging vor einem Fenster vorbei. Jetzt erkannten sie ihn deutlich. Ja, es war Victor Merton, der Manager des *High Dive*.

Er ging auf die Wiese hinunter und machte eine Runde um das Schwimmbecken. Dann kehrte er ins Haus zurück. Gleich darauf erlosch die Beleuchtung des Bades.

Sie warteten. Auch das Licht im Restaurant ging aus. Ein letztes Auto fuhr noch ab.

Als die ersten schweren Tropfen fielen, lag das *High Dive* in völliger Dunkelheit.

»Jetzt kann's losgehen«, bemerkte Moore überflüssigerweise. Wohl nur, um überhaupt etwas zu sagen. Auch

Christian war unbehaglich zumute. Zweifelnd sah er zur letzten verbliebenen Lichtquelle auf – dem Mond. Eine schwere Wolke zog darauf zu. Es sah aus, als ob eine riesige, dunkle Hand nach der glänzenden Scheibe am Himmel griff.

Er hatte alles so schön vorausberechnet. Auch der Vollmond hatte seine Rolle: rechtzeitig aufzugehen und den Schauplatz zu beleuchten. Das Gewitter verdarb alles.

Jetzt verschwand der Mond. Gleich darauf ging ein trommelnder Vorhang aus Wasser über dem *High Dive* nieder. Zuckende Blitze weckten kurzlebige, ungewisse Schatten. Krachender Donner machte alles Horchen sinnlos.

Christian drückte Moore die Lampe in die Hand.

»Stecken Sie das Ding unter die Jacke ... « Er wartete, bis der Donner ausgepoltert hatte. »Und kommen Sie nach!«

Er stand auf. Moore folgte seinem Beispiel. »Wohin?«

»Nummer zehn«, antwortete Christian.

Ein paar Schritte unter den tropfenden Bäumen. Der nächste Blitz ließ die Richtung erkennen.

Dann rannte Christian los. Auf den Zehenspitzen federnd. Leise und schnell.

Ein Blitz. Da, der Bungalow! Christian bremste. Aber sein Schwung trug ihn bis vor das breite Fenster. Es war offen.

Ein Schatten bewegte sich dahinter!

Schnell! Bevor der andere handeln konnte. Der Blitz erlosch.

Im Krachen des Donners schwang Christian sich ins

Zimmer. Warf sich sofort zur Seite.

Etwas zu spät! Der Schlag streifte seinen Kopf. Betäubte ihn fast.

Mit weichen Knien kam er hoch. Sah im Widerschein des nächsten Blitzes die schattenhafte Gestalt. Sah, wie sie zum Schlag ausholte.

Er zerrte an der Pistole. Brachte sie nicht heraus. Nicht rechtzeitig. »Hände hoch!«

Plötzlich war das Zimmer hell. Sergeant Moore stand am Fenster. In einer Hand die Taschenlampe. In der anderen die drohend glänzende Dienstpistole.

Beides war auf Christians Gegner gerichtet.

Auf Julia Nagy.

Einen Augenblick lang stand sie wie erstarrt. Dann öffneten sich ihre Hände, als ob alle Kraft sie verlassen hätte. Der schwere Hocker, den sie darin gehalten hatte, fiel zu Boden.

Geblendet wandte sie das Gesicht ab. Aber der unerbittliche Strahl des Handscheinwerfers ließ sie nicht los.

»Schießt doch schon«, sagte sie. Ihre Stimme klang atemlos. »Es hört ja niemand.«

Sie hob das Gesicht in den Lichtstrahl. Mit geschlossenen Augen. Maskenhaft starr sah es aus.

»Schießt doch!«, schrie sie plötzlich. »Mein Gott«, flüsterte Christian, »das ist doch ...«

Er ging zögernd auf sie zu.

Dann sprang er sie an und riss sie zu Boden.

Bevor der Schütze an der Tür zum zweiten Mal abdrücken konnte, schoss Sergeant Moore. Holz splitterte. Drei-, vier-, fünfmal.

Dann endlich fand auch der Strahl der Lampe die Tür.

Christian sah einen Schatten. Er schoss. Wusste im

gleichen Moment, dass er nicht getroffen hatte.

»Licht aus!«

Moore gehorchte.

Auf Zehenspitzen schlich Christian zur Tür. Vor ihm in der Diele bewegte sich jemand. Dann traf ihn ein kalter Luftzug. Er sprang vorwärts. Vor ihm fiel die Tür ins Schloss.

»Moore, das Fenster!«, rief er scharf. Er hörte, wie der Sergeant im Zimmer die Stellung wechselte. Dann tastete er nach dem Riegel. So, von dieser Seite drohte ihnen keine Überraschung mehr.

Die Schüsse gingen fast unter im Grollen des Donners. Helles Knallen. Darauf die dumpfere Antwort von Moores schwerer Pistole.

»Was ist?«, fragte er leise von der Zimmertür her.

»Nichts«, antwortete Moore. »Der Teufel soll etwas treffen bei dieser Finsternis. Aber wir sitzen ganz schön in der Falle, Chef.«

»Mister Stiller?«, fragte eine leise Stimme aus der Ecke des Zimmers.

»Bleiben Sie in Deckung, Miss Nagy!«, befahl er. »Haben Sie die Lampe, Moore?«

»Hier.«

Im Widerschein eines Blitzes sah er Moores ausgestreckte Hand. Er nahm die Lampe und ging auf die andere Tür zu, die er vorhin gesehen hatte. »Was ist hier nebenan? Das Schlafzimmer?«

Er hörte, wie Julia Nagy sich bewegte.

»Ja«, sagte sie zögernd, »aber – ich ...« Sie sprach nicht weiter. Er drückte die Klinke herunter und stieß die Tür auf. Kein Luftzug. Also war das Fenster geschlossen. Der Duft eines schweren, süßlichen Parfüms hing in der Luft. Nicht Julias. Aber es kam ihm dennoch bekannt vor.

Er schloss die Tür hinter sich und ließ die Lampe aufblitzen. Ein Doppelbett, Nachttische, Frisiertoilette, Einbauschrank – nichts Besonderes. Dicke Vorhänge vor dem Fenster. Also keine Gefahr, dass er von draußen gesehen wurde.

Die Schranktür war offen. Nichts zu sehen – außer leeren Kleiderbügeln. Doch, in einer Ecke lag ein Seidenschal. Als ob ihn jemand bei einem hastigen Aufbruch vergessen hätte.

Was war das an der Rückseite des Schranks? Ein schwarzer Strich? Nein, ein Draht. Ein isoliertes Kabel, das aus einem Spalt zwischen zwei Brettern kam und wieder dazwischen verschwand.

Eingeklemmt war es! Jemand hatte eine Tür oder eine Klappe geschlossen. Im Dunkeln wahrscheinlich... Er fand den als Nagel getarnten Öffner. Ein Stück der Rückwand klappte heraus.

Vor ihm stand ein Funkgerät. Das Geheimnis von Nummer zehn! Er hatte recht behalten. Hier lief alles zusammen. In diesem Bungalow. Natürlich ging es um Spionage. Und Julia Nagy saß mitten im Netz.

Er löschte die Lampe und ging wieder ins andere Zimmer.

»Chef?«, fragte Moore vom Fenster her.

»Ja. Was ist?«

»Der Regen lässt nach. Hören Sie? Der Donner wird auch leiser.« Christian horchte auf das Grollen des abziehenden Gewitters. Er musste eine Entscheidung treffen. Schnell, sonst flogen die Vögel aus.

»Miss Nagy, hat das Telefon hier Amtsanschluss?«

»Nur über das Büro«, antwortete sie leise. »Ich muss Ihnen …«

»Chef!« Moores Stimme klang gespannt. »Der flache Schuppen hinter dem Hauptgebäude. Ist das nicht eine Garage?«

»Ja«, antwortete Julia an Christians Stelle. »Meistens steht nur ein Wagen drin. Er gehört Lombard. Aber er benutzt ihn selten.«

»Jetzt benutzt er ihn jedenfalls«, stellte Moore trocken fest.

»Dann müssen wir hin«, entschied Christian. »Er darf uns nicht entkommen!«

»Gehen Sie nicht!«, bat Julia. »Es ist …«

Drüben sprang ein Motor an. »Feuerschutz!«, befahl Christian. Dann schwang er sich aus dem Fenster und raste im Zickzack auf das Haus zu. Duckte sich hinter die Ecke. Schob den Kopf vor. Kein Schuss fiel. Hatte ihn niemand gesehen?

Der Mond schien schwach zwischen Wolkenfetzen hindurch. Aber sein Licht reichte aus. Christian sah die dunkle Masse eines Wagens, der sich rückwärts aus der Garage schob und wendete.

Er schnellte vor und hob die Pistole. In diesem Augenblick flammten die Scheinwerfer auf. Er stand in Licht gebadet.

Eine Kugel strich dicht über seinen Kopf. Die nächste streifte seinen Arm. Er spürte einen brennenden Schmerz und warf sich hinter die Hausecke zurück.

Vom Bungalow her feuerte Moore.

Eine Kugel schlug auf Metall. Der Motor heulte auf.

Zu spät? Nein, noch nicht. Christian drehte sich um und rannte am Haus entlang. Vielleicht kam er rechtzeitig zur Ausfahrt. Vielleicht konnte er ihnen wenigstens von weitem ein paar Kugeln nachjagen.

Vom Bungalow her knallte eine neue Serie von Schüssen.

Weshalb schoss Moore noch? Waren die anderen noch nicht losgefahren? Sie müssten längst hinter dem Haus verschwunden sein. Außer Reichweite von Moores Waffe. Ohne Rücksicht auf die Gefahr bog Christian um die Ecke und lief weiter. Eingang und Parkplatz des *High Dive* lagen vor ihm. Und noch immer kein Auto!

Es wurde heller. Keine Wolken mehr vor dem Mond. Umso besser.

Vor der nächsten Ecke bremste Christian. Dicht an die Wand gepresst schob er sich vor. Dann sah er das brennende Auto stehen. Vor der Garage. Wo er es zuletzt gesehen hatte. Glas klirrte. Ein Fenster. Sie flohen ins Haus, so schnell sie konnten. Er rannte den Weg zurück. Wollte die Tür mit einem Fußtritt aufsprengen. Sie gab nach. Nicht verschlossen. Er stieß sie auf und stand in der Halle. Hier an der Seite waren die Schalter. Er fand sie. Drückte sie mit der flachen Hand herunter. Flackernd gingen die Neonröhren an. Zuerst die über ihm. Dann in der Garderobe. Dann im Treppenhaus. Dann warf ihn ein heftiger Stoß nach vorn. Eine Kugel fauchte an seinem Ohr vorbei. Er ließ sich abrollen. Sprang zur Seite. Stolperte über den Teppich. Fiel auf den verletzten Arm. Ein stechender Schmerz lähmte ihn sekundenlang. Instinktiv wich er der nächsten Kugel aus, die vor seinem Gesicht den Teppich zerfetzte.

Der dritte Schuss fiel nicht.

Christian sprang auf und hob die Pistole.

Aber er schoss nicht.

146

10
Bungalow zehn

Christian Stiller konnte nicht schießen. Er sah Eddie Lombards brutales Gesicht. Die rauchende Pistole in seiner Hand. Und an dieser Hand, an diesem Arm hing Julia Nagy, erbittert kämpfend wie eine Wildkatze. Das war der Grund, weshalb Lombard den dritten Schuss nicht abgefeuert hatte.

Lombard versuchte sie abzuschütteln. Aber sie klammerte sich an sein Handgelenk. Ließ nicht los. Auch nicht, als er mit der anderen Faust zuschlug.

Christian zögerte. Er fand kein Ziel. Gerade wollte er sich auf die Kämpfenden stürzen und den anderen Arm des Mannes packen. Da wurde die Tür noch einmal aufgestoßen. Sergeant Moore! Mit eisernem Griff führte er eine Frau vor sich her.

Mary Fredericks. Blitzschnell funktionierte Christians Gedächtnis. Das schwere, süßliche Parfüm im Bungalow zehn. In dem Zimmer, in dem er das Funkgerät entdeckt hatte. Jetzt wusste er, woher er es kannte. Von seinem Besuch bei Mary Fredericks, der Wirtin der ermordeten Carol West.

Mit einem gewaltigen Ruck schleuderte Lombard Julia Nagy zur Seite. Aber er hatte keine Chance. Er stand zwischen Christian und Moore. Noch dazu hoffnungslos aus dem Gleichgewicht gebracht.

»Was ist hier los?«, fragte eine scharfe Stimme.

Unwillkürlich wandte Christian den Kopf. Begriff im

gleichen Moment seinen Fehler, sprang zur Seite und schoss. Lombard griff sich an die Schulter. Noch einmal hob er mit verzerrtem Gesicht die Waffe.

Da traf ihn Moores Handkantschlag ins Genick. Vornüber stürzte er zu Boden. Seine Pistole stieß Moore mit dem Fuß zur Seite.

Christian drehte sich um. Auf dem Treppenabsatz stand Victor Merton. Im Morgenmantel, unter dem die Beine einer Schlafanzughose hervor sahen. Den Lauf eines schweren, altertümlichen Trommelrevolvers hielt er auf Lombard gerichtet.

»Tun Sie das Ding weg!«, befahl Christian. »Und helfen Sie uns, Ihren werten Arbeitgeber ins Büro zu bringen.«

Merton gehorchte. Er legte die Waffe vorsichtig in eine Nische. Dann kam er die Treppe herunter und band dabei den Gürtel seines Morgenmantels fester. Mit Moore zusammen trug er Lombard ins Büro. Christian folgte mit der totenblassen Mary Fredericks. An der Tür blieb er stehen und wartete auf Julia, die mit gesenktem Kopf nachkam.

»Danke«, flüsterte er, als sie an ihm vorbeiging.

Sie reagierte nicht darauf. Mit schleppenden Schritten ging sie zu ihrem Schreibtisch und setzte sich dahinter. Dann sah sie teilnahmslos zu, wie Merton aus der Hausapotheke Verbandzeug nahm, wie der Sergeant Lombard das Hemd aufriss und ihm einen Notverband anlegte.

Eddie Lombard war längst wieder bei Besinnung. Christian sah es am Zucken seiner Wimpern. Aber der Besitzer des *High Dive* schien es vorzuziehen, vorerst den Bewusstlosen zu spielen. Er stöhnte nur leise, als der Sergeant den Verband festzog.

Christian hob den Hörer des Telefons ab. Aber die Hörmuschel blieb stumm. Das Kabel hing lose herab. Jemand hatte es mit Gewalt aus der Wand gerissen.

Moore richtete sich auf. »So, der wäre erst mal versorgt. Haben Sie schon im Yard angerufen, Chef?«

Statt zu antworten, zeigte Christian ihm das abgerissene Kabel.

»Ach, unser Freund hat an alles gedacht«, sagte Moore und sah Lombard unfreundlich an. »Aber das macht nichts. Ich stelle mich auf die Straße und halte ein Auto an. Oder soll ich rübergehen und den alten Cooper wecken?«

Christian ging ans Fenster und öffnete es weit. Drüben der Bungalow eins war dunkel. George Cooper musste einen guten Schlaf haben.

»Das wäre eine Möglichkeit«, sagte Christian. »Vielleicht bitten wir auch Mister Merton, sich anzuziehen und auf den Weg zu machen. Er würde sicher für uns nach Belhampton gehen, nicht wahr?«

Victor Merton verbeugte sich leicht.

»Selbstverständlich, Sir. Es ist die Pflicht jedes Staatsbürgers, der Polizei behilflich zu sein. Wenn Sie mir nur erst sagen würden, was mein – ich meine, was Mister Lombard getan hat. Ich kann ihn mir nicht als – Rechtsbrecher vorstellen.«

»Rechtsbrecher ist gut«, fuhr Mary Fredericks auf. »Verschleppt hat er mich. Gefangen gehalten. Und nur, weil ich wissen wollte, was mit Carol West war. Als ob ich nicht das Recht gehabt hätte, ein bisschen neugierig zu sein. Immerhin war Miss West meine Untermieterin. Da kann man ... «

»Moment«, unterbrach Christian sie, »Lombard hat

Sie also hier im Bungalow zehn gefangen gehalten? Seit wann?«

»Seit vorgestern. Nein«, verbesserte sie sich, »es ist ja schon nach Mitternacht. Also über zwei Tage.«

»Wie sind Sie ihm in die Hände geraten?«

»Ich ging zu ihm, nachdem Sie bei mir waren. Ich kannte ihn von früher, als ich noch Schauspielerin war. Ich wusste, dass das *High Dive* ihm gehört. Deshalb habe ich mich von ihm hier herausfahren lassen. Aus Neugier und weil mir die arme Carol West leid tat. Aber statt mit mir ins Restaurant zu gehen, hat er mich in den Bungalow geschleppt. Ich war starr vor Angst.«

»Er hat Sie gefesselt?«

»Nein, er hat mir eine Spritze gegeben. Danach war ich wie benommen. Ganz willenlos. Es war entsetzlich. Erst heute Nacht wurde mir besser. Da kam Lombard und zerrte mich bei dem furchtbaren Gewitter zur Garage. Er schob mich ins Auto. Dann fielen Schüsse. Ich bin einfach weggelaufen. Bis Ihr Sergeant mich festhielt und herbrachte.«

Sie schlug die Hände vors Gesicht. Die Erinnerung an die Aufregungen der letzten Tage schien sie zu überwältigen.

Christian warf Moore einen fragenden Blick zu. Der Sergeant hob die Schultern. Kann stimmen, hieß das.

»Wissen Sie, dass man Ihr Haus angezündet hat?«, fragte Christian. Mary Fredericks ließ die Hände sinken und starrte ihn entsetzt an. »Mein Haus? Aber warum? Weshalb verfolgt er mich mit einem so schrecklichen Hass?«, rief sie tragisch.

»Wahrscheinlich wollte er Ihr Verschwinden tarnen. Aber noch eine Frage: Haben Sie im Bungalow außer

Lombard noch jemanden gesehen? Vielleicht jemanden, der hier anwesend ist?«

Sie wandte den Kopf und sah erst Merton, dann Julia Nagy an. »Nein«, sagte sie dann hilflos, »ich kann mich an niemanden erinnern.«

»Haben Sie etwas Ungewöhnliches im Bungalow bemerkt?«

Sie blickte ihn verständnislos an. »Eine ungewöhnliche technische Einrichtung vielleicht?«, half er ihr.

Da schlug Lombard die Augen auf. »Ach, Sie haben mein Funkgerät gefunden?«, fragte er höhnisch. »Tüchtige Schnüffler seid ihr beim Yard.«

»Sieh mal einer an.« Moore zahlte ihm den Hohn heim. »Unser toter Mann kann plötzlich sprechen.«

Lombard schoss ihm aus den Augenwinkeln einen wütenden Blick zu. Dann wandte er sich an Christian. »Es stimmt. Ich habe sie eingesperrt. Sie war zu neugierig. Das Funkgerät gehört mir auch. Und jetzt schafft mich ins Krankenhaus. Meine Schulter tut weh.«

Nachdenklich sah Christian sich im Zimmer um. Mary Fredericks und Victor Merton starrten Lombard an, als ob schon seine bloße Gegenwart sie beschmutzen würde. Julia sah vor sich hin und – ja, hatte sie nicht eben ganz leicht den Kopf geschüttelt? Wollte sie ihn warnen?

Lombard räusperte sich. »Ein Glück«, sagte er heiser, »ein Glück, dass mein Vater das nicht mehr erleben muss.«

Christian horchte auf. Weshalb betonte Lombard das Wort Vater so auffallend? Weshalb zuckte Julia bei diesem Wort zusammen? War es eine Warnung Lombards an sie? Aber was steckte dahinter?

Christian spürte eine unbekannte Gefahr. Wenn er Moore nach dem Auto schickte, dann war er ganz allein hier. Wollte Lombard das erreichen? Aber wie konnte der Verwundete ihm gefährlich werden?

Er ging zu Lombard und fuhr mit den Händen an seinem Körper entlang. Nein, eine Waffe hatte der Gangster nicht. Und dennoch.

»Nein«, sagte er laut. »Es tut mir leid, aber wir müssen hierbleiben. Mister Merton, wann kommt Ihr Personal?«

Der Manager sah auf die Wanduhr. »In ungefähr drei Stunden kommen die Putzfrauen aus Belhampton.«

»Dann warten wir so lange«, entschied Christian.

Merton ging gähnend zum offenen Fenster und setzte sich auf das Fensterbrett. »Es hat sich abgekühlt nach dem Gewitter«, sagte er beiläufig und wickelte sich fester in seinen Morgenmantel.

Das war die Gefahr. Aber Christian kam zu spät. Mertons Hand tauchte wieder auf. Mit einer flachen Pistole, deren Mündung auf Christians Brust gerichtet war.

»Keine Bewegung«, sagte Merton kalt. »Hoch mit den Händen. Aber langsam. Schön langsam.«

Also war Merton doch Lombards Helfer. Und was für ein Bluff, rauf in sein Zimmer gelaufen, umgezogen und scheinbar ahnungslos die Treppe heruntergekommen. Und jetzt, nachdem Moore nicht fortzukriegen war, der letzte Schachzug. Merton verzog den Mund.

»Arbeit genug haben Sie uns gemacht, seit dieser wahnsinnige Long Sie zufällig auf unsere Spur gebracht hat. Aber jetzt ist es aus. Mary, nehmen Sie den beiden die Pistolen ab. Der Herr Superintendent hat seine in der Hose stecken, wenn ich recht gesehen habe.«

Christian wurde rot vor Scham, als Mary Fredericks ihm die Waffe abnahm. Übertölpelt hatte sie ihn. Theater gespielt.

Oh, gewiss, er hatte ihr nie ganz getraut. Dennoch – er war leichtsinnig gewesen wie ein Anfänger. Er hätte wissen müssen, dass ausgebildete Spione andere Tricks kennen als alltägliche Gauner.

»So, jetzt den anderen«, befahl Merton. Ja, er befahl. Ein neuer Verdacht schoss Christian durch den Kopf. War Merton, getarnt als Lombards Angestellter, in Wirklichkeit der Chef des Ringes?

»Gib mir eine von den Dingern, Mary«, sagte Lombard hinter ihm.

Er nahm die Waffe in Empfang und ließ den Sicherungsflügel zurück schnappen. »Machen Sie das Fenster zu, Merton. Braucht keiner zu hören, wenn es hier knallt. Und dann nichts wie weg. Wir haben einen weiten Weg.«

»Zu Fuß?« Merton sah Christian an. »Wo haben Sie Ihren Wagen? Wollen Sie Ihr Leben retten? Wenn Sie mir sagen, wo Ihr Wagen steht, dann lassen wir Sie gefesselt im Wald liegen. Wenn nicht – Sie haben Lombard gehört.«

Hinter Christian ächzte ein Sessel. Lombard stand auf. »Machen Sie keinen Unsinn«, sagte er. »Sonst haben wir sie in ein paar Stunden wieder auf dem Hals. Machen Sie endlich das Fenster zu. Sie brauchen sich nicht die Finger schmutzig zu machen. Ich erledige sie. Alle drei.« Er schlug mit der Pistole vor Julia auf den Tisch. »Jawohl, alle drei. Auch unsere kleine Verräterin hier. Du Miststück.« Er schlug ihr ins Gesicht. Ihr Kopf flog zurück. Blut tröpfelte aus ihrem Mundwinkel. Sie

153

wischte es nicht ab.

Christian biss die Zähne zusammen, dass sie schmerzten.

»Stopp!«, befahl Merton scharf. »Ich bin hier der Chef. Heben Sie sich Ihre Anfälle für später auf, Lombard.«

Widerwillig gehorchte der Gangster. Er ging auf seinen Platz zurück und verschwand aus Christians Gesichtskreis. Also war Merton wirklich der Chef. Und ein guter Schauspieler auch.

»Was ist?«, fragte Merton. »Wo steht der Wagen?«

Christian zögerte. Zeit gewinnen. Für einen letzten verzweifelten Angriff auf...

»Sprechen Sie«, befahl Merton. »Schnell. Und keine Bewegung. Lombard, passen Sie auf hinter ihm.«

Christian hatte einen bitteren Geschmack im Mund. Durchschaut. »Welche Garantie habe ich, dass Sie mich nicht trotzdem umbringen?«, fragte er.

»Keine«, antwortete Merton kalt. »Das müssen Sie riskieren. Also?«

»Nichts sagen, Chef«, bat Moore, »die legen uns sowieso...« Er schwankte und brach zusammen.

Lombard rieb den Lauf der Pistole an seiner Jacke blank. »Ein ganz schöner Schlag«, sagte er zufrieden. »Wenn man bedenkt, dass ich die linke Hand nehmen musste...«

»Schwatzen Sie nicht«, sagte Merton kalt. »Wir haben keine Zeit für Gangsterstücke.«

»Ah, ein Spion ist wohl was Besseres?«, begehrte Lombard auf. »Um Ihnen jahrelang die schmutzige Arbeit zu machen, war ich gut genug. Da konnte ich gar nicht Gangster genug sein. Aber jetzt, wo es euch an den

Kragen geht, da bin ich auf einmal schuld.«

»Das sind Sie auch. Sie haben alles verdorben mit Ihren idiotischen Versuchen, Superintendent Stiller ermorden zu lassen. Dadurch haben Sie ihn erst auf uns aufmerksam gemacht.«

»Ich musste verhindern, dass er Carol erkannte. Er hat das beste Gedächtnis vom ganzen Yard. Aber Sie – Sie haben nicht mal verhindern können, dass der Irre Carol hier im *High Dive* abgeladen hat. Dadurch ist alles rausgekommen. Sie Meisterspion, Sie. Ich möchte...«

Er brach ab und starrte verblüfft in die Mündung von Mertons Pistole. »Verdammt, Sie sind imstande und knallen mich wirklich ab.«

Er drehte sich um und ließ sich in den Sessel fallen. »Hol mir 'nen Whisky, Mary. Hinten aus der Bar.«

Christian hörte ihre Schritte. Zeit gewonnen. Zeit, in der das Tonband laufen konnte. Gut, dass er auf den Knopf gedrückt hatte, als er ins Zimmer kam. In ein paar Stunden würden die Kollegen das Band finden – und was von ihnen dreien übrig war.

Er fühlte Mertons Blick und sagte hastig: »Hinter den Bungalows ist im Wald eine Lichtung. Am rechten Rand entlanggehen. Bis zu einer einzelnen Baumgruppe. Dahinter steht der Wagen. Dicht bei einem Feldweg.«

Merton sah ihn misstrauisch an. Schauspielern. Christian senkte den Blick, als ob er sich seiner Worte schämte.

»Gut«, sagte Merton endlich. »Lombard, holen Sie den Wagen.«

»Erst den Whisky«, protestierte Lombard. »Ich bin verwundet. Meine Schulter.«

Merton zögerte. »Meinetwegen«, sagte er. »Aber

dann los. Die Maschine nach Prag geht um sechs von Croydon. Wir müssen rechtzeitig vorher da sein. Sind Pässe und Flugkarten in Ordnung?«

»Klar«, brummte Lombard.

Julia Nagy bewegte sich. »Christian?«, fragte sie leise.

»Schnauze halten«, brüllte Lombard sie an.

»Das tun Sie besser selbst«, sagte Merton scharf. »Ich habe es satt, mit anzusehen, wie Sie sich aufspielen. Legen Sie die Pistole hin.« Hinter Christian warf Lombard die Waffe auf den Tisch.

»Sie Narr«, sagte Merton. Dann fuhr er mit gleichgültiger Stimme fort: »Sie dürfen mit ihm sprechen, Miss Nagy.«

Christian wandte den Kopf und lächelte sie ermutigend an.

»Mein Vater«, sagte sie. »Ich habe es wegen meines Vaters getan. Er ist in Budapest. Im Gefängnis. Seit dem Aufstand. Merton wusste es. Er hat gedroht. Wenn ich ihm nicht geholfen hätte, dann hätten sie meinen Vater...«

Christian nickte verstehend.

»Ich musste es tun«, fuhr sie fort. »Ich habe nicht spioniert. Aber ich habe Anrufe angenommen und an Merton weitergegeben. Ich habe Briefe zur Post gebracht, auf denen falsche Absender standen. Ich habe gewusst, dass in Nummer zehn ein Funkgerät war.« Sie sah Christian verzweifelt an.

Er lächelte. »Nur weiter.«

»Ich habe gewusst, dass Mary Fredericks sich in Nummer zehn versteckt hatte.«

»Wie kamen Sie heute Nacht in den Bungalow?«

156

»Ich hatte mich auch versteckt. Ich ahnte, dass die drei fliehen wollten. Ich konnte mir denken, dass sie mich nicht lebendig zurücklassen würden. Sie haben mich gerettet, Christian. Aber was nutzt mir das jetzt? Ich habe Sie belogen. Ich habe gewusst, dass Merton ein Spion ist. Ich habe gewusst, dass Lombard und Mary Fredericks seine Helfer sind. Dass er sie bezahlt hat. Ich habe ...« Sie konnte nicht weitersprechen. In ihren Augen standen Tränen.

»Ich hätte Ihnen so gern die Wahrheit gesagt, Christian.« Sie schluckte. Dann sagte sie tapfer. »Sie werden uns töten. Aber vorher muss ich Ihnen noch etwas...«

Sie lauschte. Schritte kamen näher. Mary Fredericks mit dem Whisky. Christian drehte sich nicht nach ihr um. Er sah Julia an. Während hinter ihm ein Glas auf den Tisch gestellt wurde. Während der Whisky glucksend hineinfloss.

Plötzlich machte Julia eine Bewegung. Er folgte ihrem Blick.

Merton saß noch immer auf dem Fensterbrett. Seine Beine hingen ins Zimmer. Aber seine Haltung war merkwürdig steif. Seine Augen blickten starr. Seine Pistole...

Die Pistole zitterte in seiner Hand. Dann hörte Christian die Stimme. Er erkannte sie sofort. Eine leise, höfliche Stimme. Der anonyme Anrufer.

»Hand öffnen, fallen lassen«, sagte die Stimme. Etwas Zwingendes ging von ihr aus. Christian war in Versuchung, seine eigene Hand zu spreizen. Er sah, wie Mertons Zeigefinger sich vom Abzugsbügel löste.

Da warf er sich herum und schlug aus der Bewegung heraus zu. Krachend traf seine Faust Lombards Kinnwinkel. Der massive Schädel knallte an die Wand. Lombard sank vom Stuhl. Mary Fredericks wollte aufspringen. Da stand plötzlich Sergeant Moore vor ihr und stieß sie in den Sessel zurück.

Auf dem Tisch lagen ihre Pistolen. Wie auf Kommando griffen sie danach und fuhren herum. Es war nicht mehr nötig. Merton saß mit erhobenen Händen im Fenster. Seine Augen waren schmale schwarze Schlitze.

»Runter!«, befahl Christian.

Merton folgte dem Wink mit der Pistole und stellte sich neben Mary Fredericks.

Im Fenster tauchte ein Kopf auf. Ein von Wind und Sonne gegerbtes Gesicht mit hellen, durchdringenden Augen.

»Ihre Kollegen sind schon unterwegs, Superintendent«, sagte George Cooper. Er sagte es leise und höflich. »Ich habe draußen einen Wagen angehalten. Der Fahrer versprach mir, ganz Scotland Yard zu alarmieren. In Kürze werden wir hier eine Heerschau erleben.«

Er kletterte durchs Fenster, ohne seinen Spazierstock loszulassen. Nickte Julia freundlich zu. Stand dann vor Merton und musterte ihn aufmerksam.

»So sieht also ein Spion aus«, sagte er interessiert. »Wie man sich in den Menschen täuschen kann. Was starren Sie mich eigentlich so an, Merton?«

»Er möchte wissen, wo Sie Ihr Schießeisen versteckt haben«, sagte Christian, der die Wahrheit ahnte. Cooper schüttelte den Kopf in der Art eines alten Mannes, der die Welt nicht mehr versteht. »Schreckliche Menschen. Denken immer nur an Schusswaffen. Das war zu meiner Zeit anders.«

Er hob den Spazierstock und betrachtete ihn liebevoll.

»Ein schönes Stück, nicht wahr? Bambus. Stammt noch aus Indien. Und sehr nützlich. Wenn man ihn jemanden in den Rücken stößt, fühlt er sich genauso an wie ein Revolverlauf...«

Eine halbe Stunde später saßen sie nebeneinander an der Bar: Moore, der Tee mit Rum für das beste Mittel gegen Kopfschmerzen hielt. Christian, der die Gefangenen sicher auf dem Weg nach London wusste. Und George Cooper, der den Stock neben sich an die Bartheke gehängt hatte.

Julia kam aus der Küche. »Heute bin ich Gastgeberin«, sagte sie lächelnd. »Morgen – ja, was wird eigentlich morgen?«

Christian strich sich über den schmerzenden Oberarm. Der Polizeiarzt hatte ihn fast mit Gewalt gezwungen, die Wunde verbinden zu lassen. Jetzt war er froh darüber.

»Eine schwierige Frage«, sagte er. »Ich würde raten: Führen Sie das *High Dive* erst einmal weiter, bis das Gericht einen Treuhänder einsetzt. Später fällt es wahrscheinlich dem Staat zu.«

»Dem Staat.« Moore rieb vorsichtig die Beule auf seinem Hinterkopf. »Wie immer: Der einzige Gewinner ist der Staat. Aber froh bin ich doch, dass nicht das schäbige MI5 die Burschen gefangen hat, sondern Scotland Yard.«

»Mit Mister Coopers Hilfe«, ergänzte Christian. »Ohne Sie wäre es böse ausgegangen für uns, Sir.«

George Cooper winkte heftig mit seiner Hand. »Ich habe Sie doch gebeten, mit dem Danken aufzuhören«, protestierte er.

Christian schüttelte in komischer Verzweiflung den Kopf. »Aber Sie können doch nicht abstreiten, dass Sie mich angerufen haben. Ich dachte zuerst, ich sollte dadurch eingeschüchtert werden. Jetzt ist mir klar, dass Sie mich warnen wollten. Sie wollten mir klarmachen, dass dieser Fall mehr war als ein gewöhnlicher Eifersuchtsmord.«

»Na ja«, gab Cooper zu. »Ich hatte eben das Gefühl, dass Sie junger Mann blindlings in eine gefährliche Sache rein rannten. Da musste ich doch helfen, so gut ich konnte.«

»Und weshalb haben Sie mich hier so unfreundlich behandelt? Miss Nagy war ganz entsetzt ...«

Cooper rieb den Zeigefinger an der Nase. »Wenn ich freundlich gesprochen hätte, dann hätten Sie meine Stimme erkannt«, sagte er.

»Die hätten Sie auch anders verstellen können. Aber Merton wäre vielleicht misstrauisch geworden, nicht wahr? Also haben Sie ihm von Anfang an nicht getraut.«

»Reiner Instinkt«, sagte Cooper und lächelte hintergründig.

»Wer hat übrigens Eve Beckworth aus dem Wasser gezogen und Wiederbelebungsversuche mit ihr angestellt?«

Coopers Lächeln wurde traurig. »Ich. Da sehen Sie, wie Sie mich überschätzen: Es hat nichts genutzt.«

»Danach haben Sie mich angerufen. Hier vom Büro aus, nicht wahr?«

Cooper nickte.

»Und wer hat mir die Zeichnung von Carol Wests Gesicht geschickt?«

Cooper sah auf. »Das war ich. Verzeihen Sie meine

160

Neugier.« Er legte das Gesicht in Falten. »In meinem Alter kümmert man sich gern um anderer Leute Angelegenheiten.«

Christian trommelte ungeduldig mit den Fingern auf der Bar. »Es wäre unhöflich und undankbar von mir, wenn ich Ihnen nicht glauben würde. Aber ich muss sagen, Sir: Sie stellen erhebliche Ansprüche an meine Gutgläubigkeit. Sie haben mich gewarnt, Sie haben mich benachrichtigt, Sie haben mich förmlich ferngesteuert. Sie haben die Spione zuerst durchschaut. Zum Schluss haben Sie uns dreien durch einen – ich muss schon sagen – glorreichen Bluff das Leben gerettet. Und das alles war Zufall? Reine Neugier eines – wie Sie sagen – ›alten Mannes‹?«

»Selbstverständlich«, sagte Cooper, ohne mit der Wimper zu zucken.

Sergeant Moore schien etwas in die falsche Kehle bekommen zu haben. Er hustete heftig.

Christian sah vor sich hin. Auf die blanke Platte der Bar. Ein Spiegelbild tauchte darin auf. Er hob den Kopf und blickte Julia Nagy gerade in die Augen.

»Sie wollten mir vorhin etwas sagen, Julia?«

Ihre Augen glänzten weich. Aber dann zogen Schatten darüber.

»Ich – ich glaube, das Kaffeewasser kocht«, stammelte sie und wandte sich ab.

»Lassen Sie es kochen«, bat Christian.

»Nein.« Ihre Stimme klang verzweifelt. »Es hat keinen Sinn. Ich hatte vergessen – nur einen Augenblick. Ich dachte, ich könnte glücklich sein. Für die Minuten, die wir noch zu leben hatten. Aber jetzt ist alles wieder da. Ich bin eine Spionin. Sie wollen mir helfen. Sie haben mich nicht verhaftet. Aber in der Verhandlung gegen Merton und die anderen wird alles herauskommen, was ich getan habe. Dann muss ich ins Gefängnis. Und drüben – in Budapest – mein Vater. Was werden Sie mit ihm tun?«

Sie sah Christian an mit einem verzweifelten Blick, der ihm das Herz zusammenzog.

»Verzeihen Sie mir die Einmischung«, sagte George Cooper leise und höflich. »Es wird Sie interessieren, dass Ihr Vater vor etwa zwei Jahren aus dem Gefängnis entlassen wurde. Merton hat Sie belogen.«

Julia starrte ihn fassungslos an.

»Ihr Vater ist seit einer Woche in Wien«, fuhr Cooper fort. »Sie können seine Adresse über die englische Botschaft erfahren. Er sucht Sie.«

Christian sah Julia zwischen Hoffnung und Zweifel schwanken. Er sah Moore, dessen Gesicht eine Mischung aus Achtung und Schreck widerspiegelte.

»Ich bitte Sie, uns das zu erklären«, sagte Christian, mühsam seine Aufregung unterdrückend.

George Cooper schaute auf Julia. »Übrigens wird niemand Sie verhaften, Miss Nagy«, sagte er langsam. »Immerhin hat Scotland Yard Ihnen das Leben dieses jungen Mannes zu verdanken. Außerdem werden Sie als Kronzeugin gebraucht. Und wenn es nötig ist, werden sich auch noch andere Fürsprecher finden.«

Christian hielt mit Mühe seine Hände zurück. Fast hätte er Coopers Schultern gepackt und ihn geschüttelt.

»Woher wissen Sie das alles?«, fragte er heiser. »Wer sind Sie?«

George Cooper glitt vom Barhocker und griff nach seinem Stock. In seinen hellen Augen schienen spöttische Funken zu tanzen. Aber seine Stimme klang leise und höflich wie zuvor:

»Das hätten Sie nie erfahren, wenn Sie nicht die Gewohnheit hätten, mich in Zwangslagen zu bringen. Zuerst musste ich Ihnen Merton vom Hals schaffen – und jetzt konnte ich Miss Nagys Tränen nicht widerstehen. Wie sagte Sergeant Moore vorhin so schön? Ein Glück, dass nicht das schäbige MI5 die Burschen gefangen hat, sondern Scotland Yard. Wer ich bin? George Cooper. Von Beruf Oberst. Im MI5 natürlich. Gute Nacht.«

Er verabschiedete sich mit einer knappen Verbeugung und ging. Mit schnellen, elastischen Schritten.

An der Tür drehte er sich noch einmal um.

»Miss Nagy?«

Julia erwachte wie aus einem Traum.

»Ja?«

»Bitte schicken Sie mir zum Frühstück zwei weichgekochte Eier«, sagte George Cooper. Er sagte es leise und höflich.

ENDE

Francis Durbridge
DAS GESICHT DER CAROL WEST

Kriminalroman
aus dem Englischen übersetzt von
Dr. Georg Pagitz

Die handelnden Personen:

Max Christian	Superintendent bei Scotland Yard
Sergeant Tom Hale	Max Christians' Assistent
Mary Fredericks	ehemalige Schauspielerin
Robin Lane	Lehrer in der St.-Julian's-Schule
Eddie Porter	Besitzer des *The High Dive*
Victor Johnson	Geschäftsführer des *The High Dive*
Denny Winters	kleiner Ganove
Eve Beckson	junge Frau mit Baskenmütze
George Hodges	Liederwagenfahrer
Dr. Hefton	Arzt, plastischer Chirurg
Jonathan Corbett	Direktor der St.-Julian's-Schule
Mr. Cummings	Ladenbesitzer in Soho
Dr. Fitzgerald	Arzt im Krankenhaus
Inspektor Wayne	Kriminalbeamter in Belhampton
Sergeant Raine	Kriminalbeamter in Belhampton
Sergeant Ingram	Kriminalbeamter in Belhampton
Insp. Ralph Stoner	Kriminalbeamter in Birmingham

Der Roman spielt in London und Belhampton im Jahr 1959.

1

Die Flutlichter, die das leuchtend blaue Wasser des Swimmingpools vor der Raststätte *The High Dive* beleuchteten, wurden selten vor Mitternacht ausgeschaltet. Oft war es zwei Uhr morgens, ehe das letzte Auto in Richtung London davonrauschte.

Die Leitung des *High Dive* lag in den kompetenten und gut gepflegten Händen von Victor Johnson. Er war knapp einen Meter achtzig groß, hatte einen fein gestutzten Schnurrbart und eine ganzjährige Bräune, die eher nach Las Vegas als nach London zu passen schien. Er hatte die Art von Figur, an der Schneider gerne Kleider probieren – und eine Schwäche für ausgefallene Westen und extravagante Halsbänder.

Jeden Morgen vor dem Frühstück, egal wie spät er am Abend zuvor ins Bett gekommen war, nahm er ein kurzes Bad im Swimmingpool. Jetzt, im fahlen Sonnenlicht eines Junimorgens, sah der mit einer kastanienbraun gestreiften Badehose exotisch gekleidete Johnson jünger aus als seine achtunddreißig Jahre.

Er balancierte auf dem Sprungbrett. Ein paar Sekunden lang schaute er sich um, als ob er Publikum suchte, dann tauchte er mit einem perfekt ausgeführten Sprung ins Wasser.

Wie immer schloss er eine Wette mit sich selbst ab, dass er die andere Seite des Beckens erreichen würde, ohne aufzutauchen. Er hatte etwa zwei Drittel des Weges zurückgelegt, als seine linke Hand auf etwas Festes stieß, das sich eiskalt anfühlte. Kurz erschrak er, dann tauchte er schnell wieder ab. Diesmal verrieten ihm seine Augen und Hände, dass es sich bei dem Objekt auf dem Boden des Beckens um die Leiche einer Frau handelte.

Johnson zog die Leiche an den Beckenrand. Das Gesicht war das einer Frau in den späten Zwanzigern. Sie hatte mehrere schwere Abschürfungen um die Augen und an der Stirn. Ihre Kleidung schien teuer zu sein – schwarzes Cocktailkleid, hauchdünne Nylons, schwarze Satinsandalen. Johnson nahm das Gesicht des Mädchens genauer unter die Lupe und sah, dass Mund und Unterkiefer mit wasserfestem Klebeband fest verklebt waren.

Victor Johnson störte sich von Anfang an am Tonfall von Sergeant Raine. Die Fragen des Kriminalbeamten ließen unangenehm durchschimmern, dass das *High Dive* in Wirklichkeit eine niedrige Spelunke war, die jede Art von Verbrechen beherbergen konnte.

»Sie sind sich also ganz sicher, dass Sie dieses Mädchen noch nie gesehen haben?«, fragte Raine hartnäckig. Es war das vierte Mal, dass er diese Frage stellte.

Johnson schüttelte ungeduldig den Kopf.

»Dieser Pool ist nur zwanzig Meter von der Hauptstraße entfernt«, schnauzte er. »Jemand könnte die Leiche dort in den frühen Morgenstunden entsorgt haben und niemand hätte etwas bemerkt.«

»Das kann schon sein, Sir«, erwiderte Raine sanft. »Andererseits könnten aber auch einige Ihrer Kunden nach einem übermäßigen Alkoholkonsum herumgealbert haben.«

»Das weise ich zurück«, erwiderte Johnson säuerlich. »Wenn sie aus Versehen in den Pool gefallen wäre, hätte sicher jemand Alarm geschlagen. Außerdem, wie erklären Sie sich das Klebeband in ihrem Gesicht?«

»Dafür habe ich keine Erklärung«, sagte Raine kurz.

Ein uniformierter Wachtmeister kam ins Büro und legte eine dunkelblaue Handtasche auf Johnsons Schreibtisch, an dem jetzt Raine saß.

»Wir haben das hier im Pool gefunden«, sagte der Beamte. »Sie ist aus einer Art Plastik – praktisch wasserdicht.«

Raine öffnete die Tasche und legte den Inhalt auf den Schreibtisch. Darin befanden sich zwei Lippenstifte, eine schwere goldene Puderdose, eine Nagelfeile, eine Brieftasche mit vier Fünf-Pfund-Noten und ein in Leder gebundenes Notizbuch. Raine öffnete es und las den Namen und die Adresse des Besitzers: »CAROL WEST, 8 DORCHESTER CLOSE, ST. JOHN'S WOOD, N.W.8.«

Er zeigte Johnson den Namen und die Adresse. »Sagt Ihnen das etwas?«, fragte er.

Johnson zuckte mit den Schultern und schüttelte den Kopf.

Raine hatte das Gefühl, dass Johnson ihm noch lange nicht alles gesagt hatte, aber er wusste auch, dass er im Moment wahrscheinlich nicht mehr sagen würde und sah sich den Pool ein letztes Mal an. Er steckte die Handtasche und ihren Inhalt in die große Tasche seines Regenmantels.

»Sieht nach Mord aus, Sergeant«, sagte der Constable, als sie neben dem Pool standen.

Raine schniefte. »Wir müssen natürlich den Bericht des Arztes abwarten, aber es scheint nicht viel Zweifel daran zu geben«, sagte er. »Das Mädchen wurde entweder in den Pool geworfen, als sie bewusstlos war, oder sie wurde gewaltsam ertränkt.«

Superintendent Max Christian las die Akte von Carol West sorgfältig durch und kam zu den gleichen Schlussfolgerungen wie Raine. Seine Meinung wurde durch den Bericht des Arztes noch bestärkt. Er schloss die Akte und hob die Handtasche auf, die neben der Kleidung des toten Mädchens der einzige greifbare Beweis war.

Christian hatte seine jetzige Position auf die harte Tour erreicht, aber in einer vergleichsweise kurzen Zeit. Drei Jahre auf Streife in Coventry und zwei Jahre bei der Polizei von Birmingham, dann die Beförderung zum Kriminalsergeant bei Scotland Yard und zwei Jahre Erfahrung bei der Betrugsabteilung, gefolgt von vier Jahren als Kriminalinspektor. Seine Gründlichkeit war bei Scotland Yard bekannt.

Nachdem er die Schönheitsmittel von Carol West genau unter die Lupe genommen hatte, begann er mit einer gründlichen Untersuchung des Notizbuchs des toten Mädchens. Soweit Christian feststellen konnte, beschränkte es sich auf Aufzeichnungen über Termine bei Kleidergeschäften und Friseuren. Gegen Ende kam er zu einer Seite, auf der Telefonnummern vermerkt waren. Es gab nur eine einzige Nummer, die mit Bleistift schräg über zwei Spalten gekritzelt war. Christian starrte das Tagebuch erstaunt an, dann ließ er es plötzlich vor sich auf den Schreibtisch fallen. Er erhob sich halb aus seinem Stuhl, überlegte es sich dann anders und setzte sich wieder hin.

Mehrere Minuten lang starrte er mit einem immer tiefer werdenden Stirnrunzeln auf das Tagebuch des toten Mädchens. Er war verwirrt und er hatte auch allen Grund

170

dazu. Im Notizbuch von Carol West stand seine eigene Telefonnummer.

Obwohl Superintendent Christian schon seit vielen Jahren Leichenhallen besuchte, hatte er seine Abneigung dagegen nie überwinden können. Bei solchen Gelegenheiten war sein Auftreten deutlich schroffer als sonst und er blieb nie eine Minute länger als nötig.

In dem kahlen Raum, in dem Christian sich jetzt befand, waren drei Leichen. Er schickte den Wärter mit einem Nicken hinaus, nachdem dieser auf die von Christian gesuchte Leiche gedeutet hatte. Dann ging er hinüber und zog das Laken zurück, das Carol West bedeckte. Er betrachtete sie eine ganze Minute lang. Weil er mit dem schwachen Licht der entfernten Glühbirne unzufrieden war, holte er die Taschenlampe, die er immer bei sich trug, heraus und richtete ihren konzentrierten Strahl auf die leblosen Züge.

Dieses Mal beeilte er sich nicht, aus der Leichenhalle zu kommen. Er deckte den Kopf des Mädchens zu und stellte sich dann gedankenversunken neben die Leiche. Die Falte zwischen seinen Brauen vertiefte sich zu einer Furche. Christian hatte ein phänomenales Gedächtnis für Gesichter, und er zermarterte sich das Hirn, um sich erinnern zu können, wo er dieses Mädchen schon einmal gesehen hatte. Er schüttelte irritiert den Kopf, während er im Geiste eine Bildergalerie von Frauen durchlief: Kriminelle, Gesellschaftsdamen, Prostituierte, Schauspielerinnen, Show- und Partygirls, Bekannte. Aber das Gesicht von Carol West blieb nur eine vage und ungreifbare Erinnerung.

Ungehalten über sein so selten schlechtes Gedächtnis,

verließ Christian die Leichenhalle. Er wies den Fahrer des wartenden Polizeiautos an, ihn nach Dorchester Close in St. John's Wood zu bringen. Fünfzehn Minuten später klingelte er an Hausnummer acht.

Die Frau, die ihm die Tür öffnete, war um die fünfundvierzig, mollig und attraktiv. Ihr blondes Haar verdankte sein Aussehen offensichtlich einer geschickten Blondierung. Sie trug einen seidenen, geblümten Hausmantel. Christian fühlte eine Welle der inneren Erleichterung, als er sich daran erinnerte, wo er sie schon einmal gesehen hatte.

»Sind Sie nicht Mary Aylestone?«, fragte er, nachdem er sich vorgestellt hatte.

Die Frau schaute überrascht, aber nicht unzufrieden.

»Das ist richtig«, sagte sie.

»Das dachte ich mir. Ich habe Sie in einer Aufführung von *Ghosts* gesehen.«

Sie lächelte. »Das ist durchaus möglich. Ich habe vor etwa fünf Jahren darin gespielt«, sagte sie.

»Stehen Sie immer noch auf der Bühne?«

Sie strich sich eine verirrte Haarsträhne zurecht. »Nein, ich habe damit aufgehört, als ich geheiratet habe. Ich bin jetzt Mrs. Fredericks«, erklärte sie. »Mein Mann ist vor drei Jahren gestorben.«

»Was können Sie mir über Carol West sagen?«, fragte Christian.

»Ich habe schon dem anderen Beamten, der heute Morgen vorbeigekommen ist, gesagt, dass ich sehr wenig über sie weiß«, antwortete sie. »Sie kam vor etwa drei Monaten, als ich eine Untermieterin gesucht hatte. Ich hatte zuvor das Zimmer noch nie vermietet, aber da es leer stand, dachte ich, ich könnte es genauso gut zu

Geld machen.«

»Ich verstehe«, sagte Christian. »Carol West hatte wohl einen Arbeitsplatz, nehme ich an?«

»Oh, ja. Sie war Sekretärin in der Stadt in der Cannon Street bei der *Apex*-Versicherungsgesellschaft. Wissen Sie, sie war ein eher ruhiges Mädchen, war sehr zurückgezogen. Ich hatte gehofft, sie könnte mir Gesellschaft leisten, aber sie schloss sich stundenlang in ihrem Zimmer ein.«

»Haben Sie sich denn nicht gefragt, ob etwas mit ihr passiert ist, als sie nicht mehr nach Hause zurückkam?«

»Nein«, sagte Mary Fredericks. »Sie sagte, dass sie oft für zwei oder drei Tage am Stück geschäftlich verreisen müsse. Sie sagte, sie würde mich vom Büro aus anrufen, ehe sie zurückkäme.«

»Kann ich mir denn ihr Zimmer ansehen?«, fragte Christian.

Mary Fredericks führte ihn die Treppe hinauf zu einem Zimmer am Ende eines kurzen Ganges. Das Zimmer wirkte seltsam unpersönlich, wie ein Hotelzimmer, das selten benutzt wird. Auf einem Tisch in der Mitte des Zimmers lag ein kleiner Stapel Bücher, aber es gab keine Anzeichen für persönliche Besitztümer, außer einem Foto neben dem Sofa.

Christian warf einen Blick auf das Foto, das eine Gruppe von vier Mädchen zeigte, die vor einem Chalet in der Schweiz standen. Sie machten einen fröhlichen und unbekümmerten Eindruck. Christian bemerkte, dass Carol West nicht drauf war.

»Darf ich das Telefon benutzen?«, fragte er.

Mary Fredericks nickte und sie hörte gespannt zu, als Superintendent Christian mit dem Personalchef der

Apex-Versicherungsgesellschaft sprach.

Der Mann erklärte ihm, dass es keine Frau mit dem Namen Carol West gab, die für sein Unternehmen arbeitete und dass keine seiner Mitarbeiterinnen vermisst wurde.

Christian ging zurück zu Scotland Yard und arbeitete bis etwa halb acht an dem Fall. Dann beschloss er, für diesen Tag Schluss zu machen und in seine Wohnung zurückzukehren, um ein Bad zu nehmen und zu essen. Er bewohnte das oberste Stockwerk eines Hauses in einer Sackgasse in Kensington. Die Wohnung war gemütlich und geschmackvoll eingerichtet. An Tagen wie diesem jedoch beneidete er seine Kollegen, die verheiratet waren und nach einem anstrengenden Arbeitstag mit einem Getränk erwartet wurden und in der Küche eine warme Mahlzeit vorfanden.

Christian seufzte leise und griff nach seinem Schlüsselbund. Als er den Schlüssel ins Schloss steckte, hörte er das Telefon klingeln. Er ging hinein, hob den Hörer ab und antwortete mit seiner Nummer.

»Würden Sie mir bitte sagen, wer da spricht, Sir?«, fragte eine Männerstimme am anderen Ende.

»Mein Name ist Christian – Max Christian.«

»Und ist das Ihre Privatnummer?«, fragte der Anrufer.

»Ja, natürlich«, sagte Christian. »Stimmt etwas nicht?«

»Könnten Sie mir ein paar mehr Informationen über sich geben, Sir?«

»Sagen Sie mir doch zuerst, wer Sie sind«, entgegnete Christian schroff.

»Ja, natürlich, Sir. Ich bin Sergeant Ingram, Kriminalpolizei Belhampton.«

»Was zum Teufel... Nun, ich bin Max Christian und ich bin Superintendent bei Scotland Yard.« Christians Stimme klang gereizt. »Nun, vielleicht erklären Sie mir noch etwas genauer, Sergeant, worum es geht.«

Der Mann am anderen Ende der Leitung zögerte. »Ich denke, es wäre besser, wenn Sie hierher kämen, Sir«, sagte er. »Mit dem Auto ist es nur etwa eine halbe Stunde.«

»Ist es wirklich so dringend?«, fragte Christian. »Ich hatte einen höllischen Tag und bin müde.«

»Ich denke, Sie sollten kommen – in Ihrem eigenen Interesse, Sir«, sagte der Sergeant vorsichtig.

»In Ordnung, ich komme sofort rüber.«

Christian legte auf und ging zu dem Schrank in der Ecke. Er holte eine Flasche Whisky heraus, nahm einen Siphon und schenkte sich einen kräftigen Schluck ein.

Auf dem Polizeirevier von Belhampton wurde Christian in das Büro von Kriminalinspektor Wayne geführt. An einem anderen Schreibtisch in der Ecke saß Ingram, der junge Sergeant, der ihn angerufen hatte.

»Ich hoffe, wir haben Sie nicht vergeblich hierher bemüht, Sir«, sagte Wayne, »aber ich denke, Sie werden mir zustimmen, dass diese Sache ziemlich seltsam ist. Erzählen Sie ihm davon, Ingram.«

Der Sergeant beschrieb, wie er am späten Nachmittag nach *St. Julian's* gerufen worden war – zu einer Jungenschule am Rande von Belhampton. Robin Lane, einer der Lehrer, war bewusstlos in einem mit Gas gefüllten Raum aufgefunden worden. Ohne das schnelle Handeln der Haushälterin, die das Gas gerochen hatte, wäre Lane zweifellos gestorben.

»Gibt es Zweifel daran, dass es sich nicht um versuchten Selbstmord handelt?«, fragte Christian.

Ingram schüttelte den Kopf. »Soweit wir wissen, nicht, Sir. Aber das hier stand auf dem Kaminsims in Lanes Arbeitszimmer.«

Er reichte ihm einen kleinen Notizblock. Auf der obersten Seite befanden sich mehrere Kritzeleien, die alle auf einen kleinen Kreis hinzuweisen schienen. In der Mitte des Kreises war eine Kensingtoner Telefonnummer geschrieben.

»Von da haben Sie also meine Nummer«, sagte Christian nachdenklich. »Sie hätten sich auch zuerst bei der Telefonauskunft informieren können.«

»Ich dachte, die Nummer einfach zu wählen, ginge schneller«, sagte Ingram entschuldigend.

»Hat ja auch nicht geschadet«, sagte Christian und richtete seinen Blick auf einen Beamten in Zivil, der gerade das Büro betrat.

»Ah, Roberts«, sagte Inspektor Wayne, »haben Sie noch etwas über Lane herausgefunden?«

Der Mann in Zivil nickte und sah dann zu Christian hinüber.

»Es ist alles in Ordnung«, sagte Wayne. »Dieser Herr ist vom Yard.«

Roberts holte einen Zettel aus seiner Innentasche und sagte: »Ungefähr eine Stunde bevor Lane versucht hat, sich selbst zu vergasen, ist er zum örtlichen Postamt gegangen und hat dieses Telegramm abgeschickt.«

Wayne las die Kopie des Telegramms und hob langsam die Augenbrauen. Sein Gesicht war ausdruckslos, als er es an Christian weiterreichte. In dem Telegramm stand: »BECKSON, QUEEN'S HOTEL, BIRMINGHAM. BIN BESORGT ÜBER CHRISTIAN – STOPP. ER WIRD SICH AN IHR GESICHT ERINNERN.«

Inspektor Wayne von der Polizei in Belhampton beobachtete Superintendent Christian, als er den Zettel mit dem Telegramm von Robin Lane las. Es sah so aus, als ob mehr dahinter steckte als ein einfacher Fall von versuchtem Selbstmord.

»Kannten Sie diesen Lane?«, fragte der Inspektor, als Christian ihm das Telegramm zurückgab.

Christian schüttelte den Kopf.

»Ich kenne niemanden dieses Namens.«

Er bemerkte, dass die drei anderen Männer im Raum – Wayne, Sergeant Ingram und ein Beamter in Zivil – ihn mit einer von Misstrauen geprägten Neugierde beäugten.

Wayne nickte dem Zivilfahnder zu, dass er sich entfernen konnte, dann wandte er sich wieder an Christian.

»Ich fürchte, wir können Ihnen über ihn nicht viel berichten«, sagte er. »Es scheint, dass dieser Lane erst seit etwa sechs Wochen an der Schule ist. Es ist aber natürlich gut möglich, dass Sie ihn unter einem anderen Namen kennen.«

Christian nickte.

»Durchaus möglich.«

»Vielleicht bringt es uns weiter, wenn Sie uns etwas über die Frau erzählen könnten, auf deren Gesicht er sich in dem Telegramm bezieht«, schlug Sergeant Ingram vor.

Christian antwortete einen Moment lang nicht, dann

sagte er bedächtig: »Ich kann es nicht mit Sicherheit sagen, Ingram, aber wahrscheinlich meint er das Gesicht einer toten Frau namens Carol West. Ich untersuche den Mord an ihr.«

»Sie meinen die junge Frau, die im Pool gefunden wurde?«

»Ja, genau die.«

»Und erinnert sie ihr Gesicht an jemanden? «, fragte Ingram eifrig.

»Ich habe sie schon einmal irgendwo gesehen«, antwortete Christian, »aber ich kann sie nicht einordnen.«

»Vielleicht brächte es etwas, wenn Sie ins Krankenhaus gingen, um mit diesem Lane zu sprechen«, schlug Inspektor Wayne vor.

»Genau daran habe ich auch gedacht«, sagte Christian, aber als er sich zur Tür wandte, kündigte man den Besuch des Direktors von *St. Julian's* – der Schule, in der Lane arbeitete – an.

Der Schulleiter, Jonathan Corbett, war ein etwas unscheinbar aussehender Mann in den späten Fünfzigern.

»Ich hoffe, das dies alles keine schlechte Werbung für uns abgibt«, sagte er nervös, als er eintrat. »Wissen Sie, die Eltern sind sehr besorgt. Ich bin sicher, Sie verstehen das.«

»Natürlich«, sagte Christian.

»Das ist alles sehr beunruhigend«, fuhr der Direktor fort. »Als ich ihn einstellte, hatte ich ja keine Ahnung, dass der junge Mann in Schwierigkeiten steckte.«

»Er hat Ihnen gegenüber nie etwas erwähnt?«

Corbett schüttelte den Kopf.

»Aber nein.«

»Wissen Sie etwas über seine Vergangenheit?«

»Sehr wenig, fürchte ich. Personal ist heutzutage nicht leicht zu bekommen, und er hat seine Ausbildung mit ausgezeichneten Noten abgeschlossen – für einen Lehrer an einer Schule unserer Art ist das sehr selten.«

Christian nickte.

»Ich nehme an, er wohnte auch dort?«

»Oh, ja – wir haben ihn in seiner eigenen Wohnung gefunden. Die Jungs spielten draußen, aber zum Glück hat die Haushälterin das Gas gerochen. Wenn sie nur nicht die Polizei gerufen hätte...«

Etwas verwirrt brach er den Satz ab.

»Hatte Lane jemals Besuch?«

Der Schulleiter runzelte die Stirn und versuchte, sich zu erinnern.

»Nicht, dass ich wüsste«, sagte er. »Er schien sehr zurückgezogen zu leben.«

»Überhaupt keine Freundinnen?«

Corbett schüttelte den Kopf. »Nein, aber letzte Woche war jemand bei ihm – ein ziemlich extravaganter Mann. Ich sagte ihm, dass Lane die Jungs zum Sportplatz begleiten müsse, aber zu meiner Überraschung sagte Lane, dass der Mann in einer dringenden Familienangelegenheit gekommen sei und bat gleichzeitig darum, ihn von seiner Pflicht zu entbinden. Daraufhin begleitete ich die Jungs selbst zum Sportplatz. Als ich zurückkam, sprach Lane immer noch mit dem Mann.«

»Um wie viel Uhr ist der Mann gegangen?«

»Gegen fünf.«

»Und Lane hat nicht gesagt, was er von ihm wollte?«

»Nein. Aber ich kenne ihn auch nicht gut genug, um über Familienangelegenheiten mit ihm zu sprechen.«

»Können Sie diesen Mann beschreiben?«, fragte

Christian.

Corbett dachte einen Moment nach und sagte dann: »Ich würde sagen, er war Mitte dreißig und ziemlich auffällig gekleidet: karierter Mantel, gelbe Weste. Er trug das, was meine Generation einen Ronald-Colman-Schnurrbart nannte.«

»Nun, ich denke, das ist im Moment alles, Sir«, sagte Christian. »Sie können sich darauf verlassen, dass ich dafür sorge, dass man um die Sache so wenig wie möglich Aufhebens macht.«

Von seinem Krankenhausbett aus beäugte Robin Lane Christian mit unverhohlener Feindseligkeit. Er war etwa vierundzwanzig – ein blasser, hohläugiger junger Mann mit zerzaustem schwarzen Haar, einem fliehenden Kinn und einem etwas unmännlichen Mund.

Christians sofortige Vermutung, dass er ein schwieriges Unterfangen vor sich hatte, stellte sich als richtig heraus. Lane war schon bei der ersten Frage mürrisch und unfreundlich.

»Die ganze Sache war ein Unfall«, schnauzte er bockig. »Bitte machen wir so wenig wie möglich Theater darum.«

»Wenn es wirklich ein Unfall war«, erwiderte Christian sanft, »können Sie mir dann erklären, warum Ihre Vorhänge am helllichten Tag zugezogen, die Fenster fest verschlossen und ein Teppich in den Türspalt gestopft waren?«

»Ich sagte doch, es war ein Unfall«, wiederholte Lane. »Würden Sie mich jetzt bitte in Ruhe lassen?«

Christian rückte ein wenig näher an das Bett heran und sagte: »Sehen Sie mich mal an, Mr. Lane. Sind Sie sich ganz sicher, dass wir uns nicht schon einmal begegnet sind?«

»Gehen Sie doch einfach!«, sagte Lane heftig.

»Ich kann mich nicht erinnern, Sie schon einmal gesehen zu haben«, fuhr Christian unbeirrt fort, »aber meine Telefonnummer steht auf Ihrem Notizblock. Wie erklären Sie sich das?«

»Ich kann es mir nicht erklären«, sagte Lane mürrisch. »Das muss ein Irrtum sein.«

»Ich nehme an, Ihr Telegramm nach Birmingham war ebenfalls ein Irrtum?«

»Ich habe seit Monaten an niemanden mehr ein Telegramm geschickt.«

»Und Sie haben auch noch nie von einem Mädchen namens Carol West gehört?«

Lane richtete sich ein wenig von seinem Kissen auf und warf Christian einen besonders giftigen Blick zu. »Gehen Sie jetzt endlich oder muss ich nach der Krankenschwester klingeln.«

Christian griff nach seinem Hut. »Ich gehe«, sagte er, »aber wir sehen uns wieder, Mr. Lane.«

Auf dem Rückweg vom Krankenhaus fuhr Christian zum Polizeirevier und sprach mit Inspektor Wayne.

»Schon etwas herausgefunden?«, fragte Wayne.

»Nichts Konkretes«, antwortete Christian, »aber ich bin mir ziemlich sicher, dass mehr dahintersteckt, als man auf den ersten Blick sieht.« Er hielt einen Moment lang inne, unschlüssig darüber, wie viel er Wayne erzählen sollte. Dann fasste er einen Entschluss. »Ich wäre Ihnen für Ihre Mitarbeit dankbar, Inspektor«, fuhr er fort. »Ich bin davon überzeugt, dass Robin Lane etwas verbirgt, und ich möchte, dass Sie vor Ort sehen, was Sie über ihn erfahren können. Finden Sie heraus, ob er sich mit irgendjemandem in Cafés oder Kneipen getroffen hat, und lassen Sie mich wissen, ob er Besucher im Krankenhaus hat.«

Wayne nickte. »Ich komme morgen nach London und werde im Yard vorbeischauen, um Ihnen zu berichten, was ich herausgefunden habe.«

Christian verabschiedete sich von Wayne, ging durch das Vorzimmer und blieb bei der Vermittlung stehen.

»Könnten Sie rasch eine Verbindung nach Birmingham herstellen?«, fragte er den diensthabenden Beamten.

»Um diese Zeit sollte es kein Problem sein, Sir«, antwortete der Mann. »Welche Nummer wünschen Sie?«

Christian fummelte nach dem kleinen schwarzen Notizbuch, das er immer bei sich trug, und bat den Wachtmeister, ihn zu der Privatadresse von Ralph Stoner durchzustellen. Stoner war Inspektor bei der Kriminalpolizei in Birmingham und ein alter Freund von Christian.

In weniger als einer Minute war er mit Stoner verbunden.

»Ich habe einen kleinen Auftrag für dich, Ralph«, sagte er. »Überprüfe bitte jemanden namens Beckson im *Queen's Hotel* – ich will alles über die Person wissen. Hast du das verstanden?«

»Wird sofort erledigt«, sagte Stoner. »Ich rufe dich heute Abend in deiner Wohnung an.«

Auf dem Rückweg nach London wurde Christian plötzlich bewusst, dass er seit Mittag nichts mehr gegessen hatte. Ein Wegweiser verriet ihm, dass er nur noch eine Meile von *The High Dive* entfernt war, der Raststätte, in der Carol Wests Leiche gefunden worden war.

Die hellerleuchtete Raststätte wirkte freundlich und

einladend. Christian saß einige Minuten lang in seinem Wagen und beobachtete die Umgebung. Unwillkürlich versuchte er, den Tod von Carol West zu rekonstruieren. Dieses Mädchen war ertrunken aufgefunden worden, Mund und Kiefer fest verklebt, in der Hand eine Handtasche mit einem Notizbuch, in dem seine Telefonnummer stand. Christian fragte sich, was Carol West über ihn gewusst hatte. Zum hundertsten Mal zermarterte er sich das Hirn darüber, wo er das Gesicht des Mädchens schon einmal gesehen hatte.

Er wollte gerade seine Autotür öffnen, als ein Mann und eine Frau aus der Hintertür des *High Dive* kamen und den Parkplatz überquerten. Den Mann mittleren Alters erkannte er nicht, aber die auffällig gekleidete Frau war zweifellos Mary Fredericks, die Vermieterin von Carol West. Als sie in einem großen amerikanischen Auto weggefahren waren, ging Christian auf das Restaurant zu. Er fragte sich, ob Mary Fredericks nur eine zufällige Stammkundin oder eine enge Freundin des Raststättenmanagers Victor Johnson war.

Christian fand einen freien Tisch in einer Ecke des überfüllten Restaurants und studierte die Speisekarte. Nachdem er sein Essen bestellt hatte, fragte er den Kellner, ob er den Manager sprechen könne. Schon kurz danach kam Johnson zu Christians Tisch. Auf dem Weg nickte er verschiedenen Gästen freundlich zu.

Johnson war höflich und charmant. Sein Smoking stand ihm wie eine makellose Uniform. Er sagte: »Guten Abend, Sir. Was kann ich für Sie tun?« Seine Stimme war, wie alles an ihm, sanft.

Christian bemerkte, wie Johnsons Sänfte leicht nachließ, als er sich vorstellte und den Manager bat, den freien Stuhl zu nehmen. Johnson fingerte etwas unruhig an seinem Schnurrbart herum, als er mit leiser Stimme sagte: »Ich nehme an, es geht um das Mädchen, das ermordet wurde.«

»Indirekt vielleicht«, sagte Christian zwanglos. »Vor allem möchte ich aber von Ihnen wissen, ob sie jemals einem Lehrer namens Robin Lane begegnet sind?«

Christian bemerkte, dass Johnson ihm nicht in die Augen sah.

»Ich lerne täglich eine Menge Leute kennen«, antwortete er ausweichend. »Vielleicht kenne ich ihn vom Sehen.«

»Aber nicht dem Namen nach?«

»Nicht, dass ich wüsste.«

Christian nippte an seinem Getränk. »Ich habe gerade ein Pärchen mittleren Alters von hier weggehen sehen«, bemerkte er. »Bei der Dame handelte es sich um eine Mrs. Fredericks. Kommt sie regelmäßig hierher?«

Johnson schüttelte den Kopf. »Nein«, sagte er kurz. »Ich bin mir nicht einmal sicher, ob ich sie kenne.«

»Sie hat früher auf der Bühne gestanden – als Mary Aylestone.«

Johnson legte die Stirn in Falten. »Vielleicht habe ich sie einmal in einem Film gesehen«, sagte er, »aber ich bin mir ziemlich sicher, dass sie nicht sehr oft hierher kommt. Ich nehme an, sie ist nur zum Abendessen hergekommen.« Er lächelte plötzlich und ließ seine weißen Zähne aufblitzen. »Vielleicht ist sie auch nur eine jener Frauen, die ein krankhaftes Interesse an Mordgeschichten haben. Wissen Sie, davon hatten wir schon einige hier.«

»Es würde mich nicht wundern, wenn sie sich für den Mord interessierte«, sagte Christian bedächtig, »schließlich war sie die Vermieterin des toten Mädchens.«

Johnson hob die Augenbrauen. »Tatsächlich?«, sagte er. »Nun, ähm, ich denke, das erklärt es dann wohl.« Er erhob sich von seinem Stuhl. »Und wenn Sie jetzt keine Fragen mehr haben, würden Sie mich dann bitte entschuldigen?«

»Es gibt noch eine ganze Menge Fragen«, sagte Christian freundlich, »aber die behalten wir uns für das nächste Mal auf.«

Dann wandte er seine Aufmerksamkeit dem großen Steak zu, das gerade serviert worden war.

Es war kurz vor Mitternacht, als Christian sein Auto in die Garage am Ende der Kensington Mews fuhr, wo er wohnte. Der Mond war nicht zu sehen und die Straße war nur schwach beleuchtet.

Als er aus der Garage kam, duckte sich Christian instinktiv, so dass der Schlagstock seitlich an seinem Kopf vorbeihuschte und er den Schlag auf seine linke Schulter bekam. Er schlug mit der rechten Faust zu. Der ruckartige Widerstand in seinem rechten Arm verriet ihm, dass er den Angreifer zwischen den Augen getroffen hatte.

Christians Erfahrungen als junger Polizist bei Straßenunruhen in Birmingham hatten ihn gelehrt, dass die Queensberry-Regeln bei solchen Kämpfen kaum eine Rolle spielten, und dass man bei ihrer Einhaltung riskiert, dauerhaft verletzt zu werden. Deshalb verteidigte er sich, indem er sein rechtes Knie hob, aber nicht bevor der andere Mann ihm einen bösen Aufwärtshaken auf den Mund verpasst hatte.

Christian hörte den Mann keuchen, als er sich in der Dunkelheit auf ihn stürzte und die Hand, die den Schlagstock hielt, verdrehte. Der Mann fluchte und trat mit dem rechten Fuß zu, als der Stock auf das Pflaster fiel. Christian konterte mit einem Rugby-Tackle und die beiden Männer wälzten sich auf dem Boden hin und her. Der Mann gewann schließlich die Oberhand und schlug Christian mit der Faust in den Mund. Christian kämpfte sich in eine sitzende Position hoch, zerrte den Mann auf die Beine und schlug mit der rechten Faust zu. Der Mann krümmte sich, aber als Christian seine Faust wieder zurückzog, rammte er seinen rechten Fuß in die Leiste des Superintendents. Als Christian nach hinten fiel, hörte er, wie der Mann die menschenleere Straße hinunterlief.

Christian taumelte wackelig die Treppe zu seiner Wohnung hinauf. Mit einer Hand hielt er sich den Bauch, mit der anderen tastete er nach seinem Schlüsselbund. In seinem Kopf dröhnte es, in seinem rechten Bein tat es höllisch weh und immer wieder überkam ihn eine Welle der Übelkeit.

Er taumelte ins Wohnzimmer, schaltete das Licht an und stolperte in das kleine Badezimmer. Er betrachtete sich im Spiegel über dem Waschbecken und stellte mit Mühe fest, dass eine Gesichtshälfte voller Schnittwunden war und sich in der Nähe des rechten Ohrs ein blauer Fleck zu bilden begann.

Er tupfte sich gerade die Hand mit Jod ab, als das Telefon klingelte. »Bist du das, Max?«, kam die vertraute Stimme von Ralph Stoner. »Ich habe mich im *Queen's Hotel* nach Beckson erkundigt.«

»Und?«, sagte Christian, dem das Sprechen etwas schwer fiel.

»Sie hat gestern Abend ausgecheckt.«

»Sie?«

»Ja, genau. Eine Frau mittleren Alters, blond, wahrscheinlich gefärbt. Mollig, etwas überdurchschnittlich groß, ziemlich attraktiv, ziemlich auffällig in lila gekleidet.«

»Danke«, sagte Christian kurz und bündig.

Stoner klang ein wenig seltsam, als er auflegte, aber der Superintendent entschloss sich, ihm nichts von dem eben Vorgefallenen zu berichten. Er dachte an das lilafarbene Kleid, das Mrs. Fredericks an diesem Abend getragen hatte und an Stoners Beschreibung, die genau auf Mrs. Fredericks passte.

Er rieb immer noch an seinem Kiefer, als er ins Badezimmer zurückging. In diesem Moment bemerkte er die Zeichnung und blieb wie erstarrt stehen. Jemand hatte ein Gesicht an die Wand des Badezimmers gekritzelt. Es war auf primitive Art mit einem Kugelschreiber gezeichnet worden, aber Christian erkannte es sofort.

Es war das Gesicht der Carol West.

3

Christian starrte volle zwei Minuten lang gedankenversunken auf die Zeichnung. Dann schaute er sich kurz
in seinem Wohn- und Schlafzimmer um. Er öffnete ein
paar Schubladen, aber soweit er sehen konnte, war nichts
angerührt worden.

Seine Haustür schien unberührt, woraus Christian
schloss, dass der Eindringling entweder ein geschickter
Schlossknacker sein musste oder irgendwie in den Besitz
eines Schlüssels gelangt war. Dann ging er zur Rückseite
seiner Wohnung und fand die Hintertür unverschlossen
vor. Da erinnerte er sich plötzlich, dass er sie an jenem
Tag zu früherer Stunde selbst unverschlossen gelassen
hatte.

Er zuckte zusammen, als er spürte, wie sich einige
seiner Hämatome verfestigten. Er dachte an den Angriff
auf ihn am frühen Abend. Plötzlich erschien ihm die
Aussicht auf ein heißes Bad unendlich erstrebenswert.
Als er an den Wasserhähnen drehte, bemerkte er die
wunden Knöchel an seiner rechten Hand. Er musste seinem Angreifer einen sehr bösen Schlag auf die Wange
versetzt haben, wahrscheinlich irgendwo um das Auge
herum.

Christian lag voll ausgestreckt in dem fast unerträg-
lich heißen Wasser und betrachtete durch die Dampf-
wolken hindurch die Zeichnung von Carol West an der
Wand. Er fragte sich zum hundertsten Mal, wo er sie
schon einmal gesehen hatte? Wie die Bilder eines Films,

die durch einen Projektor laufen, ging er die seltsame Verkettung von Ereignissen durch, die seit der Entdeckung von Carol Wests Leiche im Swimmingpool der Raststätte *The High Dive* eingetreten waren. Es gab, so dachte er kläglich, viel zu viele unbeantwortete Fragen.

Was versuchte Robin Lane, der junge Lehrer, zu verbergen? Wie war er in den Besitz von Christians Telefonnummer gekommen? Warum hatte er das Telegramm nach Birmingham geschickt? Und warum wohnte Mrs. Fredericks, die Vermieterin von Carol West, in einem Hotel unter dem Namen Beckson?

Christian kam zu dem Schluss, dass Mrs. Fredericks mit Sicherheit mehr über Carol West wusste, als sie der Polizei gesagt hatte. Er beschloss daher, sie gleich am nächsten Morgen aufzusuchen. Während er sich vorsichtig abtrocknete, überlegte er, ob er die Zeichnung an der Badezimmerwand entfernen sollte. Er nahm eine Flasche mit Reinigungsmittel in die Hand, überlegte es sich dann jedoch anders und stellte sie wieder in den Schrank zurück. Vielleicht würde die Zeichnung früher oder später die Glocken in seinem Kopf zum Läuten bringen, sodass er sich an das Gesicht erinnern konnte.

In der Nacht war es kalt geworden und Christian hatte am nächsten Morgen einige Schwierigkeiten, sein Auto zu starten. Er bog gerade aus den Mews, als ein Taxi vor der Einfahrt hielt. Ein auffälliges blondes Mädchen mit Nerzjacke und smaragdgrüner Baskenmütze stieg aus.

Als Christians Auto auf gleicher Höhe mit dem Taxi war, sah sie ihm plötzlich direkt ins Gesicht. Ihr Mund öffnete sich einen Spaltbreit, was wohl ein Ausdruck der Überraschung war. Nach einem flüchtigen Blick wandte er sich ab und konzentrierte sich auf den Verkehr auf der Hauptstraße. Aber irgendetwas an dem Ausdruck dieses Mädchens machte ihn nachdenklich. Kannte er sie denn? Ihm kam der beunruhigende Gedanke, dass ihn sein nahezu unfehlbares Gedächtnis für Gesichter, das ihm zu seiner schnellen Beförderung verholfen hatte, im Stich lassen könnte.

Auf dem ganzen Weg nach St. John's Wood dachte er über die Sache nach. Als er an der Haustür von Mrs. Fredericks klingelte, war er jedoch noch immer zu keiner Lösung gekommen.

Die ehemalige Schauspielerin öffnete ihm sofort. Sie wollte offenbar gerade zum Einkaufen. Nach einem kurzen Zögern bat sie ihn herein.

»Gibt es Neuigkeiten über Carol West?«, erkundigte sie sich eifrig, während sie ihm den Weg in ihr Wohnzimmer wies.

»Es gibt gewisse Entwicklungen«, antwortete Christian rätselhaft. »Ich hoffe, Sie können etwas Licht in die Sache bringen. Im Moment sind wir sehr an einem Mann namens Robin Lane interessiert. Sagt Ihnen der Name etwas?«

Sie spitzte kurz die Lippen, dann schüttelte sie entschlossen den Kopf.

»Sie sind sich auch ganz sicher, dass Sie nie ein Telegramm von ihm erhalten haben, das an eine Mrs. Beckson im *Queen's Hotel* in Birmingham adressiert war?«, bohrte Christian nach.

»Beckson? Birmingham?«

Mary Fredericks klang völlig verdutzt. »Was in aller Welt sollte ich in Birmingham tun. Und wer ist Mrs. Beckson?«

»Eine Frau, auf die Ihre Beschreibung zutrifft, hat unter diesem Namen im *Queen's Hotel* gewohnt«, sagte Christian bedächtig.

Sie lächelte. »Aber es muss Millionen von Frauen geben, auf die meine Beschreibung zutrifft. Ich bilde mir nicht ein, dass ich einzigartig bin.«

Christian zuckte mit den Schultern. »Es tut mir leid, wenn ich damit falsch liege. Aber Sie verstehen, dass wir jeder noch so vagen Spur nachgehen müssen.«

Als Christian nach seinem Hut griff und zur Tür ging, schien sie sich plötzlich viel wohler zu fühlen. Auf dem Flur fragte er: »Waren Sie jemals in der Raststätte, in der man die Leiche von Carol West fand?«

»Ja«, antwortete sie zwanglos. »Ich war sogar gestern Abend dort. Das hat mich alles brennend interessiert und da habe ich Eddie Porter angerufen.«

»Wer ist das?«

»Ihm gehört das *High Dive*. Er hat außerdem noch einige andere Lokale. Eddie ist ein alter Freund von mir – er hat ein Stück finanziell unterstützt, in dem ich vor Jahren gespielt habe. Er hat mich ins *High Dive* zum Essen eingeladen.«

»Hat er Ihnen dabei auch Victor Johnson, den Manager, vorgestellt?«

Sie schüttelte den Kopf. »Nein. Während ich auf der Toilette war, ging Eddie ins Büro, um mit Johnson etwas Geschäftliches zu besprechen.«

»Ich nehme an, Sie haben mit Porter über den Mord gesprochen?«, legte Christian nahe.

»Ja, natürlich habe ich das. Schließlich war das tote Mädchen meine Untermieterin.«

»Und – konnte er etwas über den Mord sagen?«

Plötzlich lächelte Mary Fredericks viel selbstbewusster. »Er hat sich vielmehr Gedanken darüber gemacht, wie dieser sich auf das Geschäft auswirken wird. Er war ziemlich froh darüber, dass die Tat diesbezüglich offenbar keinen Schaden angerichtet hatte.«

Christian nickte nachdenklich und öffnete die Eingangstür. »Ich nehme an, wir sehen uns wieder, Mrs. Fredericks.«

»Jederzeit«, sagte sie. Ihre Art war leicht theatralisch, sogar leicht kokett. »Ich helfe Ihnen nur zu gerne.«

Christian hatte das Gefühl, dass Mrs. Fredericks ihm noch viel mehr hätte sagen können.

Zurück im Büro fand er seinen Assistenten Sergeant Hale dabei, wie er sorgfältig die Akte über den Mord an Carol West durchsah.

»Was wissen Sie über Eddie Porter, Tom?«, fragte er.

Hale blickte überrascht hoch.

»Porter? Steckt er da mit drin?«

»Könnte sein. Ihm gehört das *High Dive*.«

»Das weiß ich, Sir, aber er war seit ein oder zwei Wochen nicht mehr in der Nähe – ich habe das überprüft.«

»Er war letzte Nacht da«, sagte Christian. »Wir haben nie etwas gegen ihn in der Hand gehabt, nicht wahr?«

»Nichts«, sagte Hale. »Wissen Sie, Eddie ist ein schräger Vogel. Er hat als Straßenhändler angefangen und ist auf die harte Tour hochgekommen. Er hat es auch zu etwas gebracht – ihm gehören Nachtclubs, ein paar Striptease-Lokale und ein halbes Dutzend Raststätten. Aber er ist zu gerissen, um auf der falschen Seite des Gesetzes erwischt zu werden. Ich habe ihn früher oft gesehen, als ich im West End auf Streife war.«

»Stellen Sie fest, wann ich mit ihm sprechen kann«, befahl Christian.

Hale nahm den Hörer ab und fragte nach einer Nummer. Zwei Minuten später legte er den Hörer auf. »Porter ist für ein paar Tage in Manchester«, sagte er. »Er zieht dort in seinem Club eine neue Show auf. Sie erwarten ihn morgen zurück.«

»Danke, Tom«, sagte Christian.

Nach zwei Stunden konzentrierter Schreibtischarbeit beschloss Christian, in ein Restaurant in der Nähe der Victoria Station zu gehen, in dem er oft zu Mittag aß. Es war ein großer, eichengetäfelter Raum mit solider Einrichtung, der selten überfüllt war. Normalerweise war ein Tisch für ihn reserviert.

Als er sich gerade hinsetzen wollte, sah er ein blondes Mädchen, das allein am Fenster saß. Auf dem Kopf trug sie eine leuchtend grüne Baskenmütze und ihre Nerzjacke war achtlos über einen Stuhl geworfen. Sie starrte Christian mit angespannter Miene an, senkte aber sofort ihren Blick, als sie sah, dass er zurückblickte.

Er nahm die Speisekarte in die Hand und studierte sie. Gelegentlich warf er einen Blick auf die junge Frau, aber abgesehen davon, dass es das Mädchen war, das er am Morgen aus dem Taxi hatte steigen sehen, konnte er sich nicht erinnern, woher er ihr Gesicht kannte.

Als Christian seine Suppe aß, bemerkte er plötzlich einen Mann drei Tische weiter, der schlecht gelaunt mit einer Gabel in seinem Essen herumstocherte. Auch er war offensichtlich an dem Mädchen am Fenster interessiert. Er drehte sich leicht um und Christian sah, dass bei seinem rechten Auge eine Verletzung war, die sich zu verfärben begonnen hatte. Christian blickte schnell weg, denn er erkannte diesen Mann sofort. Es war ihm ein Rätsel, weshalb ein kleiner Gauner namens Denny Winters diese junge Frau beobachtete, die sich wiederum so sehr für ihn, Max Christian, zu interessieren schien, dass sie sein Lieblingsrestaurant ausfindig gemacht hatte.

Das Mädchen setzte seinen Überlegungen ein abruptes Ende, als es plötzlich aufstand und ging. Fast augenblicklich verlangte Winters die Rechnung und folgte ihr. Christian konnte nur schwer seinen Willen unterdrücken, ihnen sofort hinterher zu eilen. Schließlich verstieß Winters nicht gegen das Gesetz, wenn er dem Mädchen folgte, solange er sie nicht belästigte. Christian fragte sich, ob die junge Frau wusste, dass sie verfolgt wurde. Wäre sie auf ihn zugekommen und hätte mit ihm gesprochen, wenn Winters nicht da gewesen wäre? Winters' blaues Auge stellte ein weiteres Rätsel dar. Christian rieb sich nachdenklich die Knöchel seiner rechten Hand und überlegte.

Sobald er zu Scotland Yard zurückgekehrt war, schlug er die Akte über Denny Winters auf. Es war eine trübsinnige Auflistung von kleinen Raubüberfällen, zwei davon waren unter Anwendung von Gewalt verübt worden. Winters hatte bereits mehr als die Hälfte seines Erwachsenenlebens hinter Gefängnismauern verbracht. Hätte Christian nur sicher sein können, dass Winters der Mann war, der ihn in der Nacht zuvor angegriffen hatte, dann hätte er ihn verhaften und schonungslos verhören können.

Er überlegte gerade, ob es Sinn machte, einen Beamten zu beauftragen, Winters zu beschatten, als das Telefon klingelte. Eine leicht heisere Mädchenstimme fragte, ob er Superintendent Christian sei.

»Ich habe versucht, mit Ihnen im Restaurant zu sprechen«, sagte sie. »Es geht um Carol West.«

»Sind Sie das Mädchen mit der Nerzjacke?«, fragte er.

»Ja, genau. Ich habe Sie heute Morgen in Ihrer Wohnung leider verpasst, aber ich könnte heute Abend vorbeikommen. Es ist furchtbar wichtig.«

»Passt Ihnen neun Uhr?«

»Ja, ich werde da sein.«

»Ich werde auf Sie warten«, versprach Christian. »Übrigens, Sie haben mir Ihren Namen nicht genannt.«

»Wenn wir uns sehen«, sagte sie. Er hörte das Klicken des Hörers, der eingehängt wurde.

Christian fragte sich, warum das Mädchen so ängstlich wirkte. Hatte sie den Anruf gar unter Zwang gemacht, weil Denny Winters mit einem Messer oder einer Pistole vor ihr stand? Christian drückte den Summer auf seinem Schreibtisch und Sergeant Hale kam herein. Christian deutete auf die Akte von Winters.

»Haben Sie in letzter Zeit etwas von diesem Mann gehört?«

Hale grinste. »Ich habe Denny ein paar Mal zur Strecke gebracht, deshalb geht er mir jetzt aus dem Weg. Aber ich habe von ein paar der Jungs erfahren, dass er jetzt ein stetes Einkommen hat und ›selbständig‹ ist.«

Bevor Hale weiter auf Denny Winters eingehen konnte, klingelte das Telefon. Angekündigt wurde der Besuch von Inspektor Wayne aus Belhampton, wo man den Fall des Lehrers Robin Lane und dessen Selbstmordversuch bearbeitete. Christian musste daran denken, dass Wayne in seiner gut geschnittenen Zivilkleidung eher wie ein wohlhabender Geschäftsmann als ein Polizist aussah. »Ich gönne meiner Frau einen Tag in der Stadt«, erklärte er. »Es gibt ein paar Neuigkeiten über Lane, also dachte ich, ich schaue mal vorbei und sage Ihnen Bescheid.«

»Wie geht es ihm?«, fragte Christian.

»Schon viel besser. Er hatte heute Morgen sogar Besuch im Krankenhaus und ich habe Grund zu der Annahme, dass es sich um die Mrs. Beckson handelt, der er das Telegramm nach Birmingham geschickt hat. Sie war etwa zehn Minuten bei ihm und mein Beamter konnte einen guten Blick auf sie werfen.«

»Sind Sie denn sicher, dass es Mrs. Beckson war?«

»Das ist der Name, den sie am Empfang genannt hat.«

»Irgendeine Beschreibung von ihr?«

»Mein Mitarbeiter sagt, dass es sich bei ihr um eine sehr attraktive Blondine – etwa siebenundzwanzig – gehandelt hat, die eine Nerzjacke über einem hellgrauen Kostüm trug. Ach ja – und sie hatte eine hellgrüne Baskenmütze auf.«

Christians Gesichtsausdruck verriet keinen Hauch von Überraschung. Langsam schraubte er die Kappe seines Füllfederhalters ab und machte sich eine Notiz. »Danke, Inspektor«, sagte er leise. »Das ist sehr interessant.«

An diesem Abend war Christian in seiner Wohnung ziemlich unruhig. Er blätterte in der Abendzeitung, machte sich ein Omelette und überlegte, ob er nicht Inspektor Ralph Stoner in Birmingham anrufen sollte, um sich zu vergewissern, dass es sich hinsichtlich der Telegrammempfängerin nicht um einen Irrtum gehandelt habe. Dann wurde ihm klar, dass Stoner ihn diesem Falle sicherlich angerufen hätte. Es blieb die unausweichliche Tatsache, dass sich eine mollige Frau mittleren Alters unter dem Namen Mrs. Beckson im *Queen's Hotel* aufgehalten hatte und dass ihre detaillierte Beschreibung genau mit jener von Mrs. Fredericks übereinstimmte.

Um neun Uhr gab es immer noch kein Zeichen von dem Mädchen. Um zwanzig Minuten vor zehn schenkte sich Christian einen Whisky mit Soda ein und versuchte, sich auf ein amerikanisches Lehrbuch über Fälschungen zu konzentrieren, das er seit Wochen zu lesen versucht hatte. Zwei Stunden und drei Whiskys später war das Mädchen immer noch nicht aufgetaucht und Christian hatte einige Schwierigkeiten, wach zu bleiben.

Dann schallte das Klingeln des Telefons durch den Raum und er griff nach dem Hörer. Statt der erwarteten heiseren Stimme des Mädchens hörte Christian die sachliche Stimme von Sergeant Hale.

»Gut, dass ich Sie erwische, Sir«, sagte er. »Man hat gerade aus dem Fluss in Hammersmith die Leiche einer Frau gefischt.«

»Und warum erzählen Sie mir das?«, fragte Christian gereizt.

»Ich dachte, es würde Sie interessieren, Sir. Sehen Sie, sie hat lauter blaue Flecken im Gesicht und ihr Mund ist zugeklebt – genau wie bei Carol West.«

»Verstehe«, sagte Christian. »Von wo aus sprechen Sie?«

»Aus der *Carter's*-Werft in Hammersmith. Die Leiche ist jetzt in einem Lagerhaus und wir warten gerade auf den Krankenwagen.«

»Alle sollen da bleiben«, sagte Christian. »Ich bin in einer Viertelstunde da.«

Auf dem Weg nach Hammersmith musste er an das blonde Mädchen denken, das zu verängstigt gewesen war, um ihn anzusprechen. Er wünschte sich jetzt, er wäre im Restaurant zu ihr gegangen und hätte sich ihre Geschichte angehört. Dann hätte er wenigstens für Polizeischutz sorgen können. Jetzt war es jedoch zu spät. Christian verspürte plötzlich große aufkeimende Wut darüber, dass eine schöne und lebendige junge Frau nun eine entsetzlich zugerichtete Leiche sein sollte.

Hale erwartete ihn am Eingang zur Werft und führte ihn zu dem Lagerhaus, wo drei Polizeiautos und ein Krankenwagen warteten. Er nickte einigen Männern von der Flusspolizei zur Begrüßung zu, mit denen er schon öfter zusammengearbeitet hatte.

Sie gingen in eine Nachtwächterkabine, die sich im Inneren des Hauptlagers befand. Unter dem unzureichenden Licht einer schmutzigen Glühbirne standen ein Arzt und zwei Polizisten neben einem unebenen Tisch, auf dem die Leiche lag.

Christian bückte sich und hob eine durchnässte grüne Baskenmütze vom Boden unter dem Tisch auf. Wasser und Schlamm tropften von ihr herab. Er richtete sich auf und zwang sich, die tote Frau anzusehen. Einer der Polizisten zog das große weiße Tuch zurück, das man ihr über das Gesicht gelegt hatte. Er holte tief Luft, dann zog er den alten Regenmantel beiseite, der über die Kleidung der Toten geworfen worden war. Er betrachtete die verprügelten Wangen, die grausam zerschrammte Stirn, das abscheuliche Wirrwarr der durchnässten Haare.

»Können Sie sie identifizieren, Sir?«, fragte der örtliche Polizeisergeant.

Christian nickte. »Ja«, sagte er langsam. »Bei der Toten handelt sich um eine Frau namens Mary Fredericks.«

4

Die kleine Gruppe von Polizisten am Themsekai schwieg, als Superintendent Max Christian die Leiche der Frau, die man aus dem Fluss gezogen hatte, als jene von Mrs. Fredericks identifizierte. Alle – außer seinem Assistenten Sergeant Tom Hale, der einen überraschten Ausruf von sich gab.

»Sie meinen Carol Wests Vermieterin?«, fragte der Sergeant, der Mrs. Fredericks noch nie gesehen hatte.

Christian nickte.

»Ja, das ist sie«, sagte er. Er untersuchte die grüne Baskenmütze und stellte fest, dass es wohl die letzte Art von Hut war, die eine Frau wie Mrs. Fredericks getragen hätte.

»Wurde dieser Hut im Fluss gefunden?«, fragte er den örtlichen Beamten.

»Ja, Sir«, sagte der Wachtmeister, »aber die tote Frau hat ihn wohl nicht getragen.«

Christian betastete die Baskenmütze nachdenklich. Sie war durchnässt, aber soweit er es beurteilen konnte, ähnelte sie jener, die die junge Frau mit dem Nerzmantel getragen hatte, die er im Restaurant gesehen und die die Verabredung mit ihm nicht eingehalten hatte.

Die Sanitäter trugen Mrs. Fredericks Leiche fort und Christian ging mit Hale langsam zu seinem Auto zurück.

Während sie durch die menschenleeren Straßen fuhren, erzählte Christian dem Sergeant alles über das Mädchen mit der grünen Baskenmütze, das so darauf bedacht gewesen zu sein schien, Informationen weiterzugeben.

»Sie haben natürlich angenommen, sie sei die Frau, die man aus dem Fluss gezogen hat?«, wagte Hale zu fragen.

»Ja, das dachte ich«, sagte Christian, »aber ich bin sehr erleichtert darüber, dass ich mich geirrt habe. Ich habe das Gefühl, dass uns dieses Mädchen eine ganze Menge erzählen kann.«

»Vermutlich hätte Mrs. Fredericks noch mehr Licht in den Mordfall Carol West bringen können«, sagte Hale.

»Das habe ich schon länger vermutet«, stimmte Christian zu, »aber jetzt sieht es so aus, als ob sie nur eine kleine Handlangerin war – jemand, den man still und leise beseitigen musste, nachdem ihr Auftrag erledigt war.«

Hale nickte und zündete sich eine Zigarette an. »Apropos Handlanger«, sagte er, »ich habe ein paar Nachforschungen über Denny Winters angestellt.«

»Was haben Sie herausgefunden?«

»Offensichtlich war meine erste Vermutung über ihn falsch. Denny arbeitet nicht auf eigene Faust – er steht auf der Gehaltsliste von Eddie Porter. Die Jungs haben mir erzählt, dass er in den meisten Nächten in einem von Eddies Clubs im West End unterwegs ist.«

»Und was macht er?«

»Keine Ahnung, aber wie ich ihn kenne, muss es sich um irgendeine Art von Drecksarbeit handeln – für etwas anderes taugt er nicht.« Hale zog nachdenklich an seiner Zigarette. »Glauben Sie, dass Porter in den Mord an Carol West verwickelt ist, Sir?«

Christian runzelte die Stirn. »Nun, ihm gehört das *High Dive*, wo die Leiche gefunden wurde. Er wurde dort auch mit Mrs. Fredericks gesehen. Es sieht so aus, als ob er auf irgendeine Weise involviert ist.«

»Bis jetzt hat er es jedenfalls geschafft, sich aus der Sache fein rauszuhalten«, kommentierte Hale.

»Vielleicht ist er auch noch nie in einen Mordfall verwickelt gewesen«, erwiderte Christian.

»Wie auch immer, wir werden uns Denny Winters erst einmal vorknöpfen und dann sehen, ob er Lust hat, uns zu erzählen, warum er hinter dem Mädchen her war.«

»Er wird euch einen Haufen Lügen auftischen«, prophezeite Hale düster.

Als Christian acht Stunden später ins Yard kam, wartete der Sergeant in der Eingangshalle bereits mit einer Nachricht auf ihn.

»Da ist ein Mr. Eddie Porter, der Sie sprechen möchte, Sir«, sagte er. »Er ist im oberen Warteraum.«

Eddie Porter war etwa fünfzig Jahre alt: ein großer, etwas grobschlächtiger Mann von starker Präsenz und Persönlichkeit. Wie Christian auffiel, trug er exzellente und teure Kleidung. In der unsicheren Welt der Nachtclubs und Raststätten ging es Mr. Porter offensichtlich sehr gut.

Er war gerade dabei, eine Zigarette aus einem goldenen Etui zu nehmen, als Christian den Raum betrat. Er sagte mit einem leichten Cockney-Akzent: »Hallo, Super. Gibt's 'was Neues über den Mord an Mrs. Fredericks?«

»Noch nichts Genaues«, antwortete Christian. »Würde es Ihnen etwas ausmachen, mit in mein Büro zu kommen?«

Er führte ihn den Korridor entlang. Als sie in Christians Büro waren, sagte Porter: »Das ist eine schockierende Angelegenheit. Ich hab' sie erst diese Woche getroffen – sie hat mich gebeten, sie zum *High Dive* zu bringen. Sie wissen schon, da, wo das Mädchen ertrunken aufgefunden wurde.«

Christian deutete auf einen Stuhl. »Wollen Sie sich nicht setzen, Mr. Porter?«, sagte er einladend.

»Sie müssen den Mann kriegen, der das getan hat!«, rief Porter, als er sich setzte. »Wenn ich irgendetwas tun kann ...«

»Eins nach dem anderen«, unterbrach ihn Christian sanft. »Kannten Sie Mrs. Fredericks gut?«

»Nich' so gut. Wir haben uns vor etwa 'nem Monat auf 'ner Party kennengelernt und verstanden uns prächtig. Sie war 'ne nette Dame, eine sehr nette Dame. Es sieht so aus, als wäre sie ermordet worden, weil sie zufällig 'was über diese Carol West wusste.«

»Das könnte gut sein«, antwortete Christian. Er lehnte sich zurück und musterte seinen Besucher ohne dass dieser das bemerkte. Er kam zu dem Schluss, dass Porter wohl ein knallharter, intelligenter und wahrscheinlich gefährlicher Mann war.

»Als Sie Mrs. Fredericks neulich abends ins *High Dive* begleitet haben«, fuhr Christian fort, »hat sie Ihnen da etwas über Carol West erzählt?«

»Nich' viel. Es scheint, dass diese Carol West wohl keinen so guten Ruf hatte.«

»Was meinen Sie damit genau?«

»Na, Freunde und so weiter. Scheint so, als ob die mitten in der Nacht bei ihr ein und aus gegangen wären.«

»Ich verstehe«, sagte Christian nachdenklich. »Sie

waren selbst nie bei Mrs. Fredericks zu Hause?«

»Nur das eine Mal, als ich sie abholte, um sie zum *High Dive* zu bringen – ich bin aber nicht hineingegangen.«

»Und was ist mit Carol West? Haben Sie sie jemals gesehen?«

Porter sah Christian mit leicht zusammengekniffenen Augen an. »Warum sollte ich sie gesehen haben?«, fragte er.

»Na, sie wurde doch tot in Ihrer Raststätte gefunden.«

»Na und? Tausende Leute, die ich nicht kenne, kommen ins *The High Dive*.«

»Und Ihr Manager, Victor Johnson, – kannte er sie?«

»Sieht nich' so aus. Er hätte es mir gesagt, wenn es so gewesen wäre.«

»Dann glauben Sie, dass man Johnson trauen kann?«

Porter schnippte die Asche von seiner Zigarette. »Vic Johnson ist ein guter Junge – der beste Manager, den ich habe. Ich könnte noch 'n halbes Dutzend von seiner Sorte gebrauchen.«

»So habe ich das nicht gemeint«, sagte Christian.

Porter beugte sich vor. »Jetzt hören Sie mal zu, Super«, sagte er. »Sie wissen genau, dass Johnson diesen Job nich' bekommen hätte, wenn er in irgendeiner Weise mit dem Gesetz in Konflikt geraten wäre. Die Polizei hätte das nicht akzeptiert.«

»Wahrscheinlich nicht.«

»Und außerdem«, fuhr Porter energisch fort, »stelle ich keine Leute mit Vorstrafen ein.«

»Sie beschäftigen aber Denny Winters«, bemerkte Christian leise.

Porters schwere Augenbrauen schossen hoch. »Hat er

Ihnen das gesagt?«

»Es stimmt doch, nicht wahr?«, beharrte Christian. »Er steht auf Ihrer Gehaltsliste.«

»Denny macht einige Gelegenheitsarbeiten im Club.«

»Was für Gelegenheitsarbeiten?«

»Dies und das«, sagte Porter beiläufig. »Manchmal ist er der Rausschmeißer...«

»Und manchmal beschattet er auch ein bisschen«, warf Christian ein. »Sie haben ihn ganz schön auf Trab gehalten, als Sie ihn Eve Beckson verfolgen ließen.«

Christian ballte seine rechte Faust und drehte die Knöchel, die von dem Angriff vor seiner Wohnung noch immer wund und geprellt waren, in Porters Richtung. »Und außerdem – Denny scheint sich irgendwo ein schönes blaues Auge geholt zu haben.«

Porter rauchte ungezwungen. »Ich glaube, ich verstehe Sie nich' ganz«, sagte er gleichgültig. »Es ist mehr als wahrscheinlich, dass Denny in seiner Freizeit auch 'was anderes gemacht hat. Ich kann nicht alle meine Angestellten genau überwachen.«

»Ich habe das Gefühl, dass Denny nicht mehr lange einer von ihnen sein wird«, sagte Christian und erhob sich von seinem Schreibtisch. »Sind Sie in den nächsten ein oder zwei Tagen in Ihrem Club, Mr. Porter? Kann sein, dass ich mit Ihnen noch mal sprechen muss.«

Porter nickte. »Schauen Sie abends vorbei, wann Sie wollen«, sagte er. »Ich freue mich immer, Freunde zu sehen.«

Er verließ das Büro und ließ Christian zurück, der ihm nachdenklich hinterher blickte.

»Worauf zum Teufel wollen Sie hinaus?«, fragte Robin Lane entrüstet.

Christian seufzte. Seit seiner Ankunft in dem Krankenhaus, in dem Lane nach einem Selbstmordversuch lag, war der Lehrer abwechselnd mürrisch, ausweichend und streitlustig gewesen. Er trug einen Morgenmantel und saß in seinem Einzelzimmer am Fenster. Sein Haar hing ihm unordentlich in die Stirn und seine Fingerknöchel waren weiß, als er die Hände zu Fäusten ballte.

Christian lehnte sich in seinem Stuhl zurück und verschränkte die Arme. »Normalerweise versuchen die Leute nicht, sich das Leben zu nehmen, es sei denn, sie sind wirklich verzweifelt«, erklärte er milde. »Ich versuche nur herauszufinden, warum Sie es getan haben, das ist alles.«

»Ich hingegen wäre froh, wenn Sie sich um Ihre eigenen Angelegenheiten kümmern würden«, konterte Lane säuerlich.

»Ich werde aber dafür bezahlt, mich um solche Angelegenheiten zu kümmern«, sagte Christian knapp. »Ich bin mir ziemlich sicher, dass diese Sache tiefer geht, als Sie uns glauben machen wollen.«

Lane sprang von seinem Stuhl auf und begann, in dem kleinen Raum wütend auf und ab zu gehen. Christian wartete ein paar Augenblicke, dann sagte er: »Ich werde die Fakten noch einmal durchgehen, Mr. Lane. Meine Telefonnummer wurde auf einem Notizblock in Ihrem Zimmer gefunden. Sie erwähnten mich auch in einem Telegramm, das Sie an eine Mrs. Beckson in Birmingham schickten. Dieses Telegramm wurde merkwürdigerweise von Mrs. Fredericks abgeholt, die letzte Nacht ermordet wurde.« Christians Stimme nahm plötzlich einen strengen und autoritären Ton an. »Ich denke,

Sie sollten mir besser sagen, was Sie über diese Angelegenheit wissen«, sagte er.

»Ich werde Ihnen nichts sagen – nichts!«

Lanes Stimme war fast hysterisch geworden.

Eine Krankenschwester eilte herein und erfasste die Situation mit einem Blick. Sie setzte Lane auf einen Stuhl und bereitete sich darauf vor, ihm eine Injektion zu geben. »Ich habe Ihnen doch gesagt, dass Sie ihn nicht aufregen sollen, Sir«, sagte sie vorwurfsvoll. Geschickt schob sie die Nadel in Lanes Arm. »Vielleicht sollten Sie beim Rausgehen noch ein paar Worte mit Dr. Fitzgerald wechseln.«

Fitzgerald war ein schlanker Ire. Er deutete auf einen Stuhl, auf den sich Christian setzen sollte. »Ich habe Ihren Patienten langsam satt«, vertraute ihm der Superintendent an. »Er scheint nicht zu begreifen, dass ich es hier mit einem Mordfall zu tun habe.«

Ein schiefes Lächeln huschte über das Gesicht des Arztes. »Ich bezweifle, dass Sie seiner so überdrüssig sind wie ich«, sagte er, »aber es geht ihm besser. Sie müssen bedenken, dass er ein hoffnungsloser Neurotiker ist und obendrein noch Drogen nimmt.«

»Sie verstehen sicher, Herr Doktor«, sagte Christian, »dass bei einem Mordfall jede Stunde, die vergeht, die Chance verringert, den Täter zu finden. Ich wäre Ihnen dankbar, wenn Sie mit Lane sprechen und versuchen würden, ihn zur Vernunft zu bringen.«

»In Ordnung«, sagte Fitzgerald resigniert, »aber ich mache keine Versprechungen.«

Christian spürte müden Ärger, als er ging. Er hatte das Gefühl, dass er seine Zeit im Krankenhaus besser hätte nutzen können. Hatte Robin Lane einen Nervenzusammenbruch vorgetäuscht, um seinen Fragen auszuweichen? Selbst wenn Lane die Fragen beantwortet hätte, so schloss Christian, konnte man den Worten eines Drogensüchtigen kaum Glauben schenken.

Plötzlich zögerte er und drehte sich halb zur Straße hin. Vielmehr als ihn zu hören, spürte er den mit rücksichtsloser Geschwindigkeit fahrenden PS-starken Wagen, der von hinten auf ihn zusteuerte. Im Bruchteil einer Sekunde sprang er zur Seite auf den Grünstreifen. Auf dem Bauch liegend erhaschte er einen flüchtigen Blick auf das rasant fahrende Auto. Er richtete sich auf und tastete sich vorsichtig ab. Er schien keinerlei Verletzungen erlitten zu haben, aber der Kotflügel hatte seinen Mantel leicht aufgerissen.

Christian ging weiter. Er wusste nichts über den Fahrer, außer dass er eine Stoffmütze trug und zweifellos sein Bestes getan hatte, um ihn zu ermorden.

Zurück in seiner Wohnung in Kensington nahm Christian ein Bad und schenkte sich einen übergroßen Whisky mit Soda ein. Jemand, dachte er grimmig, wollte ihn aus dem Weg haben – und zwar schnell. Der Drink schmeckte gut und Christian entspannte sich in einem Sessel.

Das Telefon klingelte und die Stimme von Sergeant Hale, die lebhafter klang als sonst, tönte durch die Leitung.

»Ein Lieferwagenfahrer war hier im Yard und wollte mit Ihnen sprechen, Sir«, sagte Hale. »Ich habe ihm gesagt, dass ich alle Informationen weitergeben würde. Da hat er mir eine außergewöhnliche Geschichte erzählt: Er hat eine aufgeregte junge Frau in Hammersmith aufgegabelt, etwa vierzig Minuten bevor die Leiche von Mrs. Fredericks gefunden wurde. Er sagte, diese Frau habe ihm zehn Pfund angeboten, damit er sie nach Richmond bringt.«

»Konnte er sie beschreiben?«

»Nur sehr vage, aber es klang sehr nach dem Mädchen, von dem Sie mir erzählt haben – Eve Beckson. Auf den Mann wirkte sie so, als hätte sie einen Kampf hinter sich.«

»Wo ist dieser Lieferwagenfahrer jetzt?«

»Immer noch hier, Sir.«

»Schicken Sie ihn zu mir nach Hause. Es wird nicht lange dauern.«

Christian zog sich an und entspannte sich wieder. Dann hörte er von draußen das Geräusch eines Automotors. Er sah durch das Fenster und erblickte einen kleinen grünen Lieferwagen. Der Fahrer entpuppte sich als ein Mann mittleren Alters mit dicken Wangen und einer ausgeprägten Unterlippe. Er stellte sich als George Hodges vor und wiederholte die Geschichte, die Hale schon am Telefon erzählt hatte.

Christian hörte aufmerksam zu. Schließlich sagte er: »Wissen Sie, ob dieses Mädchen einen Smaragdring an der linken Hand trug?«

Hodges dachte einen Moment lang nach. »Ja, ich glaube schon, Chef«, sagte er heiser. »Ein hübsches Glitzerstück war das.«

»Können Sie mich zu der Adresse bringen, wo Sie sie aussteigen ließen?«, fragte Christian.

»Sofort, wenn Sie wollen.«

»Nur einen Augenblick, ich hole nur meinen Hut und meinen Mantel.«

Schon unten, rannte Christian zurück in seine Wohnung und rief sofort Hale im Yard an.

»Hören Sie«, sagte er eindringlich. »Dieser Lieferwagenfahrer ist ein Schwindler. Schicken Sie sofort ein paar Streifenwagen hierher.«

Hales Stimme war besorgt: »Glauben Sie denn, dass Sie ihn solange festhalten können, Sir?«

»Das werde ich nicht versuchen«, sagte Christian. »Das ist eine Falle, und ich laufe absichtlich hinein. Jetzt wird es interessant, Tom.«

5

Sergeant Hale war sichtlich erschüttert über die recht sachliche Erklärung seines Chefs, dass er in eine Falle gelaufen sei.

»Einen Moment, Sir«, sagte er eindringlich. »Wollen Sie denn zu dem Ort fahren, den der Lieferwagenfahrer erwähnte? In der Nähe von Richmond?«

»Den angeblichen Ort, ja«, sagte Christian. »Sagen Sie den Einsatzwägen, dass sie genau darauf achten sollen, wenn er die Richtung ändert.«

Hales Stimme klang angespannt und besorgt. »Das gefällt mir alles nicht, Sir. Klingt alles sehr gefährlich für mich.«

»Das ist es auch«, erwiderte Christian gereizt, »aber wir müssen das Risiko eingehen. Tun Sie einfach, was ich Ihnen gesagt habe – ich muss jetzt gehen, sonst schöpft er Verdacht.«

»Flotte Kiste, nicht wahr?«, bemerkte Hodges, als sie mit dem Wagen durch Putney fuhren. »Als ich das Mädchen gestern Abend mitgenommen habe, sind wir locker über siebzig gefahren. Außerhalb der geschlossenen Ortschaften natürlich«, fügte er hastig hinzu.

Es war eine klare Nacht, deshalb brauchten sie die etwas heruntergekommenen Scheinwerfer des Lieferwagens nicht. Christian versuchte, mehr über das Mädchen herauszufinden, das Hodges am Abend zuvor aufgegabelt hatte. Dabei wechselte die Geschwätzigkeit des Fahrers schnell in unkommunikatives Schweigen. Christian hatte den Eindruck, dass der Mann über sein weiteres Vorgehen nachdachte.

Von Zeit zu Zeit warf der Superintendent einen Blick in den Rückspiegel des Lieferwagens, aber es gab keine Anzeichen dafür, dass ihnen ein Fahrzeug folgte. Entweder hielten sich die Einsatzwägen außer Sichtweite, oder sie hatten noch nicht aufgeschlossen. Sie fuhren jetzt am Richmond Park vorbei, immer noch in Richtung Südwesten. Christian warf einen Blick auf das leuchtende Zifferblatt seiner Armbanduhr und sah, dass es kurz nach zehn Uhr zwanzig war.

»Sind Sie denn sicher, dass das hier die richtige Straße ist?«, fragte er.

»Natürlich bin ich sicher.«

In Hodges' Stimme lag jetzt ein mürrischer Tonfall. Christian warf noch einen kurzen Blick in den Rückspiegel, aber es war immer noch kein Licht zu sehen.

Dann bog Hodges plötzlich in eine Seitenstraße ein und nahm bald darauf eine Abzweigung nach links, die sich als schmaler Feldweg entpuppte. Es gab keine Straßenlaternen und der Straßenbelag war uneben. Hodges fuhr die Straße eine halbe Meile entlang und hielt den Wagen dann auf einem Grünstreifen an.

»Da sind wir, Chef«, verkündete er. »Hier ist es.«

Christian schaute sich in der Dunkelheit um. »Ich kann kein Haus sehen«, sagte er.

»Das konnte ich letzte Nacht auch nicht«, sagte Hodges, »aber sie sagte, es sei ein Cottage, auf halbem Wege über das Feld dort.« Er deutete undeutlich in die Dunkelheit. »Sie ging durch das weiße Tor da drüben. Das war das letzte, was ich von ihr sah.«

»Wo ist das Cottage genau?«

»Ich habe es Ihnen doch schon gesagt, Chef«, sagte Hodges ungeduldig, »es ist auf der anderen Seite von Richmond. Ich bin nur nach ihren Angaben gefahren. Ich war selbst noch nie dort.«

Christian öffnete die Wagentür, stieg aus und spürte weichen Boden unter seinen Füßen. Er sagte: »Sie warten besser hier, während ich mich umsehe.«

Seine Augen gewöhnten sich bald an die Dunkelheit und er konnte das weiße Tor sehen. Es öffnete sich fast wie von selbst, und als er sich vorsichtig vorwärts bewegte, befand er sich auf einer rauen Schotterstraße. Er trug eine Taschenlampe bei sich, zögerte jedoch, sich damit bemerkbar zu machen.

Etwa dreißig Meter weiter erblickte er plötzlich ein Cottage mit weiß getünchten Wänden. Er betrat den Rasen und ging in aller Ruhe weiter. Gerade als er auf gleicher Höhe mit dem Haus war, hörte er den Motor des Lieferwagens anspringen. Als er sich umdrehte, sah er dessen Rücklichter in der Ferne verschwinden. Er war tatsächlich in eine Falle getappt. Das war auch genau das, was er geplant hatte.

Im Cottage deutete nichts darauf hin, dass es bewohnt war, obwohl die Fenster mit Vorhängen versehen waren und das Haus nicht verfallen schien. Er ging vorsichtig zur Rückseite des Gebäudes. Behutsam versuchte er, die Hintertür zu öffnen, fand diese jedoch verschlossen vor. Dann ging er zu einem Fenster und sah hindurch, aber alles war stockdunkel. Er schlich auf Zehenspitzen zur Vorderseite des Cottages, in einer Stille, die immer bedrückender wurde. Christian kam zu einem anderen Fenster, blickte in das Haus und sah auch dort nichts außer Dunkelheit. Er tastete nach dem Verschlusshaken.

Er war gerade dabei, diesen zu öffnen, als er schnelle Schritte hinter sich hörte. Christian drehte sich rasch um und schaltete seine Taschenlampe ein. Fast im selben Augenblick wurde seine Hand durch einen scharfen Schlag gefühllos. Gleichzeitig blitzte das Licht auf die düsteren und unverwechselbaren Züge von Denny Winters. Dann traf ihn ein weiterer Schlag mit einem stumpfen Gegenstand direkt an der Schläfe und er verlor fast das Bewusstsein.

In einem von Schmerzen und Blut geprägten nebelhaften Dunstschleier spürte er, wie er über den Boden geschleift wurde. Dann hörte er, wie die Haustür aufgestoßen wurde. Er bemerkte sofort den allgegenwärtigen Benzingeruch. Er wurde auf den Boden geschleudert und hörte aus einer scheinbar großen Entfernung eine Stimme murmeln: »Streichhölzer!«

Dann folgten ein plötzliches Getrampel schwerer Füße, ein gellender Fluch von Denny Winters und schließlich eine unheimliche Stille.

Noch immer benommen, fühlte Christian sich von starken Händen hochgehoben und ins Freie getragen. Dann öffnete er die Augen und blickte in das besorgte Gesicht von Sergeant Hale.

»Das war knapp, Sir«, sagte Hale.

Christian betastete vorsichtig seinen Kopf. »Keine Kommentare!«, sagte er grimmig.

»Tut uns leid, dass wir nicht schneller waren«, entschuldigte sich Hale, »aber wir dachten nicht, dass er Sie vor dem Cottage angreifen würde.«

»Habt ihr den Lieferwagenfahrer erwischt?«

»Wir haben am Ende des Weges auf ihn gewartet. Er

wird uns eine Weile keinen Ärger mehr machen.«

»Es war ein Glück, dass ihr so dicht hinter uns wart«, sagte Christian. Er fuhr sich sanft mit dem Finger über den pochenden Kopf. »Dabei konnte ich gar keine Spur von euch sehen.«

»Die haben Ihnen da vielleicht eine fiese Falle gestellt«, sagte Hale. »Alles da drinnen ist in Benzin getränkt – ein Funke und Sie waren in Flammen aufgegangen.«

»Da bin ich wohl tatsächlich reingetappt«, kommentierte Christian traurig.

»Aber Sie haben doch gesagt, dass Sie das beabsichtigten, Sir«, sagte Hale vorwurfsvoll. »Kein Wunder, dass wir Denny Winters nicht finden konnten, als wir ihn abholen wollten – er war damit beschäftigt, diesen kleinen Empfang für Sie auszurichten.«

»Sehr rücksichtsvoll von ihm«, sagte Christian und stand etwas unsicher auf. »Also lasst uns hier verschwinden, bevor es in die Luft fliegt.«

Christian schlief am nächsten Morgen lange und wurde schließlich durch das anhaltende Klingeln an seiner Haustür geweckt. Als er die Tür öffnete, drückte ihm ein Telegrammjunge einen orangefarbenen Umschlag in die Hand. Er riss ihn auf und las die Nachricht, dann schüttelte er den Kopf, um dem Jungen zu signalisieren, dass er keine Antwort schicken würde. Christian nahm das Telegramm mit in die Küche und breitete das hauchdünne Papier auf dem Tisch aus. Darin stand: »Dringend. Muss Sie unbedingt heute Abend um zehn Uhr in Ihrem Büro sehen. Eve Beckson.«

Christian schenkte sich eine Tasse Kaffee ein und sah

sich die Nachricht an. Wer war diese junge Frau und warum wollte sie sich unbedingt mit ihm in Verbindung setzen? Wenn sie ihn so dringend sehen wollte, warum war sie dann am Abend zuvor nicht aufgetaucht? Und wie passte Eve Beckson – wer auch immer sie war – in das komplexe Muster der Morde an Carol West und Mary Fredericks?

Das Klingeln an seiner Haustür unterbrach seine Gedankengänge. Es war Hale.

»Wie geht es Ihnen heute, Sir?«, erkundigte er sich besorgt, aber Christian wischte die Sorge um seine Gesundheit beiseite und fragte, ob es irgendwelche neuen Entwicklungen gebe.

»Wir haben die Aussage des Lieferwagenfahrers Hodges aufgenommen«, sagte Hale. »Er sagt, Denny Winters habe ihm hundert Pfund gegeben, damit er Ihnen eine Geschichte erzählt und Sie in dieses Cottage lockt.«

Christian pfiff leise. »Woher sollte Denny Winters denn hundert Pfund haben?«

Hale grinste. »Denny will nicht reden«, sagte er, »aber wir müssen wohl nicht lange ermitteln, um die Antwort darauf zu finden.«

»Du meinst Eddie Porter?«

Hale nickte. »Ja, den meine ich, Sir.«

»Ich denke«, sagte Christian grimmig, »dass wir besser noch einmal mit Mr. Porter sprechen sollten.«

»Er ist in Manchester«, sagte Hale. »Er ist gestern Abend dorthin geflogen, weil eine seiner Stripperinnen anscheinend einen Kunden angegriffen hat, der etwas zu ›freundlich‹ war. Aber er wird heute Abend im *High Dive* sein.«

»Woher wissen Sie das?«

»Denny Winters sagt, dass er jeden Freitag dorthin geht, um mit Johnson die Konten durchzugehen. Er hat außerdem ausdrücklich darum gebeten, dass Eddie Porter von seiner Verhaftung erfährt.«

Christian lächelte grimmig. »Diese gute Nachricht werde ich ihm gerne selbst überringen«, sagte er.

Ein etwas streitlustiger Kellner versuchte, Christian den Weg ins Büro des *High Dive* zu versperren.

»Mr. Johnson, der Manager, ist in einer Besprechung«, sagte er, »und er kann niemanden empfangen.«

Christian drängte sich an ihm vorbei. »Er wird mich empfangen«, sagte er abrupt und drehte an der Türklinke. Er nahm den Klang von Männerstimmen wahr, die sich heftig stritten, als er durch ein kleines Vorzimmer in ein privates Büro ging, dass hinter einer Trennwand lag.

Johnson saß in einem Sessel am Kopfende eines kleinen, länglichen Tisches. Eddie Porter ging auf und ab, schlug die rechte Faust in die linke Handfläche und drehte sich abrupt um, als Christian hereinkam.

»Ich dachte schon, die Tür sei verschlossen«, sagte er spitz.

»Wir sind intensiv damit beschäftigt, die Konten durchzugehen.«

»Ich bin mit etwas Dringenderem beschäftigt als mit Ihrer Buchhaltung«, erwiderte Christian schroff. »Ich habe einige Neuigkeiten für Sie, Mr. Porter.«

»Ach wirklich?«

Porters Stimme klang desinteressiert.

Christian sagte bedächtig: »Denny Winters ist in Haft, wegen versuchten Mordes.«

Porter lachte. »Na, was sagt man denn dazu? Armer alter Denny – wer war denn diesmal das Opfer?«

»Ich«, sagte Christian kurz.

Porter zuckte unbeteiligt mit den Schultern. »Na, na, er hat sich aber ein hohes Ziel gesteckt. Einen Superintendent sogar.«

»Er kann von Glück reden, wenn das die einzige Sache bleibt, die wir ihm vorwerfen«, sagte Christian, der sich seiner aufsteigenden Wut bewusst war. »Er ist auch in die Morde an Carol West und Mary Fredericks verwickelt.«

Porter blieb kühl. »Können Sie das beweisen?«

»Das werde ich«, sagte Christian knapp.

Porter änderte plötzlich seinen Tonfall. »Das alles tut mir leid, Super«, sagte er und zeigte seine Zähne mit einem breiten Lächeln, »aber ich kann kaum dafür verantwortlich gemacht werden, wie meine Angestellten ihre Freizeit verbringen.«

»Ich möchte gerne wissen, wie Sie Ihre Freizeit verbringen«, sagte Christian kalt. »Sie müssen mich erst noch davon überzeugen, dass Sie nichts mit Winters zu tun haben.«

»Jetzt kommen Sie mal wieder runter, Super«, sagte Porter abwertend. »Sie glauben doch nich', dass ich etwas mit Dennys komischen Geschäften zu tun hab', oder? Ich hab' ihm eine Chance gegeben, sich zu bessern. Wenn er mich jetzt derartig enttäuscht, dann ist das einfach schade.«

Christian schwenkte seinen Blick von Porter zu Johnson, der sie mit offensichtlichem Interesse beobachtet hatte und fragte sich, wie Johnson in diese seltsame Konstellation passte.

»Wenn ich Sie wäre, Mr. Porter«, sagte er sachlich, »würde ich vorsichtig sein, wen ich in Zukunft engagiere.«

»Werd's mir merken«, sagte Porter ironisch. »Aber wissen Sie, meine Organisation ist groß. Ab und zu gehen einem kleine Fische durchs Netz.«

»Tja, Denny Winters hat sich in meinem verfangen«, bemerkte Christian.

»Scheint so«, sagte Porter. Er klopfte eine Zigarette aus seinem Goldetui und sagte dann plötzlich: »Wie würde es Ihnen gefallen, für mich zu arbeiten, Christian?«

»Seien Sie nicht kindisch, Porter«, sagte Christian. »Da sehe ich nicht viel Zukunft drin.«

Porter hob die Augenbrauen. »Ach nein?«, fragte er. »Ich würde sagen, Sie könnten etwas für sich tun. Die Kohle, die Sie jetzt verdienen, ist doch nichts – etwa fünfzehnhundert im Jahr, schätze ich. Ich würde Sie mit dreitausend plus Spesen bei mir anfangen lassen.«

»Sehr verlockend«, sagte Christian. »Ich werde darüber nachdenken.« Er erhob sich, um zu gehen. »Ach, und übrigens, ich glaube, Denny Winters erwartet, dass Sie ihm einen Anwalt besorgen – er wird sicher einen brauchen.«

Als er durch das Vorzimmer ging, fragte sich Christian, warum Johnson, der eindeutig kein zurückhaltender Mensch war, so wenig gesagt hatte. Er dachte über diesen Punkt nach, als er fast mit einem dunkelhäutigen Mann mittleren Alters zusammenstieß, der durch die Außentür kam. Der Mann warf Christian einen kurzen Blick zu, schaute dann schnell wieder weg und ging direkt in das Privatbüro.

Als er über den Parkplatz ging, erinnerte sich Christian daran, wo er den Mann zuvor gesehen hatte. Es war ein Dr. Hefton, der drei Jahre zuvor in einen Drogenskandal verwickelt gewesen war. Christian war mit Inspektor Sims befreundet gewesen, der an dem Fall gearbeitet hatte und sich inzwischen im Ruhestand befand.

Der Superintendent saß ein paar Minuten in seinem Auto und entsann sich weiterer Fakten aus dem Fall Hefton. Er erinnerte sich, dass eine attraktive Frau namens Barbara Cummings in den Fall verwickelt gewesen war – sie hatte als Händlerin Drogen verkauft, die sie mit beträchtlichem Gewinn von Hefton erworben hatte. Sie waren beide zu Gefängnisstrafen verurteilt und Hefton war aus dem Ärzteregister gestrichen worden. Als er den Wagen startete, fragte sich Christian, ob Hefton wieder zurück im Spiel war.

Als er wieder in Scotland Yard war, rief Christian im Archiv an, um die Akte Hefton kommen zu lassen. Sie war äußerst umfangreich und er verbrachte einige Zeit damit, die Berichte durchzusehen.

Dann wandte er sich den Fotos zu. Es gab eines von Hefton, der zu zwölf Monaten verurteilt worden war. Das andere war von Barbara Cummings, die zwei Jahre bekommen hatte. Doch als er das zweite Foto sah, stockte Christian der Atem. Das war das Gesicht, das seinem Gedächtnis einen Streich gespielt hatte, seit er die Leiche von Carol West gesehen hatte! Aber er war immer noch verdutzt, denn dies war nicht Carol West – die Nase war viel länger, spitzer und markanter. Sie war mit Sicherheit das hervorstechendste Merkmal der jungen Frau. Die

Augen und die hohe Stirn erinnerten jedoch stark an das tote Mädchen.

Christian nahm das Foto aus der Akte und stellte es vor das Tintenfass, um es aus einem anderen Blickwinkel betrachten zu können. Dann lehnte er sich in seinem Stuhl zurück und betrachtete es erneut mit halbgeschlossenen Augen. War es doch das Gesicht der Carol West?

6

Christian legte das Bild von Barbara Cummings nachdenklich in die Akte über den Drogenfall zurück. Von einem plötzlichen Gedanken gepackt, nahm er es schließlich wieder heraus. Er erinnerte sich an ein Bild mit mehreren jungen Frauen, das er neben dem Bett von Carol West in ihrer Wohnung stehen gesehen hatte.

Barbara Cummings hatte große Ähnlichkeit mit einem der Mädchen auf dem Foto. Christian erinnerte sich an die Frisur und den Aufwärtsschwung der Stirn. Er blätterte weiter in der Akte, bis er auf die Aussage eines bekannten Spezialisten aus der Harley Street stieß. Dieser Zeuge war offenbar bestrebt gewesen, sein Bestes für Dr. Hefton zu geben, mit dem er bei Kriegsende zwei Jahre lang zusammengearbeitet hatte.

Offensichtlich war der Spezialist von Heftons Fähigkeiten als plastischer Chirurg sehr beeindruckt gewesen. Hefton hatte hervorragende Operationen an schwer verbrannten und entstellten Fliegern durchgeführt. Der Spezialist aus der Harley Street war deshalb der Meinung, dass man dem Arzt die Möglichkeit geben sollte, weiter zu praktizieren. Hefton kam jedoch trotzdem ins Gefängnis.

Als Christian bei der Fingerabdruckabteilung des Yards anrief, fragte er sich, ob er zu dieser späten Stunde noch eine Antwort erhalten würde. Er war erleichtert, als er den vertrauten, knappen Tonfall von Sergeant Cooper hörte.

»Entschuldigen Sie, dass ich Sie so spät störe, Cooper«, sagte er, »aber es ist dringend. Sie erinnern sich, dass ich um die Fingerabdrücke von Carol West gebeten hatte?«

»Die habe ich«, sagte Cooper sofort. »Sie liegen hier auf meinem Schreibtisch.«

»Gut. Jetzt möchte ich, dass Sie sich noch einmal mit dem Drogenfall Dr. Hefton von vor drei Jahren befassen.« Christian nannte Cooper Daten und weitere Fakten und bat ihn, die Fingerabdrücke von Barbara Cummings herauszusuchen. »Ich bin in fünf Minuten bei Ihnen«, fügte er hinzu.

Er schloss die Akte und saß ein oder zwei Minuten nachdenklich da. Dann stand er auf und ging langsam durch die leeren Gänge zur Abteilung für Fingerspuren. Cooper hielt die Abdrücke für ihn bereit. Sie verglichen sie sorgfältig.

»Kein Zweifel«, sagte Cooper sofort. »Sie sind identisch, Sie können also darauf wetten, dass Carol West und Barbara Cummings ein und dieselbe Person waren.« Er zögerte einen Moment, dann fügte er zögernd hinzu: »Bringt das all Ihre Ermittlungen durcheinander, Sir?«

»Das würde ich nicht gerade sagen«, antwortete Christian rätselhaft. »In gewisser Weise vereinfacht es die Dinge.«

Er bedankte sich bei Cooper für seine Hilfe und ging zurück in sein eigenes Büro. Er nahm die Fingerabdrücke mit. Die Uhr auf seinem Schreibtisch zeigte zehn Minuten nach neun an. Bald würde Eve Beckson zu dem Gespräch erscheinen, das sie selbst mit ihm gesucht hatte.

Christian fasste einen plötzlichen Entschluss und

schnappte sich seinen Hut und seinen Mantel. Er sagte dem Wachtmeister in der Eingangshalle, dass er in etwa einer halben Stunde zurück sein würde und dass, falls eine Mrs. Beckson eintreffen sollte, sie in sein Zimmer gebracht werden sollte.

»Sehen Sie zu, dass jemand bei ihr bleibt, bis ich zurückkomme«, befahl er im Hinausgehen.

Dann trat er nach Whitehall hinaus und nahm ein vorbeikommendes Taxi. Er bat den Fahrer, ihn so schnell wie möglich nach Soho zu bringen. Er hielt das Taxi an einer Ecke an, bezahlte und ging zügig eine schmale Straße hinunter. Die Cafés und Bars waren hell erleuchtet und der schrille Klang von Jukeboxen war überall zu hören. Vor einem kleinen Laden blieb er stehen und blickte auf die Aufschrift über dem Schaufenster. Dann öffnete er die Tür und ging hinein.

Der alte Mann hinter dem Tresen hatte sich kaum verändert, seit Christian ihn das letzte Mal gesehen hatte, außer dass er etwas kahler und deutlich hagerer geworden war – er wirkte müde und verbittert. Er schaute Christian kurzsichtig durch eine stahlgefasste Brille an.

»Wir schließen gerade«, begann er, dann flackerte in seinen grauen Augen etwas auf, das darauf hindeutete, dass er ihn erkannt hatte.

»Sie erinnern sich an mich, Mr. Cummings?«, fragte Christian. »Ich war bei Ihnen, als Ihre Tochter...«

»Natürlich, Sie sind Superintendent Christian«, sagte der alte Mann. Er stützte die Ellbogen auf den Tresen und schüttelte traurig den Kopf. »Ach, mein Mädchen! Wissen Sie, dieser Drogenfall hat ihre Mutter ins Grab gebracht!«

»Hören Sie denn noch etwas von Barbara?«

»Seit Jahren kein Wort«, sagte der alte Mann leise. »Jemand hat mir gesagt, sie sei in Manchester, aber ich weiß es nicht – sie hat mir nie eine Zeile geschrieben.« Er zuckte mit den dünnen Schultern.

»Warum haben Sie nicht versucht, sie zurückzuholen, als sie aus dem Holloway-Gefängnis kam?«, fragte Christian.

Der alte Mann sah auf den Tresen hinunter.

»Meine Frau lag im Sterben, wissen Sie. Sie hatte einen Schlaganfall, weil sie sich solche Sorgen wegen Barbara gemacht hatte.«

Das schwache Kinn hob sich plötzlich in einer pathetischen Geste des Trotzes.

»Barbara hat sie umgebracht, als hätte sie ihr ein Messer in den Leib gestoßen. Ich habe damals gesagt, dass sie nicht mehr meine Tochter ist – und ich sage es immer noch.« Er holte schwer Luft und murmelte dann: »Sind Sie gekommen, um mir zu sagen, dass sie immer noch Ärger macht?«

»Nein«, sagte Christian. »Ich wollte nur herausfinden, ob sie jemals mit einem jungen Kerl namens Robin Lane befreundet war. Er ist jetzt Lehrer, aber ich weiß nicht, ob er schon immer einer war.«

»Lehrer, was?«, sagte Cummings mit einer Fülle von Verachtung. »Ich erinnere mich gut an ihn. Barbara war immer mit ihm und seiner Clique unterwegs. Künstler, Schriftsteller und Dichter nannten sie sich, aber wenn Sie mich fragen, dann waren sie nichts anderes als verdammte Faulenzer. Aber es war sinnlos, Barbara das zu sagen – sie wusste es immer besser. Sie ließ sich nichts sagen.«

Der alte Mann nahm seine Brille ab und polierte sie

mit einem schmutzigen Taschentuch. »Ich habe sie gewarnt, dass sie eines Tages Ärger mit der Polizei bekommen würde«, fuhr er fort, »aber sie sagte, die Polizei sei ein Haufen von Schwachköpfen, die zu dumm für alles sind. Am Ende haben sie sie aber doch erwischt, genau wie ich es ihr gesagt hatte.«

»Erinnern Sie sich an irgendetwas, was diesen Lane betrifft?«

»Nur an seinen Namen.«

»War Barbara mit ihm in Manchester?«

»Ich weiß es nicht und es ist mir auch egal.« Der alte Mann blinzelte Christian an. »Sie ist kein guter Mensch, Mr. Christian. Ich habe sie bei der Verhandlung beobachtet und sie machte den Eindruck einer... einer...« Die Stimme des alten Mannes stockte einen Moment lang. »Wie auch immer, sie wird sich niemals ändern.«

Eine Frau betrat den Laden und Christian wartete, während Cummings sie bediente. Als sie gegangen war, sagte Christian: »Ich fürchte, ich habe eine schlechte Nachricht für Sie.«

»Sie meinen, sie ist tot?« Die Stimme des alten Mannes war ziemlich leblos.

Christian nickte. »Vielleicht haben Sie von einem Mädchen namens Carol West gelesen, das ermordet aufgefunden wurde?«

»Ich habe nicht viel Zeit zum Lesen und meine Augen sind nicht besonders gut. Aber ich habe gehört, dass sie ihren Namen geändert hat.«

»Sie hat auch ihr Aussehen verändert.«

»Das überrascht mich nicht«, sagte Cummings. »Sie hat immer viel Tamtam darum gemacht, dass sie ihr Gesicht verändern wollte – sie sagte, es würde ihre Persönlichkeit verändern.« Er seufzte. »Ich bin hier, wann immer Sie mich brauchen«, sagte er schwer. Er sah Christian direkt an, seine Augen waren feucht. »Meine Frau war ein guter Mensch. Hervorragend. Sie hat gehungert und geschuftet für dieses Mädchen. Für dieses undankbare...« Er brach ab und rieb sich mit dem Handrücken über den Mund.

Christian wandte sich zum Gehen um, dann zögerte er. »Wenn Ihnen irgendetwas einfällt, das uns weiterhelfen könnte, Barbaras Mörder zu finden, dann würde ich mich freuen, wenn Sie sich bei mir melden würden«, sagte er.

»Sie wissen also nicht, wer sie getötet hat?«

»Noch nicht.«

»Es könnte jeder gewesen sein«, sagte der alte Mann. »Sie kannte ein paar schreckliche Leute.«

»Wen zum Beispiel?«, fragte Christian erwartungsvoll. Aber der alte Mann schien plötzlich zu erstarren.

»Ich muss jetzt zumachen«, sagte er. Er schlurfte um den Tresen herum, um Christian hinauszubegleiten.

Zurück im Yard, fragte Christian den Wachtmeister, ob seine Besucherin angekommen sei. Er bekam jedoch nur die Antwort, dass es von Mrs. Beckson keine Spur gab. Es war zwei oder drei Minuten vor zehn Uhr, also ging er in sein Büro hinauf. Eve Beckson, dachte er zynisch, sah aus wie eine Frau, die zu spät zu Terminen kommt – sie war es zweifellos gewohnt, Männer auf sich warten zu lassen.

Christian ließ die Ereignisse der letzten zwei Tage Revue passieren und versuchte, einen neuen Blickwinkel auf die Morde zu finden. Wie es seine unverbesserliche

Gewohnheit war, begann er, sich Notizen auf einem Block zu machen. Wenn er Dinge aufgeschrieben sah, kamen ihm oft neue Ideen. Plötzlich warf er den Stift weg und dachte über Mrs. Beckson nach. Sie sah wie ein Mannequin oder ein Showgirl aus. War sie, so fragte er sich, in irgendeiner Weise mit Eddie Porter verbunden? War sie sich des Risikos bewusst, das sie einging, wenn sie ihn aufsuchte? Immerhin hatte es drei Anschläge auf sein eigenes Leben gegeben.

Verbissen kehrte er zu seinem Block zurück und schrieb: »GEMEINSAMKEITEN MIT DEN MORDEN AN CAROL WEST UND IHRER VERMIETERIN MRS. FREDERICKS – BEIDE FRAUEN ERTRÄNKT, MIT KLEBEBAND ÜBER DEM MUND.« Er dachte einen Moment darüber nach. Das Klebeband war offensichtlich eine Warnung an andere Beteiligte, dass sie nicht reden sollten.

Wieder kehrten seine Gedanken abrupt zu Eve Beckson zurück. Es war verständlich, dass sie Angst hatte. Christian konnte es ihr kaum verdenken, dass sie ihre Verabredung mit ihm nicht einhielt. Denn wenn jemand hinter ihr her war – was möglich schien –, konnte sie ihn kaum abschütteln. Er nahm seinen Bleistift wieder in die Hand und schrieb: »WARUM HAT MRS. FREDERICKS DAS AN MRS. BECKSON GERICHTETE TELEGRAMM ABGEHOLT? WESHALB HATTE ROBIN LANE DAS TELEGRAMM ABGESCHICKT? WOLLTE ER MRS. BECKSON ODER MRS. FREDERICKS WARNEN?«

Es schien nun klar zu sein, dass derjenige, der für den Mord an Carol West verantwortlich war, befürchtete, das Opfer könnte als Barbara Cummings identifiziert werden und so eine Verbindung zu dem Drogenfall von vor drei Jahren herstellen. Christian erinnerte sich daran, dass

Robin Lane drogenabhängig war.

Es war mittlerweile halb elf. Christian wollte gerade eine weitere Notiz aufschreiben, als das Telefon klingelte.

»Hier ist die Funkwagenzentrale«, sagte eine Männerstimme. »Einer unserer Fahrer hat gerade eine Nachricht für Superintendent Christian durchgegeben. Er sagt, es sei dringend.«

»Wie lautet die Nachricht?«

»Eine Frau hat dem Fahrer gesagt, dass man Ihnen Folgendes ausrichten soll: Fahren Sie das Embankment hinunter, überqueren Sie anschließend die Hungerford-Brücke und warten Sie dann an der Ecke der Festival Hall auf ein Taxi.« Der Mann nannte die Nummer des Taxis und hängte ein.

Christian rief die Telefonzentrale im Yard an und sagte, man solle ihn mit der Funkwagenzentrale verbinden. Als sich dieselbe Stimme wieder meldete, erklärte Christian, dass er die Nachricht verstanden habe.

»Meine Güte«, sagte der Mann mit leicht beleidigter Stimme, »Sie überlassen nicht viel dem Zufall, was, Sir?«

»Nicht allzu viel«, sagte Christian. »Würden Sie bitte die Nachricht und die Nummer des Taxis wiederholen?« Der Mann wiederholte beides und Christian legte lächelnd den Hörer auf. Dann kritzelte er eine kurze Notiz über sein Vorhaben auf einen Zettel und legte sie auf den Schreibtisch seines Assistenten.

Zehn Minuten später wartete er an der vereinbarten Stelle. Ein Taxi erschien und fuhr langsam vor. Das hintere Fenster öffnete sich und eine behandschuhte Hand winkte ihm zu. Im Schein einer Straßenlaterne konnte

Christian erkennen, dass es die Blondine war, die er als Eve Beckson kannte. Das Taxi hielt und Christian stieg ein. In der Dunkelheit nahm er einen feinen Hauch von Parfüm wahr.

»Es tut mir leid, dass ich Ihnen all diese Umstände mache«, sagte die leicht heisere Stimme, »aber ich habe festgestellt, dass mir jemand folgt. Ich musste ihn abhängen.«

»Es kann aber nicht der Mann sein, der Sie das letzte Mal verfolgt hat«, bemerkte Christian, »denn der ist in Haft.«

»Es gibt da noch andere«, sagte sie. »Es ist eine größere Organisation, als Sie sich denken können.«

Christian lächelte in der Dunkelheit.

»Ich unterschätze meine Gegner nie«, sagte er. Er beugte sich vor und vergewisserte sich, dass die Trennscheibe fest verschlossen war, damit der Fahrer ihr Gespräch nicht mithören konnte. Dann fuhr er leise fort: »Angenommen, Sie erzählen mir, was Sie über Carol West wissen – oder vielleicht kannten Sie sie als Barbara Cummings?«

Sie klang überrascht.

»Sie wissen es also?«

»Nennen wir sie für den Moment Barbara Cummings, ja? War sie eine Freundin oder eine Verwandte von Ihnen?«

Christian hörte, wie die junge Frau den Atem anhielt. »Sie war die Geliebte meines Bruders«, sagte sie mit einer seltsam ausdruckslosen Stimme. »Er wollte sich immer wieder scheiden lassen, um Barbara zu heiraten, aber er tat es letztlich nie. Ich fürchte, mein Bruder ist eher ein schwacher Charakter.«

»Ist er in diese Sache verwickelt?«

»Ja«, sagte sie. »Ich glaube, Sie kennen ihn schon. Sein Name ist Robin Lane.«

7

Ein paar Sekunden lang war im Taxi kein Ton zu hören, nur das gleichmäßige Pochen des Motors. Dann sagte Superintendent Christian: »Es tut mir leid. Es ist wahrscheinlich nicht einfach, wenn man mit einem Drogensüchtigen so eine enge Beziehung hat. Konnte Ihnen Ihr Mann denn nicht helfen?«

»Mein Mann ist vor sieben Jahren gestorben«, antwortete Eve Beckson leise.

Christian nickte. Nach einer kurzen Weile sagte er: »Dann kannte Ihr Bruder Barbara Cummings bereits zur Zeit des Prozesses – lange bevor sie ihren Namen in Carol West änderte?«

»Ja«, sagte das Mädchen. »Sie kam ins Gefängnis, weil sie versuchte, Drogen für ihn zu besorgen. Sie war eine sehr treue und hingebungsvolle Frau – sie hat Robins Namen während des gesamten Prozesses nicht erwähnt.«

»Die beiden haben aber nicht zusammen gelebt, als sie ermordet wurde?«, fragte Christian.

»Nein, das taten sie nur gelegentlich. Als sich sein Gesundheitszustand zu bessern schien, überredete Barbara ihn, eine Stelle als Lehrer anzunehmen. Aber die Heroinsucht überkam ihn wieder und er wurde zu einem hoffnungslosen Fall.«

»Was geschah dann?«, fragte Christian.

»Die Organisation stellte die Lieferung ein und verlangte mehr Geld. Barbara flehte darum, dies nicht zu tun, aber es nützte nichts. Schließlich drohte sie damit, zur Polizei zu gehen. Deshalb wurde sie dann ermordet.«

»Aber konnte Dr. Hefton ihr denn gar nicht helfen?«

»Sie wissen also von ihm?« Die Stimme des Mädchens klang überrascht.

»Ich weiß einiges über ihn«, sagte Christian, »und ich würde gerne noch mehr wissen.«

»Hefton hat für die Organisation gearbeitet«, bestätigte sie. »Auf ihre Anweisung hin hat er die plastische Operation an Barbara durchgeführt. Dann gaben sie ihr einen neuen Namen – Carol West – und ließen sie für sich arbeiten.«

»Wie haben Sie das alles herausgefunden?«, fragte Christian.

»Durch meinen Bruder«, sagte sie. »Er war so verzweifelt auf der Suche nach Drogen, dass er mich anflehte, zu Eddie Porter zu gehen – Sie wissen schon, zu jenem Mann, dem alle Clubs gehören. Ich sollte ihn überreden, ihm zu helfen. Ich weiß jetzt, dass das ein Fehler war. Ich hätte dafür sorgen sollen, dass Robin ins Krankenhaus kommt.«

»Sie sind offensichtlich mit Porter nicht klargekommen?«

Sie hielt einen Moment inne. »Ehrlich gesagt, hatte ich Angst vor ihm. Er hat sein Bestes getan, um mich in die Organisation einzubinden – er hat mir sogar angeboten, meine Bedingungen selbst zu bestimmen.«

»Ich hätte nicht gedacht, dass Porter so ein Typ ist«, kommentierte Christian.

»Er ist böse«, sagte Eve vehement. »Er ist schlecht, niederträchtig, durch und durch verdorben. Ich bin sofort zu Robin zurück und habe ihm gesagt, er solle sich so-

234

fort mit der Polizei in Verbindung setzen. Ich erinnerte mich daran, dass Barbara im Hefton-Fall gut von Ihnen gesprochen hatte, also habe ich mir Ihre Telefonnummer besorgt und sie für Robin aufgeschrieben.«

»Ich habe mich schon gefragt, woher er sie hat«, sagte Christian nachdenklich, »aber er hat mich nie angerufen. Wissen Sie, warum?«

»Die Dinge überstürzten sich«, sagte Eve. »Barbara wurde ermordet aufgefunden und Robin hatte große Angst, dass er mit ihr in Verbindung gebracht werden könnte. Er ging davon aus, dass die Polizei sie als Barbara Cummings erkennen würde, aber offenbar hatte Heftons plastische Operation ihr Gesicht stärker verändert, als ihm bewusst war. Zu allem Überfluss brauchte er dringend mehr Heroin.«

»Er war sicherlich in einer schwierigen Lage«, bemerkte Christian. »Also schickte er Ihnen im *Queen's Hotel* in Birmingham ein verzweifeltes Telegramm. Dieses haben dann wir gefunden. Erzählen Sie mir mehr darüber.«

»Ich erhielt einen Anruf von Porter. Er sagte, ein Mr. Smith würde mir für zweihundert Pfund einen Vorrat an Heroin überlassen. Ich sollte Smith im Hotel treffen.« Ihre Stimme stockte für einen Moment, dann wurde sie wieder ruhig. »Robin hat mich angefleht, hinzugehen – so schlecht ging es ihm.« Ihre Stimme wurde leiser und verstummte.

»Fahren Sie fort«, ermutigte Christian sie.

»Eine Freundin von mir hat mich gewarnt, nicht hinzugehen.«

»Wer war das?«

Sie zögerte einen Moment und sagte dann: »Mrs.

Fredericks – die Frau, die ermordet wurde.«

»Und Sie sind trotz ihrer Warnung nach Birmingham gefahren?«

»Nein«, sagte sie. »Am Ende hat sie mich überredet, es nicht zu tun. Stattdessen bot sie mir an, an meiner Stelle hinzufahren. Ich kannte Mary Fredericks schon seit Jahren – ich stand eine Zeit lang auf der Bühne und wir waren zusammen in einem Tourneetheater. Sie war ein ganzes Stück älter als ich und ich habe mich ihr anvertraut, weil ich sonst niemanden hatte, an den ich mich wenden konnte.«

Die junge Frau hielt einen Moment inne und Christian nahm sein Zigarettenetui heraus. Durch die Flamme seines Feuerzeugs sah er, dass ihre Unterlippe zitterte. Sie atmete tief ein und fuhr fort: »Mary Fredericks dachte, dass diese Sache in Birmingham ein Trick Porters sei – ein Versuch, mich in die Organisation zu locken – und sie hatte recht.«

»Aber was wäre passiert, wenn es kein Trick gewesen wäre?«, fragte Christian.

»Dann hätte sie einfach diesen Mr. Smith getroffen und das Heroin gekauft. Sie war im Hotel als Mrs. Beckson registriert und ich hatte ihr die zweihundert Pfund gegeben.«

»Deshalb wurde ihr also das Telegramm ausgehändigt«, sagte Christian. »Mrs. Fredericks hat sich sicherlich eine Menge Ärger eingehandelt.«

Eve Beckson sagte: »Ja – und Sie können sich denken, was passiert ist. Porter tauchte im Hotel auf und war völlig außer sich, als er feststellte, dass ich nicht da war. Außerdem kam er zu dem Schluss, dass Mary viel mehr über den Mord wusste, als sie es tatsächlich tat.«

»Deshalb hatten wir ja auch das ›Vergnügen‹, Mrs. Fredericks aus dem Fluss zu ziehen«, kommentierte Christian. Eve nickte. Christian zog einen Moment lang grübelnd an seiner Zigarette. Dann sagte er: »Mrs. Fredericks scheint eine Menge über Porter und seine Mitarbeiter gewusst zu haben. Ist Ihnen jemals in den Sinn gekommen, dass sie für Porter & Co. arbeiten könnte?«

Nach einem kurzen Zögern antwortete sie: »Ja, das tat sie. Ich weiß alles darüber. Sie wurde mehrmals dazu erpresst, als Vermittlerin für sie zu fungieren. Aber sie hasste das ganze schmutzige Geschäft – und deshalb war sie darauf bedacht, dass ich nicht darin verwickelt wurde. Sie war mir immer eine gute Freundin.«

»Haben sie einen Ahnung, weshalb man sie erpresst hat?«

»Müssen wir denn jetzt darauf eingehen? Macht das irgendeinen Sinn? Ich kann Ihnen jedenfalls versichern, dass es nichts mit dieser Angelegenheit zu tun hat – und schließlich ist die arme Frau ja tot.«

Christian beschloss, es dabei bewenden zu lassen. Immerhin war damit hinreichend geklärt, weshalb Barbara Cummings Mrs. Fredericks' Untermieterin wurde, nachdem sie ihren Namen in Carol West geändert hatte. Die Organisation schien ihre Tentakel sehr weit ausgebreitet zu haben.

»Es muss Ihnen sicherlich viele Nerven gekostet haben, die Sache mit Ihrem Bruder dauernd unter der Decke zu halten«, bemerkte Christian.

»Ich habe mich inzwischen daran gewöhnt«, sagte sie leise. »Eigentlich geht mir das schon mein ganzes Leben lang so. Wenn er doch nur bei seiner Frau geblieben wäre – Barbara Cummings war genau das falsche Mädchen für ihn.«

»Ich beginne zu verstehen, warum es Ihnen schwer gefallen ist, die Polizei um Hilfe zu bitten«, sagte Christian.

»Ich hatte Angst«, sagte sie, »aber schließlich habe ich eines Abends den Mut aufgebracht, in Ihre Wohnung zu gehen.«

»Sie waren das also! Aber warum haben Sie nicht auf mich gewartet?«

Eve Beckson lächelte. »Ich bin wohl zu nervös gewesen – alles war so still. Dann hatte ich plötzlich die Idee, ein Gesicht von Carol West zu zeichnen und ihren richtigen Namen darunter zu schreiben. Ich war gerade dabei, den Namen Barbara Cummings zu schreiben, als ich draußen auf den Mews einen Tumult hörte. Ich geriet in Panik und rannte so schnell ich konnte aus der Wohnung.«

»Das war die Nacht, in der der Gauner Denny Winters mich zu verprügeln versucht hat«, erinnerte sich Christian.

»Am nächsten Tag folgte er auch mir in ein Restaurant zur Mittagszeit«, sagte sie. »Ich habe versucht, mit Ihnen zu sprechen, aber ich konnte ihn einfach nicht abschütteln.«

Das Taxi kam ruckartig an einer Ampel zum Stehen. Eine Autokolonne, die vom Theater her kam, rauschte vorbei. »Übrigens«, sagte Christian plötzlich, »was ist mit Ihrer grünen Baskenmütze passiert, die Ihnen so gut steht?«

»Die wurde mir gestohlen.« Sie war sichtlich überrascht von der Frage. »Aber weshalb fragen Sie?«

»Man fand sie in der Nähe von Mrs. Fredericks' Leiche. Ich habe sie sofort erkannt – was man natürlich beabsichtigte. Jemand hat sein Bestes getan, um den Verdacht auf Sie zu lenken.« Das Mädchen zitterte. »Sie sehen also, mit was für skrupellosen Typen wir es zu tun haben«, fuhr Christian fort.

»Aber Sie können diesen Porter jetzt doch sicherlich verhaften, oder?«

Christian schüttelte den Kopf. »Was macht Sie so sicher, dass Porter der führende Kopf dieser Organisation ist?«, fragte er.

»Das habe ich für selbstverständlich gehalten.«

»Da bin ich mir nicht so sicher«, sagte Christian. »Aber bei einer Sache habe ich keine Zweifel – weder Sie noch Ihr Bruder können sich in Sicherheit wiegen, bevor wir diese Bande dingfest gemacht haben. Wären Sie denn bereit, uns zu helfen?«

»Selbstverständlich«, antwortete sie ohne zu zögern. »Was soll ich denn tun?«

Max Christian sagte es ihr.

Christian ging zu einer öffentlichen Telefonzelle und suchte die Telefonnummer von Eddie Porters Haus in Chelsea. Porter selbst nahm den Hörer ab und wirkte leicht überrascht.

»Ich würde gerne mit Ihnen über ein oder zwei Dinge sprechen«, sagte Christian.

»Das wäre zum Beispiel?«

»Das letzte Mal, als wir uns gesehen haben«, sagte Christian, »haben Sie mir einen Vorschlag gemacht. Sie sagten, dass ich etwas mehr als – äh – fünfzehnhundert Pfund im Jahr wert sein würde. Erinnern Sie sich?«

Porter sagte: »Ja, ich erinnere mich. Von wo aus

sprechen Sie?«

»Von einer öffentlichen Telefonzelle.«

»Sagen Sie mir, was Sie auf'm Herzen haben!«

»Nichts«, sagte Christian. »Ich habe nur über Ihren Vorschlag nachgedacht, das ist alles. Dreitausend im Jahr plus Spesen, haben Sie gesagt. Und wenn ich Sie schon am Rohr habe: Ich habe eine Nachricht von unserem gemeinsamen Freund Denny Winters für Sie.« Christian hielt inne. »Denny meint, er würde es vorziehen, in meiner Wohnung zu sprechen – es ist ziemlich zugig in dieser Telefonzelle.«

Porter sagte: »Ich bin in 'ner Stunde da. Geben Sie mir die Adresse.« Und Max Christian gab sie ihm. Er lächelte, als er einhängte.

In seinem Büro im *High Dive* zählte Victor Johnson zwei Stapel Geldscheine und schloss sie dann sorgfältig in den Safe ein. Er wandte sich gerade vom Geldschrank ab, als ein Kellner eintrat. »Da ist eine Frau, die Sie sehen möchte, Mr. Johnson.«

»Wer?«

»Eine Mrs. Beckson. Ich habe sie hier noch nie gesehen. Sie sagt, es sei dringend.«

»Führen Sie sie herein«, sagte Johnson.

Eve Beckson trug ihre Nerzjacke und hatte sich offensichtlich große Mühe gegeben, sich hübsch zu machen. Johnson entging ihre Ausstrahlung nicht. Johnson musterte sie genüsslich. »Setzen Sie sich doch, Mrs. Beckson«, forderte er sie auf.

Eve setzte sich auf den Stuhl, den er vorschob. »Ich komme gleich zur Sache, Mr. Johnson«, sagte sie.

»Gerne«, sagte Johnson lässig. »Möchten Sie einen

240

Drink?«

»Nein, danke«, sagte sie. »Man hat mir gesagt, dass Sie mir helfen können, einen Vorrat an Heroin für jemanden zu beschaffen, der es dringend braucht.«

Johnson betrachtete sie mit leicht zusammengekniffenen Augen. »Ich verstehe Sie nicht ganz«, sagte er.

»Ach nein? Ich hätte gedacht, ich hätte mich klar ausgedrückt.«

Johnson lehnte sich in seinem Stuhl zurück und faltete die Hände über seiner extravaganten Weste. »Sie glauben doch nicht ernsthaft, dass das *High Dive* ein Vertriebszentrum für Drogen ist, oder?«

»Ist es das nicht?«, sagte Eve Beckson schlicht.

»Tut mir leid, meine Liebe, da sind Sie auf dem falschen Dampfer«, sagte Johnson freundlich. »Für keine Geldsumme auf der ganzen Welt würde ich mich in diese Art Geschäft verwickeln lassen.«

»Es gibt doch auch andere Zahlungsmittel als Geld«, sagte sie leise.

Johnson blickte schnell auf. »Worauf wollen Sie eigentlich hinaus?«

»Ich habe einige Informationen, die Sie interessieren könnten.«

»Wirklich?«, sagte Johnson. »Vielleicht können Sie mir sagen, um welche Auskünfte es sich dabei handelt?«

»Es geht um einen Mann namens Eddie Porter.«

Johnson beugte sich vor. »Eddie Porter ist zufällig ein sehr guter Freund von mir.«

»Da wäre ich mir nicht so sicher«, sagte sie. »Ich habe diesbezüglich sogar einen ganz anderen Eindruck gewonnen.«

Johnson saß einen Moment lang da und starrte Eve

Beckson an. »Also gut«, sagte er schließlich. »Wenn Ihre Informationen etwas wert sind, werde ich dafür sorgen, dass Sie das Zeug bekommen. Also, wo haben Sie Porter gesehen?«

»Ich war heute Abend bei ihm zu Hause, aus demselben Grund, aus dem ich hierher gekommen bin. Er konnte oder wollte mir keine eindeutige Antwort geben – aber gerade als ich gehen wollte, klingelte das Telefon und er begann ein Gespräch mit einem Mann namens Christian.« Sie schaute Johnson mit starrem Blick an. »Porter erwähnte mehrmals Ihren Namen. Er ließ Sie dabei als eine ziemlich berüchtigte Person erscheinen. Das hat mich auf die Idee gebracht, wegen des Heroins zu Ihnen zu kommen.«

»Was hat er genau gesagt?«

Sie zuckte mit den Schultern. »Ich kann mich nicht mehr an die Einzelheiten erinnern, aber Porter verabredete sich mit Christian in etwa einer Stunde in seiner Wohnung, um das Gespräch fortzusetzen. Ich glaube, sie wollten irgendeine Art von Geschäft besprechen.«

Johnson stand von seinem Schreibtisch auf und begann, im Zimmer auf und ab zu gehen. Er biss sich auf die Unterlippe.

»Und?«, erkundigte sich Eve Beckson. »Bekomme ich das Heroin?«

»Ja«, sagte Johnson langsam. »Ich werde dafür sorgen, dass Sie es bekommen.«

Christian hatte das Licht in seinem Wohnzimmer gelöscht und stand am Fenster, um auf den Hof hinunterzusehen. Es war kurz nach Mitternacht und er erwartete Porter jeden Moment.

Die Scheinwerfer blitzten auf, als ein Auto in die Straße einbog und schräg gegenüber seiner Wohnung anhielt. Die Lichter wurden ausgeschaltet, dann stieg der Fahrer aus und ging vor das Auto. Christian sah ihn eine Sekunde lang deutlich im Laternenlicht.

Es war Robin Lane.

8

Als Superintendent Christian die Gestalt von Robin Lane auf seine Haustür zugehen sah, wurde seine Aufmerksamkeit kurzzeitig durch eine Bewegung im Schatten der Garage abgelenkt. Er wartete, um zu sehen, ob jemand auftauchen würde, aber es rührte sich nichts. Dann klingelte es eindringlich an der Haustür.

Christian öffnete die Tür und Lane stürmte herein. Er befand sich in einem Zustand großer Erregung.

»Hallo, Mr. Lane«, sagte Christian. »Was führt Sie hierher?« Er überlegte, wie er den Mann loswerden konnte, ehe Porter eintraf.

»Ich musste Sie sehen«, platzte Lane mit einem Tonfall heraus, der verzweifelt und dringlich klang. »Ich konnte nicht länger warten.«

Christian zog die dicken Vorhänge des Wohnzimmers zu und schaltete das Licht ein. »Es ist schon etwas spät«, sagte er leicht protestierend. »Ich bin um diese Zeit meistens schon im Bett. Wann haben Sie das Krankenhaus verlassen?«

Lane wischte sich das unordentliche Haar aus der Stirn. Dabei konnte Christian sehen, wie seine Hand zitterte. »Heute Nachmittag. Ich kehre morgen wieder zurück«, sagte er. »Meines inneren Friedens willen hat der Arzt vorgeschlagen, Sie aufzusuchen und Ihnen zu erzählen, was ich weiß.«

»Eine sehr gute Idee«, kommentierte Christian. »Ihre Schwester hat mir schon eine ganze Menge erzählt, aber vielleicht gibt es noch ein oder zwei Lücken, die Sie schließen können.« Als er Lane einen Stuhl anbot, bemerkte er, dass dessen Gesichtsmuskeln nervös zuckten. Der Mann schien sich nur schwer im Griff zu haben.

»Ich erwarte einen sehr wichtigen Besucher«, fuhr Christian fort, »deshalb muss ich Sie leider bitten, in ein oder zwei Minuten zu gehen. Aber solange Sie noch hier sind, könnten Sie etwas erklären.«

»Und das wäre?«

»Ich habe die ganze Geschichte über Barbara Cummings alias Carol West gehört und wie sie für diese Organisation gearbeitet hat, um Drogen für Sie zu beschaffen«, sagte Christian. »Da ist nur noch eine Sache, die ich wissen möchte. Hat Ihre Freundin Ihnen gegenüber angedeutet, dass Porter nicht der Kopf der Organisation sein könnte?«

Lane rieb sich nachdenklich das Kinn. »Carol hatte immer nur mit Porter zu tun«, sagte er, »aber ich glaube mich zu erinnern, dass sie ein- oder zweimal sagte, dass er nicht der Chef der Bande sei. Ich glaube, er rief gewöhnlich jemand anderen an, um Anweisungen zu erhalten.«

»Hat sie gesagt, wen er angerufen hat?«

»Offenbar wurden keine Namen genannt, aber sie hatte den Eindruck, dass es der Mann in der Raststätte war – Johnson.«

»Nichts Genaueres?«

Ehe Lane antworten konnte, ertönte draußen ein Auto. Christian schaltete das Licht aus und ging zum Fenster. Er sah gerade noch rechtzeitig, wie ein Taxi hinter Robin Lanes Wagen anhielt. Porter stieg aus und bezahlte den Fahrer, dann blieb er einen Moment lang stehen und schaute zu Christians Fenster hinauf.

Christian wollte sich gerade vom Fenster entfernen, als er plötzlich eine schattenhafte Gestalt sah, die sich hinter Lanes Auto bewegte.

Unten in den Mews drehte sich Porter ruckartig um, als eine Stimme aus der Dunkelheit ertönte. »Ich suche dich, Porter«, sagte sie. Es war die Stimme von Victor Johnson.

»Was zum Teufel machst du hier?«, stammelte Porter. »Ich wusste nich', dass du auch eingeladen bist!«

»Bin ich auch nicht«, schnauzte Johnson. Er packte Porter am Revers seines Mantels und schob ihn in den Schatten der nahen Garage. Dann versetzte er ihm mit dem Handrücken einen bösartigen Schlag auf den Mund und verletzte ihm die Lippe mit seinem Siegelring.

»Du hinterhältiges Schwein!«, sagte er. »Du dachtest wohl, du könntest hinter meinem Rücken ein Geschäft mit Christian machen.«

Porter wischte sich über die Lippe. »Moment mal, Vic«, protestierte er. »Er wollte mich wegen Denny Winters sprechen. Das hat er am Telefon gesagt.«

Johnson unterbrach ihn und sprach leise: »Du hast schon immer gerne dein großes Maul aufgerissen.« Von dem charmanten Clubmanager war nichts mehr übrig. »Du hattest vor, mich zu erledigen und dann den Laden selbst zu übernehmen. Zu meinem Glück hat man dich belauscht.«

»Aber er hat mich von 'ner Telefonzelle aus angerufen«, sagte Porter verzweifelt. »Da kann uns niemand am anderen Ende belauscht haben.«

»Doch, da war nämlich jemand an deinem Ende«,

spottete Johnson. »Eve Beckson. Du hast in den letzten Wochen wohl etwas mit ihr herumgemacht, was? Du fetter Dreckspatz! Aber die kleine Eve kennt sich aus, und deshalb ist sie zu mir gekommen.«

»Ich weiß nicht, wovon du sprichst. Ich hab' sie den ganzen Tag noch nich' gesehen.«

Johnson packte jetzt fester zu. »Du bist ein mieser Lügner, Porter. Ich habe dir gesagt, du sollst Carol West loswerden und die Leiche im Putney-Heath-Park entsorgen. Aber nein! Du musstest sie in meinem Swimmingpool ertränken und den Verdacht auf mich lenken. Du dachtest, das sei schlau, aber es war nicht schlau genug.«

Porter wehrte sich. »Jetzt hör mal«, flehte er. »Ich hab' das alles schon erklärt. Wir mussten sie in den Pool werfen, weil sie wie am Spieß geschrien hat und ein Streifenwagen...«

»Halt die Klappe! Du redest zu viel, Porter.« Johnsons Stimme war nicht mehr die sanfte, schmeichelnde Stimme, die seine Kunden kannten. »Zu einer gemütlichen Plauderei mit deinem Freund Christian wird es nicht mehr kommen.«

Während Johnson sprach, blitzte plötzlich ein Messer auf – und mit einem leisen Aufschrei sackte Porter zu Boden. Einen Moment lang lag er leise stöhnend da und schlug mit den geballten Fäusten auf das Kopfsteinpflaster. In diesem Moment herrschte völlige Stille in den Mews. Johnson drehte Porters Körper mit seinem Fuß um. Als er anschließend aus dem Schatten der Garage trat, hörte er die Sirene eines Polizeiautos. In Sekundenschnelle erhellte das starke Scheinwerferlicht von einem halben Dutzend Streifenwagen das ganze Haus.

Christian, der Johnson aus dem Schatten der Garage

hatte treten sehen, kam aus seiner Wohnung gerannt. Johnson drehte sich um und ging schnell die Straße hinab. Christian lief hinüber, um ihn aufzuhalten. Johnson jedoch setzte mit dem Fuß einen Tritt ab und traf den Superintendent an der Kniescheibe. Christian stützte sich an der Wand ab und sah schmerzgeplagt zu, wie Johnson zu einer eisernen Feuerleiter rannte, die auf das Dach der Wohnungen führte.

Drei Polizisten eilten vorbei und verfolgten Johnson, der inzwischen fast ganz oben war. »Sperrt ihm von der Girton Street aus den Weg ab!«, keuchte Christian.

Die Girton Street war die Hauptstraße am Ende der Mews. Dort hatte sich mittlerweile eine riesige Menschenmenge versammelt. Man konnte Johnsons Körper im starken Scheinwerferlicht eines Polizeiautos erkennen. Er verschwand über eine Brüstung. Zwei Polizisten kletterten ihm hinterher.

Die Zufahrt zu den Mews war weiträumig abgesperrt worden. Christian gab die Anweisung, die Abgänge von zwei weiteren Feuerleitern zu bewachen. Dann humpelte er bis zum Ende der Sackgasse und kletterte die Leiter hinauf, um auf das Dach zu gelangen und den Einsatz zu leiten.

Christian überwand die Brüstung erfolgreich und war auf dem Dach plötzlich alleine. Es war unheimlich. Die Dächer waren flach. Einige Augenblicke lang setzte er sich auf einen Sims, um sich zu orientieren. Dann hörte er die Stimme eines der Polizisten auf dem Dach. Er konnte nicht verstehen, was der Mann sagte, aber es klang wie eine Warnung. Vorsichtig bahnte er sich einen Weg zur anderen Seite des Gebäudes, gerade noch rechtzeitig, um zu hören, wie ein Polizeiauto mit quietschenden Bremsen in der Girton Street anhielt. Er schaute auf die Straße hinunter, als er hinter sich Schritte hörte.

Christian drehte sich um und sah Johnson, der auf ihn zustürmte. Der Mantel des Mannes war offen und er hielt ein Messer in der rechten Hand. Offensichtlich hatte er seine Verfolger abgehängt und war in dem Moment, als er Christian erblickte, stehen geblieben. Das Scheinwerferlicht strich über das verzerrte und wild blickende Gesicht.

Christian, der noch immer sein pochendes und schmerzendes Knie spürte, rief: »Sie warten da unten auf Sie, Johnson. Machen Sie's lieber sang- und klanglos.«

Johnson sagte nichts. Das umherwandernde Scheinwerferlicht leuchte plötzlich auf die blitzende Messerklinge in seiner Hand. Er ging einen Schritt vorwärts. Der Strahl beleuchtete jetzt sein Gesicht. Bleich, angespannt, verzogener Mund. Er war bis auf einen Meter an Christian herangekommen. Die Hand, die das Messer hielt, war zum Zustechen erhoben, als sich Schritte näherten.

Johnson drehte sich um und erblickte einen stämmigen Polizisten. Er schätzte die Situation mit einem kurzen Blick ein, drehte sich nach links und ergriff die einzige Möglichkeit zur Flucht – das Dach der Wohnung nebenan. Zwischen den beiden Gebäuden war ein schmaler Spalt. Er machte zwei große Schritte, einen fliegenden Sprung – und landete nur wenige Zentimeter hinter der anderen Seite der Brüstung. Den Bruchteil einer Sekunde später hörte Christian ein metallisches Klirren, als das Messer weit unten auf das Kopfsteinpflaster der Mews fiel.

Als der Strahl eines Scheinwerfers über das Dach

schwenkte, bewegte sich Johnson schnell im Schutze einer Brüstung auf die andere Seite des Daches. Christian erkannte plötzlich, dass die Feuertreppe an diesem Gebäude nicht in die Girton Street führte, wohin die Polizei mehrere Wagen stationiert hatte, sondern in die Mews. Johnson hielt sich bereits am oberen Ende der Stahlleiter fest, die auf dem Dach einer der darunter liegenden Garagen endete. Christian klettere auf seine eigene Feuerleiter zurück und rief dabei den beiden Polizisten zu.

Johnson war inzwischen auf dem Dach der Garage angekommen und lauschte ein paar Sekunden lang. Das einzige Polizeiauto, das sich noch in der Straße befand – das mit dem Scheinwerfer – war etwa dreißig Meter entfernt. Er ging auf jene Seite, die am weitesten vom Parkhaus entfernt war und fand dort eine Dachluke. Mit einiger Anstrengung hebelte er sie auf. Schwer atmend spähte er in die darunter liegende Garage, um zu sehen, ob sich dort ein Auto befand. Es war zu dunkel, also kletterte er durch die Luke und schwang, mit den Händen am Gerüst hängend, die Beine hin und her. Es gab kein Hindernis und so ließ er sich die rund einen Meter zwanzig auf den Betonboden hinab fallen.

Johnson tastete sich durch die Dunkelheit zur Wand vor ihm und folgte ihr, bis er zur Schiebetüre kam. Sie war geschlossen, aber nicht verriegelt. Vorsichtig schob er sie ein paar Zentimeter auf und spähte hinaus.

In den Mews befanden sich noch etwa zwanzig oder dreißig Leute, die sich um das Polizeiauto drängten, aber alle zu den Dächern hinaufzuschauen schienen. Johnson schob die Tür leise auf und zwängte sich hindurch. Er rechnete damit, dass er noch entkommen könnte, wenn er es bis zum Ende der Straße schaffte, ohne gesehen zu werden.

In der Ferne hörte er eine Trillerpfeife und ein Polizeiauto mit einem Scheinwerfer bewegte sich auf den Eingang der Mews zu. Gerade als er sich der Tür einer der Wohnungen näherte, trat ein Mann mit einem Messer in der Hand aus dem Schatten. Johnson sah das Glitzern von Metall und wich an die Wand zurück. Dann erkannte er Robin Lane.

»Hier haben Sie eine Stichprobe Ihres eigenen Messers!«, sagte Lane. Seine Stimme war kaum mehr als ein Flüstern, aber der Tonfall versetzte Victor Johnson in Angst und Schrecken. Er sah sich hektisch nach einem Fluchtweg um, während Lane langsam und unaufhaltsam auf ihn zuging, das Messer fest in der Hand. Als Lane seinen Arm zum Zustechen erhob, schrie Johnson auf. Er wehrte den ersten Stich von Lane ab. Sein Schrei brachte Christian und zwei Polizisten dazu, aus der Hintertür einer der Wohnungen zu rennen.

Der Scheinwerfer des Polizeiwagens schwenkte die Straße entlang und erfasste die beiden kämpfenden Gestalten auf dem Kopfsteinpflaster. Es bedurfte der vereinten Kraft von zwei Polizisten, um Robin Lane von dem verängstigten Johnson wegzuziehen. Lane schluchzte fast vor Wut und Frustration, während er sich mit den Polizisten abmühte.

»Ganz ruhig, alter Freund«, sagte Christian sanft. »Um den Vogel kümmere *ich* mich.«

Am nächsten Morgen sah Christian von seinem Schreibtisch auf, als sein Assistent Sergeant Hale mit einem Aktenstapel hereinkam. »Wie sieht es mit Johnsons Aussage aus, Tom?«, fragte er.

»Praktisch erledigt«, antwortete der Sergeant. »Langsam ist er wieder der Alte und er verlangt bereits nach einem Anwalt.«

Christian lächelte grimmig. »Er wird einen guten brauchen.«

»Trotzdem«, fuhr Hale fort, »kann ich nicht verstehen, warum Johnson ein derartiges Geschäft von einer Raststätte meilenweit außerhalb Londons aus betrieb.«

»Es diente seinem Zweck«, sagte Christian. »Er wollte, dass Eddie Porter die ganze Aufmerksamkeit auf sich zieht und alle Risiken trug. Dann, wenn es ihm gepasst hätte, hätte Johnson übernehmen können. Ein kluger Junge, unser Victor.«

»Sehr klug«, bemerkte Hale. »Und sie wären fast damit durchgekommen, wenn Sie sich nicht so in das Gesicht des Mädchens verbissen hätten.«

»Stimmt«, sagte Christian nachdenklich. »Ich habe doch wirklich geglaubt, dass mein Gedächtnis für Gesichter nachlässt.«

Eine Stunde später saß der Superintendent dem stellvertretenden Chefkommissar Blackburn gegenüber, der Johnsons Aussage durchging. »Jetzt scheint alles klar zu sein«, sagte Blackburn. »Sie haben erstklassige Arbeit geleistet, Christian.«

»Danke, Sir«, antwortete Christian. Er gähnte breit und streckte sich. »Wenn es im Moment nichts Dringendes gibt, würde ich gerne nach Hause gehen und etwas Schlaf nachholen. Das ist in letzter Zeit bei mir etwas zu kurz gekommen.«

»Sie werden mehr als nur das tun«, sagte der stellvertretende Chefkommissar. »Sie bleiben drei ganze Wochen weg. Ich habe gerade in Ihrer Personalakte nachgesehen. Es scheint so, als hätten Sie seit vier Jahren keinen richtigen Urlaub mehr gehabt. Fahren Sie weg und legen Sie sich in die Sonne, irgendwo, wo man noch nichts von Scotland Yard gehört hat.«

»Das hört sich gut an«, sagte Christian. »Ich werde nach Devon runter fahren. Ich habe da ein paar Freunde in einem Ort namens Torcross.« Er lachte. »Glauben Sie mir, Sir, in Torcross passiert nie etwas Aufregendes.«

Aber Max Christian hatte sich geirrt – sehr geirrt. Drei Wochen später geriet der Torcross-Giftmord in die Schlagzeilen. Aber das ist eine andere Geschichte.

ENDE

Francis Durbridge
– Meister des Recyclings

NACHWORT von Dr. Georg Pagitz

Kaum ein anderer Krimiautor verstand es so geschickt wie Francis Durbridge, seine eigenen Stoffe zu vermarkten, zu verkaufen und wiederzuverwerten. Bemerkenswert ist diesbezüglich, dass dies nicht nur innerhalb eines Mediums wie dem Radio oder dem Fernsehen geschah, sondern auch über mehrere Medien hinweg.

Die Analyse der Werke des britischen Schriftstellers gestaltet sich deshalb schwierig, weil es von den meisten Stoffen nicht nur eine Version gibt. Das hat mit vielen Faktoren zu tun, die häufigsten davon sind die Übertragung in ein anderes Medium (etwa vom Radio oder Fernsehen zum Buch) und die Übersetzung eines Stoffes in eine andere Sprache. Abgesehen von Änderungen der Figurennamen, auf die gleich noch eingegangen wird, hatte dies meist mit einem wesentlichen Charakterzug des britischen Autors zu tun: seinem absoluten Perfektionismus. Er war meist nie ganz mit einer Geschichte zufrieden und feilte daher ständig daran.

Was die Figurennamen betraf, so war deren Findung ein langer Prozess. Durbridge notierte sie sich und vergab sie erst, wenn sie 100% zu dem jeweiligen Charakter passten.

Bei seinen Theaterstücken, die stets in der Provinz uraufgeführt wurden, verfolgte Francis Durbridge die Proben häufig mit und änderte ständig kleinere oder größere Details (bis hin zum Täter!), ehe die endgültige Fassung in London aufgeführt werden konnte.

Die Gründe für das erneute Auswerten eines bereits bekannten Stoffes sind vielfältig. Einer davon ist sicherlich der bereits erwähnte Perfektionismus und der Wunsch eine Geschichte nochmals besser erzählen zu können.

Die früheste Durbridge-Geschichte, die später erneut ausgewertet wurde, ist gleichzeitig sein allererstes Kriminalhörspiel, das er im Alter von 21 Jahren schrieb. Es trägt den Titel *Murder in the Midlands* und wurde am 13. November 1934 von der BBC ausgestrahlt. Das Stück wurde 1945 überarbeitet und ging dann als *Over My Dead Body* über den Sender, 1963 entstanden auch zwei deutsche Versionen unter dem Titel *Nur über meine Leiche*. Hier hatte die nochmalige Auswertung des Stoffes sicherlich damit zu tun, dass man 1934 das Hörspiel noch live ausgestrahlt hatte und es daher keine Aufzeichnung gab.

Wenn wir uns nun die Wiederverwertung von Durbridges Geschichten betrachten, so können wir drei Recycling-Stufen feststellen.

Stufe 1: Andere Namen und Orte

Auf Stufe 1 wurden in der Neuauswertung lediglich die Personen- und Ortsnamen geändert. Ein Hauptgrund dafür war, dem Publikum etwas Altes als neue Geschichte verkaufen zu können, ohne dass der überwiegende Großteil es bemerkte. Die Änderungen bei Namen und Orten sollten lediglich dazu dienen, dass man sich nicht an die Geschichte oder gar an die Auflösung erinnerte.

So machte Francis Durbridge etwa aus dem populären Paul-Temple-Fall Gregory (GB 1946 bzw. BRD

1949/50) den Roman *Design for Murder* (1951) und entfernte daraus Paul und Steve Temple zugunsten der neuen Hauptfiguren Lionel und Sally Wyatt. Das deutsche Buch erschien als *Mr. Rossiter empfiehlt sich*, zuvor gab es allerdings eine weitere – nur in Deutschland verfügbare Version – unter dem Titel *Schöne Grüße von Mr. Brix*, wiederum mit anderen Personennamen.

Weitere Buchfassungen mit anderen Charakteren sind *Die Schuhe* (nach dem Hörspielskript *Paul Temple und der Fall Gilbert*) mit den Baxters statt den Temples als Hauptfiguren und *Die Brille* (nach *Paul Temple and the Sullivan Mystery*) zwar mit den Temples, aber mit völlig anderen Schauplätzen und Figurennamen.

Interessant ist auch, dass Durbridge auf dieser Stufe gerne zur jeweiligen Zeit bekanntere Charaktere in älteren, bereits einmal mit andern Figuren verwerteten Geschichten verwendete. So ist sein bisher nicht auf Deutsch übersetzter Roman *Beware of Johnny Washington* (1951) nichts Anderes als die inhaltliche Wiederverwertung der ersten Temple-Geschichte *Send for Paul Temple* (auch als Buch erschienen, auf Deutsch *Paul Temple und der Fall Max Lorraine*), allerdings mit Johnny Washington als Hauptfigur. Dieser Protagonist war 1949 in der achtteiligen Durbridge-Radioserie *Johnny Washington Esquire* aufgetreten und dem Publikum zu jener Zeit noch bestens in Erinnerung. Kaum verwunderlich ist, dass sich unter den Unterlagen von Durbridge eine bis dato nicht publizierte Fassung fand, *One Man to Another*, die erneut andere Figurennamen aufweist.

Ähnliches wie für Johnny Washington gilt für den Photographen Philip Holt (dt. TV-Fassung: Eric Martin) und Inspektor Hyde, den beiden Hauptfiguren aus dem TV-Straßenfeger *The Desperate People/Die Schlüssel*, die in dem Roman *Dead to the World/Der Siegelring* ermitteln, dessen Geschichte aber eigentlich der Paul-

Temple-Fall Jonathan war. Hier konnten durch das TV und den Vorgängerroman *The Desperate People/Der Schlüssel* bekannte und dem Publikum vertraute Figuren nochmals erfolgreich vermarktet werden.

In diese Phase des Recyclings sind auch noch die Romanfassung von *A Game of Murder/Die Kette* und das Hörspiel *Send for Paul Temple Again* zu zählen, das Durbridge 1968 nochmals als *Paul Temple and the Alex Affair/Paul Temple und der Fall Alex* auswertete, um seinem langjährigen Produzenten und Regisseur Martyn C. Webster ein Geschenk vor dessen Pensionierung zu machen. Hier sind die Änderungen aber so gering, dass sie sich fast ausschließlich auf den Bösewicht beziehen: aus ›Rex‹ wurde ›Alex‹.

Auch das zweite *Breakaway*-TV-Abenteuer *Die Handschuhe* (engl. *Breakaway – The Local Affair*) muss auf diese Stufe gestellt werden. Hierbei handelte es sich zwanzig Jahre nach dem Erfolg von *The Scarf* (1959 von der BBC ausgestrahlt und in der BRD in einer Neuverfilmung unter dem Titel *Das Halstuch* 1962 zum Kult geworden) um ein Remake des bekannten Stoffes mit anderen Figuren- und Ortsnamen sowie der Änderung des titelgebenden Halstuchs in ein Paar Handschuhe.

Schließlich gehören auf Stufe 1 die allermeisten ausländischen TV-Fassungen von Durbridges Drehbüchern, die sehr häufig andere Figurennamen als das Original aufwiesen. Zumeist war dies eine Vorsichtsmaßnahme, da Durbridges Krimis alle bereits in England gelaufen waren, als sie einige Zeit später in anderen Ländern umgesetzt wurden. Um zu vermeiden, dass schlaue Journalistinnen und Journalisten einfach ihre Kolleginnen und Kollegen auf der britischen Insel anriefen, um herauszufinden, wer der Mörder war, änderte man einfach sämtliche Figurennamen.

Im speziellen Fall von *Ein Mann namens Harry*

Brent lagen die Dinge allerdings anders: Auch dieser Mehrteiler weist in der BRD-Fassung andere Figurennamen (und ein anderes Ende) auf. Grund dafür war jedoch, dass in der Originalfassung *A Man Called Harry Brent* der Protagonist am Ende stirbt. In einem Brief an Francis Durbridge schreibt Dr. Günter Rohrbach vom WDR am 26. September 1966: »Wir sind der Meinung, dass wir unserem Publikum den Tod Harry Brents ersparen sollten. Dieses Motiv würde ganz sicher den Erfolg wesentlich beeinträchtigen.« Durbridge antwortete am 12. Oktober desselben Jahres: »Natürlich finde ich, dass das aktuelle Ende das richtige für die Geschichte ist, ansonsten hätte ich die Serie niemals so geschrieben. Dennoch will ich Ihnen in dieser Sache entgegen kommen und die gewünschte Änderung vornehmen. Diesbezüglich wäre es wohl eine gute Idee, den Serientitel und die Namen der Hauptfiguren zu ändern.« Der WDR ging auf diesen Vorschlag nur teilweise ein. Die Hauptfiguren wurden schließlich alle umbenannt – bis auf den Titelhelden. Dieser erhielt nicht – wie von Durbridge vorgeschlagen – den Namen Martin Lewis, sondern hieß weiterhin Harry Brent. So ging die Serie dann auch in die Vorproduktionsphase, zunächst noch unter der Regie von Kurt Wilhelm, der später durch Peter Beauvais ersetzt wurde.

Stufe 2: Änderungen in der Auflösung

Eine Stufe höher sind jene Durbridge-Werke anzusiedeln, die in den wesentlichen Zügen zwar die gleiche Geschichte bieten, in der Auflösung aber von der Originalversion abweichen. Hierzu zählen etwa der eben erwähnte *Mann namens Harry Brent*, die deutsche TV-Fassung von *A Man Called Harry Brent* oder *Margò*, die italienische Variante des Paul-Temple-Falls Margo, die einen anderen Täter liefert.

Hier einzureihen wäre auch das Theaterstück *Mord am Pool*, das in seiner deutschen Fassung einen anderen Täter präsentiert, als in der überarbeiteten, letztlich in London aufgeführten Variante *Deadly Nightcap*.

Eine wichtige Beobachtung zur Täteränderung sei hier noch angemerkt. Anders als etwa Agatha Christie, deren Auflösungen genau auf den jeweiligen Täter zugeschnitten waren und in deren Geschichten ein Austausch des Täters unmöglich und unglaubhaft gewesen wäre, unterscheiden sich etwa 90% der Durbridge-Krimis durch ein wesentliches Element: das Tatmotiv. Francis Durbridges Mörder handeln nie aus Eifersucht oder Liebe. Sie sind stets Chefs einer großen Verbrecher- oder Spionageorganisation. Das organisierte Verbrechen oder die Spionage macht es möglich, dass wirklich jede der handelnden Figuren am Ende als Täter oder Täterin entlarvt werden kann. Egal welche der Figuren entlarvt würde, die Geschichte stimmt dennoch und fällt nicht auseinander. Ausgenommen hiervon sind klassischere Stoffe wie das Theaterstück *Suddenly at Home/Plötzlich und unerwartet* oder die Hörspiele *Murder in the Embassy* (1937) und *The Caspary Affair* (1946).

Stufe 3: Neue Handlungsstränge, neue Figuren, neue Auflösung

Stufe 3 der recycelten Stoffe ist sicherlich die Interessanteste. Als bekanntestes Beispiel kann hier der beliebte TV-Mehrteiler *Das Messer* genannt werden. Die Geschichte war ursprünglich einmal als dritter deutscher Tim-Frazer-Mehrteiler geplant, kam dann aber nicht zur Produktion, auch auf Betreiben des Autors hin. Der WDR grub den Stoff Ende der 1960er-Jahre jedoch erneut aus und bat Durbridge, ihn zu überarbeiten, was dieser nur widerwillig tat.

In der endgültigen Fassung von *Das Messer* erleben

wir, dass die Geschichte in etwa ab der Hälfte in völlig neue Bahnen verläuft, mit neuen Figuren und einem komplett neuen Täter aufwartet. Diese Figur spielte in der Urfassung nur eine unwesentliche Nebenrolle. Wer einen Vergleich ziehen will, dem sei die Lektüre des Romans *Tim Frazer Gets the Message/Tim Frazer weiß Bescheid* nahegelegt, der die Urfassung der Geschichte erzählt.

Ein weiteres interessantes Beispiel ist der Fortsetzungsroman *The Man Who Beat The Panel/Der Mann der das Quiz gewann*, der in sechs Folgen 1955 in Großbritannien erschien, aber 1962/1963 als zehnteiliger Krimi namens *Mitten ins Herz* in der *Bild und Funk*. Für den deutschen Markt hatte Francis Durbridge seine Geschichte (wie immer mit Änderung der Figurennamen) um zahllose Handlungsstränge (und Cliffhänger) erweitert, das Tatmotiv und den Täter geändert. Wie bei *Das Messer* haben wir es hier eigentlich mit zwei unterschiedlich erzählten Geschichten mit ungleichen Ausgängen zu tun. Dasselbe gilt für *The Face of Carol West/Das Gesicht der Carol West* und die Neufassung *Sie wussten zu viel*.

Das abenteuerlichste Beispiel einer Durbridge-Wiederverwertung zieht sich jedoch über viele verschiedenen Stadien von 1946 bis ins Jahr 1993. Das klassische Kriminalhörspiel *The Caspary Affair* handelt vom unnatürlichen Tod eines Pianisten. Die BBC strahlte das Stück am 5. Juli 1946 aus. Als das italienische Radio am 21. November 1960 *Preludio al delitto* in den Äther schickt, geht damit genau diese Geschichte auf Sendung – selbstverständlich mit geänderten Personennamen und mit einer etwas aktualisierten Geschichte. Der Autor hatte auf Wunsch des italienischen Senders einen alten Stoff modernisiert und ihn als neu verkauft. Dann wird es fast 30 Jahre still um diese Geschichte, bis 1988 das

Theaterstück *Zaradin 4* in Deutschland uraufgeführt wird. Inhaltlich nimmt dieser Bühnenkrimi, die Geschichte von *The Caspary Affair* auf und hat genau dieselben acht Figurennamen wie einst *Preludio al delitto*, allerdings ist die Handlung immens erweitert worden. In England ist das Stück noch nicht zu sehen, denn Durbridge verkauft es zunächst nach Deutschland, wo er eine große Fangemeinde hat. Erst fünf Jahre später, im Januar 1993, erlebt es auf den Londoner Bühnen seine Uraufführung, nun unter dem Titel *Sweet Revenge* und natürlich wieder mit Änderungen der Figurennamen und unter Hinzufügung zweier weiterer Charaktere. Das zentrale Herzmedikament Zaradin 4 heißt in dieser letzten Fassung nun Zarabell 4. Eingefleischten Durbridge-Kennern wird natürlich klar sein, dass die Abkürzung ›Z4‹ eine Anspielung auf einen Paul-Temple-Fall ist, in dem der berühmte Detektiv einen Bösewicht mit diesem Namen jagte (*News of Paul Temple*, als Roman *Paul Temple und der Fall Z*). Ungeklärt bleibt, ob die deutsche Bühnenfassung *Mitten ins Herz* auf der ersten Version des Stücks beruht, oder eine Neuübersetzung von *Sweet Revenge* ist. Zur absoluten Verwirrung trägt schließlich auch noch bei, dass sich erst kürzlich unter den Originalmanuskripten von Francis Durbridge ein undatiertes (und niemals aufgeführtes) Theaterstück namens *Julian* fand, das erneut eine andere Fassung dieses Stoffs darstellt.

All diese Ausführungen machen die Komplexität des Schaffens von Francis Durbridge sichtbar: Es ist schwierig, über eines seiner Werke zu sprechen. Tut man dies, muss man stets ergänzen, um welche TV-Fassung es sich handelt, um das Hörspiel oder den Roman, um den Film oder das Theaterstück. Letztlich muss man sich sogar fragen, ob man es mit ein und derselben Geschichte zu tun hat oder mit vielen verschiedenen. Genau dies macht eine Darstellung der Werke des Perfektionisten Francis Durbridge relativ schwierig. Es ist letztlich auch fraglich, ob der Autor selbst einen genauen Überblick über die unzähligen Fassungen, Versionen und Varianten seiner eigenen Krimis hatte.

BEREITS
BEI WILLIAMS & WHITING ERSCHIENEN

Volume 1　　　Francis Durbridge
Stichtag für Harry
Kriminalroman

Vorwort, Nachwort und Übersetzung
von Dr. Georg Pagitz

Ein junger Mann namens Peter Gibson sucht Superintendent Max Christian in Scotland Yard auf. Er berichtet, dass er in einem Café in Hampstead arbeitet und ungewollt bei der Arbeit zwei Frauen belauscht hat. Diese sagten, dass ein gewisser Harry Sherwood den Sechzehnten des kommenden Monats nicht überleben würde. Christian geht der Sache nach, muss aber feststellen, dass nichts von dem, was Gibson erzählt hatte, stimmt. Es gibt weder das Café, noch einen Mann dieses Namens. Am Sechzehnten des darauffolgenden Monats wird jedoch in einem Wohnwagen eine Leiche gefunden. Der Täter hat sein Opfer erstochen. Als Superintendent Christian den Toten sieht, glaubt er seinen Augen nicht: Es handelt sich dabei um den angeblichen Peter Gibson, der in Wirklichkeit Harry Sherwood hieß...

Durbridge schrieb diese Geschichte als Fortsetzungsroman im Jahr 1960. Sie blieb jedoch unveröffentlicht und erscheint nun erstmals posthum.
Der Autor versuchte die Story auch als Filmtreatment deutschen Produzenten anzubieten und schrieb sie später zur Episode für eine *Paul-Temple*-TV-Folge um. Dieses Szenarium ist in dem Buch als *Paul Temple und der vorausgesagte Mord* enthalten, den Abschluss bildet eine Abhandlung über Durbridge und die Temple-TV-Serie.

ERSTMALS AUF DEUTSCH!

Volume 2

Francis Durbridge
Schritt ins Dunkel
Drehbuch für einen Kinofilm

Vorwort, Nachwort und Übersetzung
von Dr. Georg Pagitz

In Soho geht ein gefährlicher Mörder um, der Barmädchen mit einem Messer tötet. Scotland Yard steht vor einem Rätsel. Zur gleichen Zeit befindet sich der wohlhabende Immobilienmakler Makler Mike Hilton in einer existentiellen Krise: Nach dem Tod seiner Tochter und schwierigen Phasen in seiner Ehe verlässt ihn seine Ehefrau Ruth. Nach einer Reifenpanne nahe eines berüchtigten Pubs in Soho lernt er die attraktive Selby Brooks kennen und verliebt sich in sie. Als er die junge Dame wenig später auf einem Hausboot besuchen will, findet er ihre Leiche. Mike Hilton gerät unter Mordverdacht. Zur Tatzeit half er einem kleinen Jungen dabei, dessen Papierdrachen aus einem Baum zu befreien. Doch dieses Alibi ist nichts wert, denn der Junge scheint spurlos verschwunden zu sein und gar nicht zu existieren. Gleichzeitig erfährt Mike von Scotland Yard, dass nichts von dem, was Selby ihm erzählt hatte, stimmte. Kann er sich aus dem Teufelskreis, in dem er sich befindet, befreien und den wahren Täter finden?

Die Hintergrundgeschichte zu diesem verschollenen Drehbuch ist ebenso spannend wie die Kriminalgeschichte selbst. Francis Durbridge verfasste das Skript 1961 und verkaufte es 1962 an einen deutschen Filmproduzenten. Letztlich wurde daraus der Spielfilm *Piccadilly null Uhr zwölf,* der bis auf vier Namen nichts mehr mit der Originalstory zu tun hatte.
Im Vor- und Nachwort werden die Hintergründe analysiert und dank erst kürzlich aufgefundener Originalkorrespondenz von Francis Durbridge auch die Umstände und Gründe der Änderungen rekonstruiert.

ERSTMALS AUF DEUTSCH!

Francis Durbridge
Paul Temple muss her!
ein Kriminalstück
Vorwort, Nachwort und Übersetzung
von Dr. Georg Pagitz

Scotland Yard steht vor einem Rätsel. Eine gefährliche Verbrecherbande verunsichert London durch Kindesentführungen, Lösegelderpressungen und andererseits durch spektakuläre Juwelenraube. Die Ganoven operieren unter dem Namen »Die Schlagzeilenmänner«. Dies ist gleichzeitig der Titel des Romans einer unbekannten Autorin, deren Identität niemand kennt. Nachdem Sir Graham und seine Ermittler nicht weiter kommen, fordern die Zeitungen nach Unterstützung und titeln: »Paul Temple muss her!« Der erfolgreiche Kriminalschriftsteller und Privatermittler schaltet sich daraufhin ein und weiß bald, dass der große Hintermann ein Superverbrecher namens Max Lorraine ist. Aber wer der Verdächtigen versteckt sich hinter diesem Namen? Wer ist der gefährliche Schlagzeilenmann Nummer 1?

Dieses im Jahr 1943 in Birmingham uraufgeführte Theaterstück wurde seither nie mehr gespielt. Der Autor zeigt darin sein ganzes Können und liefert Drehungen, Wendungen und atemberaubende Cliffhanger im Minutentakt. Vier Personen sterben auf der Bühne, ebenso viele Leichen gibt es aus Erzählungen. Die *Birmingham Post* schrieb damals zur Uraufführung: »Leichen fallen aus Aufzügen, Schreie hallen durch die Nacht, aus einem unverdächtig aussehenden Grammophon kommen Schüsse und Blausäure findet ihren Weg in harmlose Whiskyfläschchen. Eigentlich haben wir A oder B als Täter verdächtigt, aber dann war es plötzlich X.«
Bei dem Stück handelt es sich um eine geschickte Mischung aus Paul Temples ersten beiden Hörspielabenteuern.

ERSTMALS AUF DEUTSCH!

Francis Durbridge
Schöne Grüße von Mister Brix
Kriminalroman

mit einem ausführlichen Vor- und Nachwort
von Dr. Georg Pagitz

Geheimnisvolle und höchst mysteriöse Umstände haben den Ex-Inspektor Richard Grant und seine Frau Margret dazu veranlasst, vorübergehend wieder in den Dienst von Scotland Yard zu treten. In einem Fischerdorf namens Shorecombe war zuvor die Leiche einer gewissen Barbara Willis, Tochter eines feinen Londoner Hauses, aus dem Meer gezogen worden. Kurz darauf bekam ihr Verlobter Robert Brown eine Diamantenbrosche zugeschickt. Darauf stand: »Schöne Grüße von Mister Brix«. Wenig später finden die Grants in ihrer Garage eine weitere Leiche. Peggy Gillow, die in dem Fall undercover ermittelte, wurde erdrosselt. Auch ihr Vater bekam eine mysteriöse Karte von Mister Brix mit der gleichen sarkastischen Botschaft. Steckt hinter diesem Pseudonym jener gefährliche Ariman, dessen Fall Grant einst bearbeitete? Und wenn ja, wer von den zahllosen Verdäc-htigen ist dieser unheimliche Verbrecher?

Durbridge schrieb diesen Kriminalroman 1962 für den deutschen Markt. Er basiert auf dem legendären Hörspiel *Paul Temple und die Affäre Gregory* und erzählt dieses sehr werkgetreu nach, allerdings wurden die Charaktere umbenannt. Wer schon immer wissen wollte, worum es in diesem Fall geht und ihn in voller Länge erleben wollte, kann dies nun endlich tun.

ERSTMALS ALS DEUTSCHES BUCH!

Volume 5

Francis Durbridge
Die gelbe Windmühle
Kriminalroman

mit einem ausführlichen Vor- und Nachwort
von Dr. Georg Pagitz

Susan Kelford, die vierjährige Tochter des reichen Sir Cedric
Kelford, dem Präsidenten der Londoner Central Bank, wird
entführt. Das Mädchen war gerade in einem Londoner Park,
als eine kleine gelbe Spielzeugwindmühle ihre Aufmerksamkeit erregte und sie in die Hand ihres Entführers lockte. Dieser
zerrte das Kind in seinen Wagen und suchte daraufhin rasch
mit seinem Komplizen das Weite. Man fordert 10.000 Pfund
Lösegeld von dem Multimillionär Kelford. Inspektor Houston
von Scotland Yard macht drei Tage später eine grausige Entdeckung: Sein Sohn Dennis, der in Sir Cedrics Bank arbeitet,
sitzt erschossen vor dem Fernsehgerät. In den Bildschirm ist
eine gelbe Windmühle eingeritzt. Nobbler Williams, ein
wichtiger Zeuge in dem Entführungsfall, wird am selben
Abend von einem Auto überfahren. Der Besitzer des Wagens
ist ein italienischer Arzt namens Dr. Spedro. Als Inspektor
Houston und seine Tochter Rona, eine junge Schauspielerin,
zu ihm fahren wollen, wird gerade eine Leichenbahre aus
dessen Haus getragen. Es ist ein äußerst schwieriger und
komplexer Kriminalfall, den der persönlich involvierte Kriminalinspektor Houston da zu klären hat...

Die gelbe Windmühle erschien 1954 als Fortsetzungsroman in
England. Im Jahr 1965 verfasste Francis Durbridge eine eige-
ne Fassung für den deutschen Markt, die hier erstmals als
Buch vorliegt.

ERSTMALS ALS DEUTSCHES BUCH!

Volume 6

Francis Durbridge
Mitten ins Herz
Kriminalroman

mit einem ausführlichen Vor- und Nachwort
von Dr. Georg Pagitz

Gary Mason, der berühmteste und beliebteste Schauspieler Englands, wird auf dem Gelände eines Londoner Filmstudios erschossen. Wer ist der Täter? Und hatte er tatsächlich Mason als Ziel auserkoren oder war dieser Mord ein Versehen und er galt eigentlich der überaus attraktiven schwedischen Nachwuchsschauspielerin Karin Lund? Diese legt ein seltsames Verhalten an den Tag, vor allem als sie zwei Tage später dem Journalisten Michael Collins begegnet, der Augenzeuge der Tat wurde und sich danach um die junge Frau gekümmert hatte. Diesmal ignoriert Karin den Reporter und ist in Begleitung eines mysteriösen Fremden. Als Journalist Collins in der darauffolgenden Nacht von einem weiteren Mord berichten soll, ist er schockiert, als er in der Leiche Karin Lund wieder erkennt. Sie wurde erstochen...

Mitten ins Herz wurde 1955 als *The Man Who Beat the Panel* in Großbritannien als Fortsetzungsroman veröffentlicht. Durbridge überarbeitete diese Fassung für den deutschen Markt im Jahr 1962, erweiterte und verbesserte sie um viele Handlungsstränge und machte aus einem Nichtwhodunit einen Whodunit. Später entwickelte er daraus auch ein Skript für die *Paul-Temple*-Fernsehserie namens *The Elusive Miss Helvin*, das aber nie Verwendung fand. In dieser Ausgabe sind neben der deutschen Romanfassung auch erstmals die Übersetzungen der britischen Fortsetzungsgeschichte und des Szenariums enthalten. Titel: *Der Mann, der das Quiz gewann* und *Paul Temple und die vorsichtige Miss Helvin*, beide übersetzt von Dr. Georg Pagitz.

ERSTMALS ALS DEUTSCHES BUCH!

DEMNÄCHST BEI WILLIAMS & WHITING

Volume 8   Francis Durbridge
Paul Temple und der Fall Valentine
Skript für ein achtteiliges Hörspiel

Vorwort, Nachwort und Übersetzung
von Dr. Georg Pagitz

London, 1946: Seit einigen Wochen wird das Westend von
einer geheimnisvollen Selbstmordserie junger Frauen erschüttert. Scotland Yard ist ratlos und kann nur herausfinden, dass
es wohl um Drogen und einen geheimnisvollen Hintermann
namens »Valentine« geht. Für Sir Graham Forbes ist eines
klar: Das ist ein Fall für Paul Temple! Der bekannte Detektiv
und Schriftsteller ist zunächst jedoch gar nicht daran interessiert. Erst als eine junge Frau spurlos aus seinem Wagen verschwindet, lässt er sich doch überreden. Dann geht alles blitzschnell: Auf die Temples wird im eigenen Schlafzimmer ein
Mordanschlag verübt, eine geheimnisvolle Botschaft führt
Paul und Steve zu einem mysteriösen Kapitän in eine Kneipe
am Fluss und schließlich findet sich eine deutliche Warnung
von Valentine bei einer Leiche in einer Zahnarztpraxis. Es
gibt zahllose Verdächtige und undurchsichtige Gestalten und
der gefährliche Unbekannte schlägt immer wieder zu...

Das Originalskript zur neuen achtteiligen Hörspielproduktion
von Pidax (2022) mit vielen Hintergrundinformationen.
In der Originalreihenfolge handelt es sich hierbei um den
sechsten Paul-Temple-Fall.

ERSTMALS AUF DEUTSCH!

Francis Durbridge
Paul Temple und der Fall McRoy
Paul Temple und der Fall Westfield
Skripten für zwei einteilige Hörspiele

Vorwort, Nachwort und Übersetzung
von Dr. Georg Pagitz

Der Fall McRoy: Paul Temple und Steve haben ein paar erholsame Tage in Italien verbracht. Sie befinden sich gerade auf der Weiterreise in die Schweiz, als sie auf dem Mailänder Bahnhof zufällig den Ex-Ermittler Harry McRoy treffen. Gemeinsam tritt man die Weiterfahrt an. Im Zug erzählt Harry von einem rätselhaften Auftrag und bittet Paul, einen Koffer mit geheimnisvollem Inhalt an Sir Graham Forbes zu überbringen, wenn ihm etwas zustoßen sollte. Ehe man Basel erreicht, überschlagen sich die Ereignisse und es gibt Tote. Im weiteren Verlauf spielen eine geheimnisvolle Brosche und Aufnahmen eines Boots namens »Corina« eine wichtige Rolle. Ein brenzliger Fall für Paul Temple...

Der Fall Westfield: Vor Jahren wurde aus dem Hause des Herzogs von Westfield Schmuck im Werte einer Dreiviertelmillion Pfund gestohlen. Es gab keine Spuren und Scotland Yard legte den Fall damals auf Eis. Paul Temple interessiert sich für die Sache, zumal es bald auch eine neue Spur zu geben scheint. Diese ergibt sich aus einem mysteriösen Leichenfund in einem Londoner Hotel. Bei dem Toten handelt es sich um einen Franzosen, der mit gestohlenen Steinen handelte. Bei seinen Sachen werden ein Fahrschein für eine Fähre und ein Rezept eines gewissen Dr. Schumann gefunden. Temple geht der Sache nach. Die Ermittlungen führen ihn schließlich nach Cornwall, wo es bald eine weitere Leiche gibt...

Die beiden Originalskripten zu den neuproduzierten Pidax-Hörspielen (2022). ERSTMALS AUF DEUTSCH!

Volume 10 Francis Durbridge
Paul Temple und der Fall Dr. Belasco
Skript für ein achtteiliges Hörspiel

Vorwort, Nachwort und Übersetzung
von Dr. Georg Pagitz

Als Paul und Steve nach einem Tanzabend anlässlich Steves
Geburtstag nach Hause kommen, werden sie schon von Sir
Graham erwartet. Dieser hat Philip Kaufmann von der Ko-
penhagener Polizei mitgebracht. Sie erklären, dass der berüchtigte Dr. Belasco seine Aktivitäten vom Kontinent nach
England verlegt hat. Niemand kennt das Gesicht dieses ge-
fährlichen Mannes, der das Verbrechen organisiert und für
Schutzgelerpressungen aber auch Mord verantwortlich ist. Sir
Graham und Kaufmann bitten Temple um Hilfe. Bald schon
soll der Kanadier Ross Morgan in England ankommen. Er ist
ein Handlanger Dr. Belascos. Temple soll ihn im Auge behalten, doch dann gibt es einen unerwarteten Zwischenfall:
Bei der Zugfahrt nach London kommt es zu einem Unfall und
Morgan stirbt. Der Kanadier kann Temple jedoch noch einen
wichtigen Hinweis geben. Bei seinen Sachen findet Temple
ein Feuerzeug. Dieses ähnelt jenem, das Steve an ihrem Geburtstag irrtümlich von einem Mr. Nelson eingesteckt hat.

Francis Durbridge verfasste *Paul Temple and Steve,* so der
Originaltitel dieses in der Chronologie gesehenen achten
Falls, im Jahr 1947.
Mit umfassenden Hintergrundinformationen.

ERSTMALS AUF DEUTSCH!